I0641673

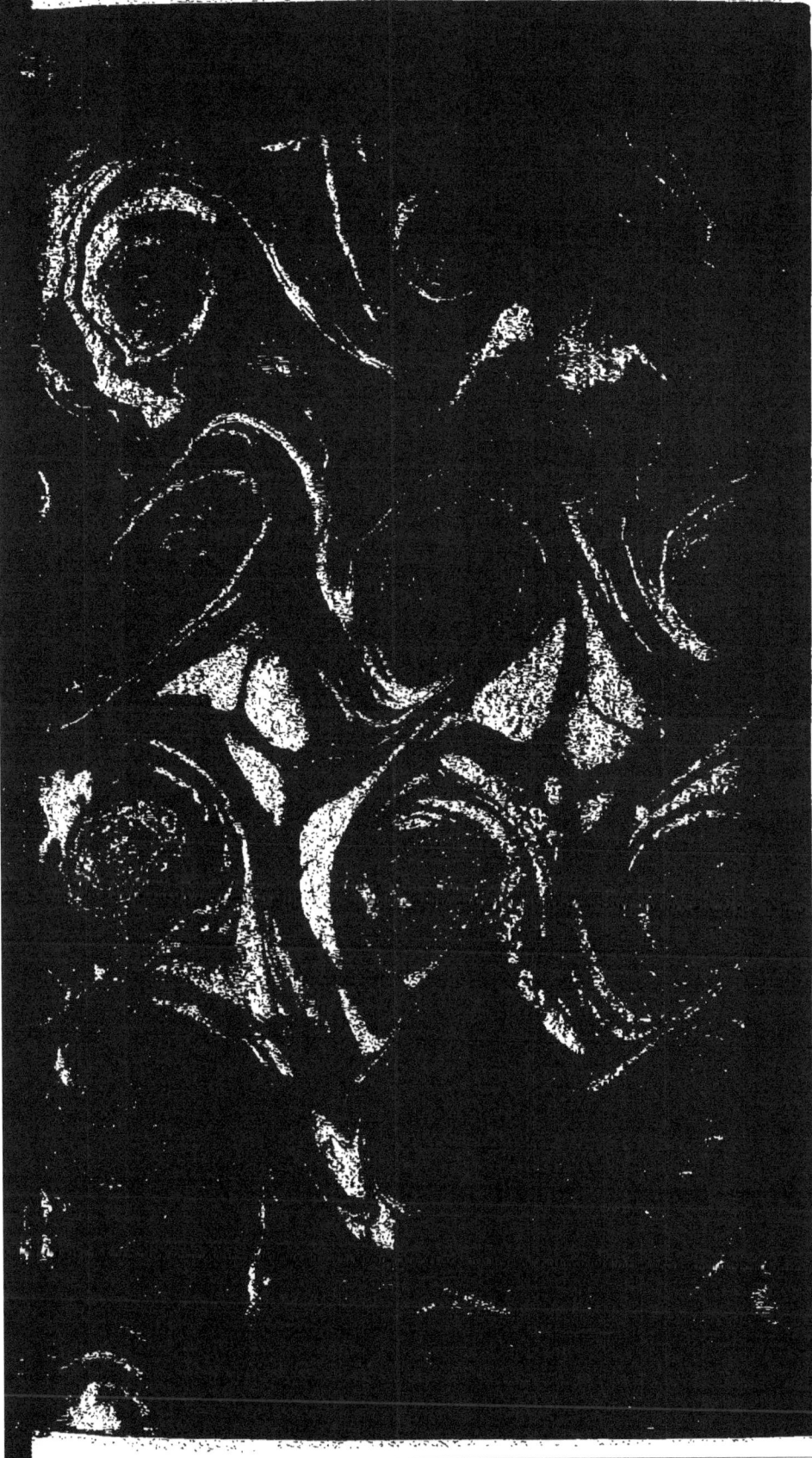

17218
H

MEMOIRES

POUR SERVIR

A L'HISTOIRE

DES

HOMMES

ILLUSTRES

DANS LA REPUBLIQUE DES LETTRES.

AVEC

UN CATALOGUE RAISONNÉ

de leurs Ouvrages.

TOME II.

A LA SCIENCE

A PARIS,

Chez B R I A S S O N, Libraire rue S. Jacques,
à la Science.

M. DCC. XXIX.

Avec Approbation & Privilege du Roy.

TABLE ALPHABÉTIQUE

des Auteurs.

TABLE

Fin de la Table Alphabetique des Auteurs.

APPROBATION.

PRIVILEGE DU ROY.

toutes fortes de perfonnes de quelque qualité &
condition qu'elles foient, d'en introduire d'impreffion étrangere dans aucun lieu de notre obeïffance;
comme auffi à tous Libraires-Imprimeurs & autres, d'imprimer, faire imprimer, vendre, faire vendre, débiter, ni contrefaire lefdits Memoires &
Catalogue ci deffus expofés, en tout ni en partie, ni
d'en faire aucuns Extraits, fous quelque prétexte
que ce foit, d'augmentation, correction, changement de Titre, ou autrement, fans la permiffion ex-
preffe & par écrit dud. Expofant ou de ceux qui au-
ront droit de lui, à peine de confifcation des Exemplaires contrefaits, de trois mille livres d'amen-
de contre chacun des contrevenans, dont un tiers
Nous, un tiers à l'Hôtel-Dieu de Paris, l'autre
tiers audit Expofant, & de tous-dépens, domma-
ges & interêts. A la charge que ces Préfentes fe-
ront enregiftrées tout au long fur le Regiftre de la
Communauté des Libraires & Imprimeurs de Paris,
& ce dans trois mois de la datte d'icelles, que
l'impreffion de ce Livre fera faite dans notre
Royaume & non ailleurs, & que l'Imprretant fe
conformera en tout aux Reglemens de la Libr. &
notamment à celui du 10. Av. 1725. & qu'avant
de l'expofer en vente, le manufcrit ou imprimé
qui aura fervi de copie à l'impreffion dudit Liv.
fera remis dans le même état où l'Approbation
y aura été donnée, és mains de notre très cher &
feal Chevalier Garde des Sceaux de France le fieur
Fleuriau d'Armenonvillé, Commandeur de nos
Ordres; & qu'il en fera remis 2 exemplaires dans
nôtre Bibliotheque publique, un dans celle de nôtre Château du Louvre, & un dans celle de nôtre
très cher & feal Chevalier Garde des Sceaux de
France le Sr Fleuriau d'Armenonville, Commandeur de nos Ordres; le tout à peine de nullité des
Préfentes, du contenu defquelles vous mandons
& enjoignons de faire joüir l'Expofant ou fes
ayans caufe pleinement & paifiblement, fans fouffrir qu'il leur foit fait aucun trouble ou empêche-
ment. Voulons que la copie des Préfentes qui
fera imprimée tout au long au commencement
ou à la fin dud. Livre foit tenue pour dûëmens

fignifiée, & qu'aux copies collationnées par l'un
de nos amez & féaux Confeillers & Secre-
taires , foi foit ajoutée comme à l'original
COMMANDONS au premier notre Huiſſier ou Ser-
gent, de faire pour l'execution d'icelles, tous Actes
requis & neceſſaires , fans demander autre per-
miſſion , & nonobſtant clameur de Haro , Charte
Normande , & Lettres à ce contraires : CAR tel
eſt notre plaiſir. DONNE' à Paris le vingt huitié-
me jour du mois de Novembre, l'An de Grace mil
fept cens vingt-fix, & de notreRegne le douziéme.
Par le Roy. en fon Confeil ; DE S. HILAIRE.

Régiſtré fur le Regiſtre V I. de laChambre Royale des
Libraires & Imprimeurs de Paris, No 530. F. 421.
conformément aux anciens Reglemens confirmez par
celui du 28 Fevrier 1723. A Paris le 3 Dec. 1726.

Signé, VINCENT , Adjoint.

MEMOIRES

MEMOIRES
POUR SERVIR
A L'HISTOIRE
DES
HOMMES
ILLUSTRES

DANS LA RE'PUBLIQUE
des Lettres.

Avec un Catalogue raifonné
de leurs Ouvrages.

JEAN LA PLACETTE.

 *EAN la Placette* nâ-
quit le dix-neuf Jan-
vier 1639. à *Pontac* en
Bearn, où fon pere é-
toit Miniftre. Dés fa
plus tendre jeuneffe il témoigna u-
ne extrême paffion pour l'étude;

Jean la
Placet-
te.

Tome II. A

& après avoir fait ses humanitez, il se consacra tout entier à la Théologie.

Il fut reçû Ministre en 1660. & on lui confia d'abord l'Eglise d'*Orthés*. Quatre ans après il fut appellé à celle de *Naï*, dans la même Province de Bearn , & y exerça son ministere jusqu'en 1685. L'estime que son merite lui avoit acquise, engagea l'Eglise de *Charenton* à faire ses efforts pour l'attirer chez elle ; mais quelque avantageuse que fût pour lui cette vocation , il ne pût se résoudre à quitter son Eglise de *Naï*, où il étoit aimé & honoré.

L'Edit de Nantes ayant été révoqué en 1685, M. la Placette sortit de France pour se retirer dans les Pays étrangers. L'Electeur de *Brandebourg* lui fit alors offrir l'Eglise de *Coningsberg* ; mais la Reine de Dannemarc, qui cherchoit un Ministre pour elle-même, & pour l'Eglise Françoise qu'elle avoit fondée à *Copenhague*, jetta d'abord les yeux sur lui, & lui adressa une vocation avant qu'il eût pris d'autres engagemens.

Il accepta les offres de cette Reine, & exerça fon Miniftere à *Co-*
penhague jufqu'en l'année 1711, qui
fut celle de la mort de cette Princeffe. Il fe retira cette année en Hollande, fon âge avancé, & fes infirmitez ne lui permettant plus de
faire les fonctions de Miniftre. A-
prés avoir demeuré quelque tems à
a Haye, il fe retira à Utrecht, où
il eft mort le 25. Avril 1718. dans
la 80e. année de fon âge.

JEAN LA
PLACET-
TE.

M. de *la Placette*, quoique fort
occupé à remplir exactement fes devoirs, n'a pas laiffé de compofer un
grand nombre d'Ouvrages, dont
voici le Catalogue.

1. *Nouveaux effais de Morale.*
*Amfterdam in-*12. 4. tom. Le premier en 1692. le fecond en 1693. le
troifiéme & quatriéme en 1697.
L'Auteur ne s'eft point piqué de
voler fi haut que M. Nicole, ni
de plaire à l'efprit par des maximes
ingenieufes, ou par la politeffe du
difcours; fon ftile eft fimple & uni,
mais fa morale eft folide; les regles
qu'il donne font fort fenfées, &
également éloignées d'une exceffive

rigueur, & d'un relâchement cri-minel. En un mot, il y a plus à pro-fiter dans cet Ouvrage, qu'il n'y a ordinairement dans les Traitez de Morale, qui sortent de la plume des Protestans.

2. *Nouveaux essais de Morale qui peuvent servir de suite aux autres du même Auteur. La Haye 1714. in-12. 2. tom.*

3. *Traité de l'Orgueil. Amsterdam 1693. in-8o.* Cet Ouvrage est rem-pli de réfléxions solides, mais qui font quelquefois un peu trop dif-fufes. Il a été réimprimé avec quel-ques augmentations en 1699.

4. *Traité de la Conscience, divisé en 3. Livres. Amsterd. 1695. in-12.*

5. *Traité de la restitution, où l'on trouvera la résolution des Cas de Con-science qui ont du rapport à cette ma-tiere. Amsterdam 1696. in-12.* l'Au-teur imite dans cet Ouvrage le stile & la méthode dogmatique des Ca-fuistes Catholiques.

6. *La Communion dévote, ou la maniere de participer saintement & utilement à l'Eucharistie. Amsterdam 1695. in-12. quatriéme édition corri-*

gée & augmentée d'une feconde par- JEAN LA
tie, & particulierement de la refolution PLACET-
des Cas de Confcience qui ont du TE.
rapport à cette matiere. *Amfterdam*
1699. in-12. L'Auteur entre dans
de grands détails, perfuadé que les
generalités & les penfées vagues &
confufes, fi ordinaires aux Proteftans qui parlent de morale, ne
conduifent à rien.

7. *Traité des bonnes œuvres en*
général. Amfterdam 1700. in-12.
Cet Ouvrage fait voir qu'il y a des
Théologiens Proteftans qui recon-
noiffent la néceffité des bonnes œuvres, quoique M. de la Placette s'y
plaigne que l'on n'infifte pas affez
fur ce fujet.

8. *Traité du Serment, divifé en*
deux Livres, où l'on trouvera la ré-
folution des Cas de Confcience qui ont
du rapport à cette matiere. La Haye
1701. in-12. Ce Traité eft plus négligé que les autres.

9. *Divers traités fur des matie-*
res de Confcience, où l'on trouvera la
réfolution de plufieurs Cas importans,
& particulierement de ceux qui con-
cernent le menfonge, les équivoques

& *les reservations mentales, l'interêt,*
le jeu, le droit que chacun a de se dé-
fendre, le scandale. Amsterdam 1698.
in-12. L'Auteur traite ces matieres
avec beaucoup d'ordre & de méthode, & les épluche, non pas avec
toute la secheresse, mais avec toute
l'exactitude de l'Ecole; c'est le jugement qu'en porte M. de Beauval.

10. *La mort des Justes, ou la ma-*
niere de bien mourir. Amsterdam 1695.
in-12.

11. *Traité de l'Aumône, in*-12.

12. *Traité des jeux de hasard dé-*
fendu contre les objections de M. de
Joncourt, & quelques autres. La
Haye 1714 *in*-12. C'est une nouvelle édition du Traité inseré dans
les divers Traitez sur des matieres
de conscience, où l'Auteur avoit
prétendu que tout jeu de hasard
n'étoit pas criminel, avec des additions, où il le défend contre M. de
Joncourt qui étoit d'un sentiment
contraire.

14. *La morale chrétienne abre-*
gée & réduite à trois principaux de-
voirs, la repentance des pecheurs, la
perseverance des justes, & les progrés

que ces juſtes perſeverans doivent fai- JEAN LA
re dans la pieté. Amſterdam 1695. *in-* PLACET-
12. Item, *deuxiéme èdition augmentée* TE.
par l'Auteur. Amſterdam 1701. *in.* 12.

15. *Réflexions chrétiennes ſur divers ſujets , où il eſt traité.* 1°. *De la ſecurité.* 2°. *Du bien & du mal qu'il y a dans l'empreſſement avec lequel on recherche les conſolations.* 3°. *De l'uſage que nous devons faire de notre tems.* 4°. *Du bon & du mauvais uſage des converſations. Amſterdam* 1701. *in-*12.

16. *Obſervationes Hiſtorico - Ecleſiaſticæ, quibus eruitur veteris Eccleſiæ ſenſus circa Pontificis Romani poteſtatem in definiendis fidei rebus. Amſtelod.* 1695. *in-*8°. Il avoit déja donné un eſlai de cet Ouvrage quelques années auparavant, qui ne contenoit que treize obſervations , au lieu que celui-ci en contient trente-ſix.

17. *De inſanabili Romanæ Eccleſiæ ſcepticiſmo diſſertatio. Amſtelodami* 1686. *in-*4°. Item traduit en Anglois, mais abregé. *Londres* 1688. *in-*4°.

18. *De l'autorité des ſens contre*

A iiij

la Transubstantiation. Amsterdam
1700. *in-*12.

19. *Traité de la Foi divine. Amsterdam* 1697. *in-*12. *deuxième édition augmentée. Roterdam* 1716. *in-*4°. 4. tom.

20. *Dissertations sur divers sujets de Morale & de Theologie. Amsterdam.* 1704. *in-*12

21. *Réponse à deux objections, qu'on oppose de la part de la raison à ce que la foi nous apprend sur l'origine du mal & sur le Mystere de la Trinité, avec une addition où l'on prouve que tous les Chrétiens sont d'accord sur ce qu'il y a de plus incomprehensible dans le Mystere de la Prédestination. Amsterdam* 1707. *indouze.* Les Journalistes de Trevoux disent à l'occasion de cet Ouvrage (Juillet 1713.) que M. de la Placette qui nous a donné beaucoup d'Ouvrages de Morale & de Controverse, où l'on remarque un esprit net, qui débroüille heureusement les questions les plus embarassées, & un esprit juste, qui ne manque de parvenir à son but, que quand les préjugez de parti l'en dé-

tournent, étoit plus propre qu'un JEAN LA
autre à réfuter M. Bayle, contre PLACET-
lequel il a compofé ce Livre, à dé- TE.
mêler fes équivoques, à faire fentir fes détours fubtils & étudiez, à
ne pas prendre le change qu'il donne fouvent pour éluder la force de
la verité, à le ramener aux principes,
à découvrir la foibleffe de fes objections, malgré l'air impofant dont
il les debite, & à feparer dans ces
objections fpécieufes les differens
degrés de probabilité.

22. *Eclairciffement fur quelques
difficultez qui naiffent de la confideration de la liberté neceffaire pour agir
moralement, avec une addition où l'on
prouve contre Spinofa, que nous
fommes libres, pour fervir de fuite à
la réponfe aux objections de M. Bayle. Amfterdam* 1709. *in-*12.

23. *Réponfe à une objection, qui
tend à faire voir que fi Dieu a refolu
les évenemens, on peut négliger les
foins qui paroiffent les plus neceffaires,
avec une addition où l'on examine le
dogme de la prémotion Phyfique.
Amfterdam* 1709. *in-*12.

24. *Nouvelles réflexions fur l'a-*

JEAN LA
PLACET-
TE.

Mém. pour servir à l'Histoire de la prémotion Physique & sur les jeux de hasard, pour servir de réponse d'un côté aux invectives de M. Naudé, Professeur de Mathematiques à Berlin, & de l'autre à M. Joncourt Pasteur de la Haye. La Haye 1714. *in-12.*

25. *Lettre à M. Rou, où il lui propose quelques objections contre son sentiment sur les septante semaines de Daniel*, inserée dans la Republique des Lettres de Février 1709.

V. son Eloge. *Europe Sçav.* tom. 18. p. 310. *Nouv. Litter.* du 30 Juillet 1718.

MICHEL-ANTOINE
BAUDRAND.

MICHEL-
ANTOINE
BAU-
DRAND.

MICHEL-ANTOINE Baudrand nâquit à Paris le 20 Juillet 1633. Son pere étoit premier Substitut du Procureur Général de la Cour des Aydes, Trésorier de France de Montauban, & Maître des Requêtes de feu son Altesse Royale Gaston de France.

Le goût de l'Abbé Baudrand

pour la Geographie se forma, quand il étudioit au College des Jesuites de Paris sous le P. *Briet,* fameux par sa Geographie qui s'imprimoit a-lors, & dont le jeune Disciple corrigea les épreuves.

Il fut dans la suite à Rome Secretaire du Cardinal *Antoine Barberin.* Revenu en France aprés divers voyages, il revit, augmenta de moitié, & fit imprimer à Paris le Dictionnaire Geographique de Ferrarius.

En 1672. l'Abbé Baudrand passa en Allemagne avec M. le Marquis de Dangeau, qui y alloit pour les affaires du Roi, & en 1673. il fut en Angleterre avec la Duchesse d'York, depuis Reine d'Angleterre. Il profita de tous ces voyages, pour se perfectionner dans la Geographie qu'il aimoit.

En 1691 il alla à Rome avec le Cardinal le Camus pour l'élection du Pape Innocent XII. Ce voyage interrompit la traduction de son Dictionnaire Geographique qu'il avoit commencé, & qu'il acheva à son retour, mais que la mort l'a

MICHEL- empêché de faire imprimer lui-mê-
ANTOINE me. Il est mort à Paris le 29. Avril
BAU- 1700. âgé de 66. ans. Il étoit Prieur
DRAND. de Rouves & de Neuf-Mar-
ché.

Ses Ouvrages sont.

1. *Philippi Ferrarii Lexicon Geo-
graphicum emendatum, illustratum,
& dimidia parte auctum à M. A.
Baudrand. Paris. 1670. fol* Le Pere
Ferrari avoit non seulement augmenté le trésor d'Ortelius pour la
Geographie ancienne, mais il y a-
voit encore joint la nouvelle, quoique d'une maniere seche & trés-
imparfaite; mais lorsque ce Livre
parut avec les additions de l'Abbé
Baudrand, cette édition comparée
avec celles d'Italie & de Londres,
attira de grands éloges à l'Editeur,
& on ne tarda gueres à la contrefaire à Padouë, à Geneve & à
Basle.

2. *Geographia ordine litterarum dis-
posita. Paris. 1682. fol. 2. vol.* En
1677. l'Abbé Baudrand voulut entreprendre une nouvelle édition du
Lexicon de Ferrari, mais il se trouva tant de choses à y ajouter, qu'il

changea ſon premier plan. Il remarqua que les diviſions étoient neceſſaires; Meſſieurs Samſons'étoient
appliquez à perfectionner cette partie de la Geographie , & y avoient
excellé, & M. Baudrand profita de
leurs travaux. Il avoit recueilli un
grand nombre d'excellentes remarques ſur la Geographie nouvelle;
tout cela joint au Lexicon de Ferrari dont la moitié lui appartenoit
forma ces deux Volumes, auſquels
il avoit la meilleure part. Ils donnerent priſe à la Critique , & l'année ſuivante M. Guillaume Sam-
ſon peu touché de la maniere obli-
geante dont cet Abbé avoit parlé de
ſon pere , & de ſa famille , fit imprimer ſes Diſquiſitions geographi-
ques pour les critiquer. Dans la Préface du Dictionnaire Poſthume de
M. Baudrand , on parle de ces Diſquiſitions avec mepris, & l'on prétend que cet Abbé a mepriſé la querelle qu'on lui faiſoit , ſans daigner
répondre ; mais l'Auteur de la *Mé-*
thode pour étudier la Géographie ne
convient pas de cette indifference
de M. Baudrand, il prétend au con-

MICHEL-
ANTOINE BAU-
DRAND.

traire que les observations de M.
Antoine Samson, qu'il avoit dessein de pous-
ser plus loin, ne furent disconti-
nuées que par le credit qu'eut l'Abbé de les faire cesser. Il est sûr du
moins que les censures ne le déta-
cherent pas de ce genre d'étude.

3. *Descriptio Fluminum Galliæ,
quâ Franciâ est, opera Papirii Mas-
soni, cum notis M. Baudrand. Paris.
1685. in-12.*

4. Il employ aensuite deux ans à
composer un Ouvrage qui n'est pas
encore imprimé : *Geographia Chri-
stiana, sive notitia Archiepiscopa-
tuum, & Episcopatuum totius urbis,
quibus à Pontifice Romano providetur
juxta præsentem ipsorum statum.* Il
avoit déja ébauché cet Ouvrage à la
fin de son Dictionnaire Latin.

5. *La Francia* 1662. *fol.* Item, *indue
Tavole* 1694. *fol.* C'est une Carte
de la France qu'il fit pour les Italiens.

6. *La Principauté de Catalogne
& le Comté de Roussillon, suivant
les nouvelles observations. Carte en
deux feuilles. Paris* 1693.

7. *Dictionnaire Geographique & hist-*

torique. *Paris* 1705.*in-fol.* Cet Ou- Michel-
vrage a été imprimé par les foins du Antoine
P. Gelé, Benedictin, qui l'a beau- Bau-
coup augmenté ; mais il n'a pas eu Drand.
l'eftime des Sçavans, & il eft entierement tombé. Deux chofes ont pû
y contribuer. 1°. L'Auteur ne s'y
propofe que la Geographie moderne. Il eft vrai qu'on voit à la fin
une lifte des noms Latins qui ren-
voyent à des noms François, mais
elle n'eft propre qu'à induire en erreur ceux qui ne font que medio-
crement fçavans. 2°. On trouve
dans l'édition Françoife des fautes
groffieres, qui ne font pas dans l'é-
dition Latine ; ainfi le François de
1705 eft moins une traduction,
qu'une corruption du Latin de
1682.

V. fon Eloge à *la tête du Dictionnaire Geographique.*

DANIEL-GEORGE MORHOF.

DANIEL-GEORGE MORHOF. DANIEL-GEORGE *Morhof* nâquit à *Wismar*, Ville du Duché de *Meckelbourg* le 6. Février 1639. d'une honnête famille. Après avoir fait ses premieres études dans sa Ville natale, il alla à l'âge de seize ans à *Stetin*, où il étudia la Philosophie sous *Jean Micralius*, l'Hebreu sous *Joachim Fabricius*, & le Droit sous *Jean Sithman*, sans négliger cependant les Belles-Lettres, qu'il avoit principalement à cœur. Deux ans après, c'est-à-dire en 1657. il passa à *Rostock* pour y continuer ses études de Droit.

En 1660. une piece de Poësie qu'il fit, & qui plût aux connoisseurs, lui procura la Chaire de Professeur en Poësie à *Rostock*; il n'entra cependant en exercice que l'année suivante, ayant obtenu pour voyager une année, qu'il employa à visiter la Hollande & l'Angleterre. Il ne demeura pas long-tems dans

dans ce poste, car en 1665 le Duc DANIEL-
de Holstein ayant fondé une Uni- GEORGE
versité à *Kiel*, l'engagea à accepter MORHOF.
la Charge de Professeur en Élo-
quence & en Poësie dans cette nouvelle Academie.

En 1670. il fit un second voyage en Hollande & en Angleterre,
& de retour à Kiel se maria le 23.
Octobre 1671. Deux ans après il fut
fait Professeur en Histoire à la place
d'*Adam Tribbechovius*, & l'on ajoûta en 1680. à cette Charge celle de
Bibliothecaire de l'Université.

L'ardeur qu'il avoit pour l'étude
le faisoit suffire à tous ses emplois,
& lui faisoit trouver du tems pour
composer ce grand nombre d'Ouvrages qu'il a donnés au public.
Mais enfin le travail l'épuisa, &
après avoir langui long-tems, il
mourut à *Lubec* le 30. Juillet 1691.
âgé de 53. ans, laissant deux fils
après lui.

Catalogue de ses Ouvrages.

1. *Diatriba de morbis & eorum re-
mediis Juridica. Rostochii* 1658.
C'est une These qu'il soutint en
Droit à Rostock ; c'est proprement

Tome II. B

DANIEL-
GEORGE
MORHOF·

un Traité du droit des malades, faite suivant la maniere des Allemans.

1. *Lessus in Ciconiam Adrianum.*
Carmen juvenile & ludicrum. Rosto-
chii in 4°. 1660. Ce fut cette piece
qui lui procura la Charge de Professeur en Poësie à Rostock.

3 *Disputatio de jure silentii. Frane-*
quera 1661. *in-* 4°. C'est la These
qu'il soutint le 26. Septembre 1661.
lorsqu'il se fit recevoir Docteur en
Droit , en passant à Franeker.

4. *Dissertatio de enthusiasmo &*
furore Poëtico. Rostochii 1661. *in-* 4°·

5. *Theologia Gentilis Politicæ dis-*
sertatio. 1a. *De divinitate Princi-*
pum. Rostochii in- 4°. 1662. Cette
premiere dissertation a été réimprimée avec une partie de la deuxiéme
dans le Recueil des Dissertations
de l'Auteur en 1699. elles roulent
sur le culte idolâtre que les Payens
ont rendu à leurs Princes.

6. *Memoria Henrici Rahnii , A-*
cademiæ Rostochiensis Jurisconsulti
publicâ Oratione celebrata. Rostochii
1662. *in-* 4°.

7. *Querela Halecis ad Neptunii*
Tribunal. Carmen joculare. Rostochii
in- 4°. 1662.

8. *Profphonema in Chriftiani Kor-* DANIEL-
tholti fummos in Theologia honores. GEORGE
Roftochii 1663. *in*-4° L'Auteur y MORHOF
traite de l'accord de la Philofophie & de la Theologie.

9. *Diatribe Philologica de novo*
anno ejufque ritibus. Roftochii 1663.
in-4°.

10. *Carmen de Ente rationis He-*
roicum joculare. Roftochii (1663.
ou en 1664) L'Auteur affûre dans
la Préface d'une feconde Edition
de ce Poëme, faite à Kiel , que
Robert Fludd Philofophe Anglois avoit foûtenu férieufement
ce qu'il avoit avancé en badinant
fur les Etres de raifon.

12. *Princeps Medicus.* Roftochii
1665. *in*-4°. C'eft une Differtation fort curieufe fur la Guerifon
des Ecrouelles par les Rois de
France & d'Angleterre ; l'Auteur
l'admettant également dans ces
deux Princes , foûtient qu'elle eft
miraculeufe. Il a été attaqué fur
cela par *Jean Joachim Zentgrave,*
Théologien de Strafbourg, dans un
Livre intitulé : *Biga difputationum*
de actu ftrumoforum Regis Franciæ.

B ij.

DANIEL-
GEORGE
MORHOF

20 *Mem. pour servir à l'Histoire*
Witteberga 1669.

13. *Oratio de tribus Causis ob quas multi ad minus solidam aliquam sapientiam perveniant. Kilonii* 1666. C'est un Discours qu'il prononça le 22. Janvier 1666. dans une Promotion de Docteurs. Ces trois Causes qui empêchent de parvenir à la veritable sagesse sont, selon lui, la Paresse, l'Amour propre, & les Disputes.

14. *Roberti Boylii Introductio ad Historiam Qualitatum particularium: Cui subnectuntur tractatus de Cosmicis rerum qualitatibus, de Cosmicis suspicionibus, de Temperie subterranearum Regionum, de Temperie submarinarum Regionum, de fundo Maris, ex Anglico in latinum sermonem conversi. Hamburgi* 1671. *in*-12. M. Morhof a traduit ces Ouvrages de M. Boyle avec lequel il avoit lié amitié en Angleterre, mais il n'a pas voulu y mettre son nom.

15. *Disputatio de Sole igneo Academica. Kilonii* 1672. *in*-4°. Il y traite de la nature du Soleil.

16. *Epistola de scypho vitreo per*

ſonum humanæ vocis rupto. Kilonii DANIEL
1672. *in-*4°. 2. *Editio auctior.* Ki- GEORGE
lonii 1703. *in-*4°. Un Marchand MORHOF,
de vin d'Amſterdam, qui rom-
poit des vers à boire par un ton
de voix élevé d'une octave au-deſ-
ſus du ton de ces mêmes vers, a
donné lieu à cet Ouvrage, où
l'on trouve pluſieurs choſes curieuſes, qui confirment la poſſi-
bilité de ce fait.

17. *Oratio de Intemperantia in
ſtudiis, & eruditorum, qui ex ea
oriuntur morbis.* Kilonii *in-*4°. 1672.

18. *Epiſtola de Tranſmutatione
Metallorum.* Hamburgi 1673 *in-*8°.
L'Auteur fait voir dans cet Ou-
vrage trop d'attachement pour la
Chimie, & trop de crédulité pour
les Hiſtoires qu'on rapporte par
rapport à la tranſmutation des
Méraux.

19 *Diſſertatio de Paradoxis ſen-
ſuum.* Kilonii 1676. *in-*40.

20 *Traité de la Langue & de la
Poëſie Allemande, de leur origine,
de leurs progrez & de leurs Règles,
où l'on parle auſſi de la Poëſie des autres Peuples* (en Allemand) *à Kiel*

DANIEL-
GEORGE
MORHOF.

1682. *in-8°. Item Lubec* 1700. Cet
Ouvrage est curieux & sçavant.

21. *De Patavinitate Liviana Liber, ubi de Urbanitate & Peregrinitate sermonis latini universè agitur. Kilonii* 1685. *in-*40. L'Auteur recherche dans cet Ouvrage ce que c'est que la Patavinité que l'on a reprochée à Tite-Live, & montre qu'on n'entendoit par-là qu'un certain tour d'expression, & quelques phrases particulieres à ceux de Padoue.

22. *Disputatio de Eloquentia in tacendo. Kilonii* 1684. *in-*40. Il y fait voir qu'il est de la prudence de l'Orateur de supprimer dans ses Discours des choses qui s'entendent assez d'elles-mêmes, ou qui sont étrangeres à son sujet, suivant ce Proverbe vulgaire.

Supprimit Orator quæ Rusticus edit ineptè.

23. *Philochrysum, seu de laudibus Auri Orationes duæ, omnis generis hominum, præcipuè Ecclesiasticorum vitia falsè traducentes. Lubecæ* 1690. *in-*40. Le premier Discours est de *Marc-Antoine Majo-*

ragio Professeur d'Eloquence à Mi-
làn. Comme les Ecclesiastiques y
sont fort maltraitez, on ne l'a pas
imprimé avec ses autres piéces
d'Eloquence, mais *Marquard Gudius* l'ayant trouvé à Milan le publia à Utrecht en 1666. *in-4°.*
Le 2. est de M. Morhof, qui le
recita à Kiel le 1. Septembre 1690.
Il y a observé de n'attaquer que
les Ecclesiastiques Catholiques,
quoique les choses qu'il dit, puissent
aussi bien tomber sur les Ministres
Protestans. Ces deux piéces ont
été réimprimées à Kiel, ou plû-
tot à Lipsik, quoique cette premiere Ville soit marquée dans le
Titre en 1690. *in-40.*

24. *Polyhistor, sive de notitia
Auctorum & rerum Commentarii
Lubecæ* 1688. *in-4°.* Cette premiere édition ne renferme qu'une
partie de l'Ouvrage, c'est-à-dire le
1. & le 2. Livre du premier Tome que l'Auteur appelle *Polyhistor litterarius.* Le 3. Livre a paru à
Lubec en 1692. *in-4°.* aprés la
mort de M. Morhof; & tous les
trois ont été réimprimés ensemble

(marginalia:) DANIEL GEORGE MORHOF.

DANIEL- en 1695. *in-4°.* dans la même Vil-
GEORGE le. Enfin cet Ouvrage a parù plus
MORHOF. complet en 1708. sous ce Titre :

Polyhistor in tres Tomos, litterarium,
(cujus soli tres Libri priores hactenus
prodiere, nunc autem quatuor reliqui
è MSS, accedunt) philosophicum,
& practicum nunc demum editos,
primoque adjunctos divisus. Opus
Posthumum suppletum & auctum à
Joanne Mollero. Lubecæ 1708.
in-4°. 2. *Tomes.* Il y a de fort
bonnes choses dans cet Ouvrage,
mais la Méthode y manque.

25. *Commentatio de disciplina*
Argutiarum. 1693. *in-12.* Les
Journalistes de Lipsix font beaucoup de cas de cet Ouvrage, qu'ils
disent être rempli de fort bonnes
remarques sur l'Eloquence.

26. *Collegium Epistolicum. Lipsiæ*
1693. *in-12.* Cette édition est
remplie de fautes grossiéres. L'Ouvrage, qui est un Traité de la
maniere d'écrire des Lettres, a paru d'une maniere plus correcte
sous le Titre du *Libellus de ratione*
conscribendarum epistolarum, Acces-
serunt nova quædam exempla. Lu-
becæ

becæ. 1694. *in* 8°.

27. *Opera poëtica cum Præfatione Henrici Muhlii. Lubecæ* 1694. *in-* 8°. C'eft un recueil de toutes les Poëfies de l'Auteur, dont la plû- part avoient deja été imprimées en differens temps.

28. *Orationes & Programmata. Hamburgi* 1698. *in*-8°.

29. *Differtationes Academicæ & Epiftolicæ. Hamburgi* 1699. *in*-4°.

30. *Delitiæ Oratoriæ intimioris, five Liber de Dilatatione & Ampli- ficatione oratoria. Lubecæ* 1701. *in*-8°.

Son Eloge fe trouve à la tête du *Polyhiftor de l'an* 1708.

DANIEL-
GEORGES
MORHOF.

LOUIS ELLIES DU PIN.

LOUIS *Ellies du Pin* nâquit à Paris le 17. de Juin 1657. Il étoit Fils de *Louis Ellies du Pin,* iffu d'une ancienne Famille noble de Normandie. Inftruit des pre- miers Elemens de la Grammaire par fon Pere & par des Maîtres, il fe trouva en état d'entrer à l'â-

LOUIS-
ELLIES
DU PIN.

Tome II. C

LOUIS-ge de 10. ans en troisiéme sous
ELLIES M. *Lair* Professeur du College
DU PIN. d'Harcourt, & prit sous cet excellent Maître un tel goût pour les
belles Lettres, que depuis ce temps-
là il fit sa principale occupation de
l'Etude. Il fut reçû Maître ès-Arts
en 1672.

Déterminé ensuite à l'Etat Ecclesiastique, il étudia en Sorbonne, & n'eût pas plûtôt achevé le
Cours ordinaire de ses Etudes,
qu'il se donna entiérement à la
lecture des Conciles, des Peres, &
des Auteurs Ecclesiastiques. Il n'a-
voit alors d'autre vûe, que de s'oc-
cuper utilement & de se préparer
par avance aux Etudes nécessaires
pour fournir le Cours de sa Licen-
ce, que sa jeunesse l'empêchoit de
commencer.

Il fut fait Bachelier en 1680. &
reçût le Bonnet de Docteur le 1.
Juillet 1684. Il entreprit bientôt
après de donner une Bibliotheque
Universelle de tous les Auteurs
Ecclesiastiques, contenant l'Histoire de leur Vie, le Catalogue,
la Critique, & la Chronologie de

leurs Ouvrages, un fommaire de ce qu'ils contiennent, un juge-ment fur leur Stile & fur leur Doctrine, & le dénombrement des differentes éditions de leurs œuvres. Ce projet étoit immenfe, mais le courage de M. *du Pin* n'en fut point effrayé, & il n'a pû même fe borner à ce feul Ouvrage, dont l'éxecution fuffifoit, ce fem-ble, à la vie de plufieurs perfon-nes.

Les differens Ouvrages, qu'il a compofés, font voir fa facilité pro-digieufe & fon affiduité à l'Etude. Mais on fera plus furpris de cette facilité, fi l'on fait refléxion que M. *du Pin* étoit diftrait par une infinité d'affaires incidentes, qu'il étoit Commiffaire dans la plûpart des affaires de la Faculté ; que, nommé Profeffeur de Philofophie au College Roïal, fes Leçons le partageoient auffi bien que le Jour-nal des Sçavans auquel il a travail-lé pendant plufieurs années ; qu'il fourniffoit aux uns des Mémoires, aux autres des Avis, des Préfaces à plufieurs Livres, & que malgré

C ij

LOUIS
ELLIES
DU PIN.

tout cela, il trouvoit encore le moyen de se délasser avec ses amis une partie de la journée, & ne se refusoit à personne ; Auteur d'un Caractére aussi commode pour l'usage de la vie, que plein de disposition & de facilité pour le travail.

Cependant sa liberté naturelle aussi bien que la nature de quelques Ecrits qu'il avoit publiés, lui avoient fait plusieurs ennemis, qui ne manquerent pas de profiter de l'occasion que leur fournit le Cas de Conscience, pour lui faire de la peine. M. *du Pin* qui l'avoit signé fut relégué à Chatelleraut, & privé de sa Chaire. Un Homme comme lui, accoûtumé à vivre dans Paris au milieu des Gens de Lettres, & uniquement occupé de ses Etudes ne pouvoit demeurer que fort impatiemment dans une Province, éloigné de tout commerce, & privé même du plaisir de l'Etude. Pour obtenir son retour, il commença par retracter sa signature, & sçût ensuite intéresser à son rappel plusieurs Personnes de

confideration, enfin il donna un L o u i s-
defaveu de plufieurs Propofitions, E l l i e s
qu'il avoit avancées dans quelques- du Pin.
uns de fes Ouvrages. Il obtint à
ce prix-là la liberté de revenir,
mais fa Chaire ne lui fut point rendue.

Aprés fon retour à Paris, fa
plume devint encore plus féconde ;
livré à tout genre de Litterature,
il a été en même temps Interprete, Théologien, Canonifte, Hiftorien Sacré & Profane, Critique,
Philofophe même, & tout cela
avec la même facilité, quoique
quelquefois aux dépens de fa reputation. Ce n'eft pas que fes Ouvrages n'ayent toujours eu un débit affez prompt & affez heureux ;
mais la facilité avec laquelle il travailloit, ayant paru fufpecte à plufieurs Perfonnes, on a trouvé fouvent, ou que l'exactitude ne répondoit nullement à fa diligence,
ou que fes recherches étoient trop
communes, pour rendre une partie de fes derniers Ouvrages utiles à d'autres qu'à des Commen-
çans.

L o u i s -
E l l i e s
du Pin.

Mais on ne peut du moins lui refuſer la louange d'avoir eu un goût excellent, une grande exemption des préjugés ordinaires, un eſprit net, précis, méthodique, une lecture immenſe, une mémoire heureuſe, une imagination vive, mais réglée, un ſtile leger & noble, un caractére équitable & moderé, ſans parti, ſans violence, ſans prévention, plein de reſſources dans les béſoins, plus porté à la paix qu'à la diviſion, & propre à former des projets de réunion, s'il y avoit eu lieu d'en eſperer quelqu'une de la part des communions Étrangéres.

C'eſt ce qui l'avoit mis en commerce avec pluſieurs Sçavans de differens partis, & on ſçait que l'Archevêque de Cantorbery (*Guillaume Vvake*) lui a écrit pluſieurs Lettres, où il lui témoignoit l'eſtime qu'il faiſoit de ſa modération, de ſa ſcience & de ſon jugement. Ce fut encore ce qui le fit conſulter pendant le ſéjour du *Czar* à Paris, ſur quelques proiets de réunion; heureux, ſi les foibles efforts pour un ſi grand Ou- **Louis-** vrage euſſent ouvert des voyes de **Ellies** Conciliation. **du Pin.**

M. du Pin a joué un grand rôle dans les affaires de la Conſtitution *Unigenitus.* On ſçait qu'il a été l'ame & l'organe de tout ce qui s'eſt fait en Sorbonne contre elle ; Députations , Commiſſions , Mémoires, tout paſſoit par ſes mains , & il ſe prêtoit à tout.

Enfin conſumé par ſes travaux & par un régime de vie qui a contribué à abréger ſes jours , il mourut le 6. Juin 1719. agé de 62. ans.

Catalogue de ſes Ouvrages.

1. *Nouvelle Bibliothéque des Auteurs Eccléſiaſtiques , contenant l'Hiſtoire de leur Vie , le Catalogue , la Critique , & la Chronologie de leurs Ouvrages, le ſommaire de ce qu'ils contiennent , un Jugement ſur leur ſtile & ſur leur doctrine, & le dénombrement des différentes éditions de leurs Ouvrages.*

Tome 1. *Des Auteurs des trois premiers ſiécles. Paris* 1686. *in-*8°.

LOUIS-
ELLIES
DU PIN.

2. édition peu différente de la premiere. *Paris* 1688. *in-8°*. 3. édition. *Paris* 1698. *in-8°*. 2. Tomes. On a retranché de cette édition la Differtation préliminaire fur la Bible, qui fe trouve dans les précedentes, & on y a ajoûté la fucceffion des Evêques des grands Siéges, l'Hiftoire des Perfecutions, celle des Conciles, & celle des Héréfies, ce qui comprend toute l'Hiftoire Eccléfiaftique.

Tome 2. *Des Auteurs du 4. Siécle. Paris* 1689. *in-8°*. 2. Tomes. 3. édition plus exacte & plus ample. *Paris* 1702. *in-8°*. 3. Tomes.

Tome 3. *Des Auteurs du 5 Siécle. 1. Partie des Auteurs qui ont fleuri au commencement du 5. Siécle. Paris* 1688. *in-8°*. 2. édition. *Paris* 1690. *in 8°*. 2. Tomes.

2. *Partie des Auteurs du 5. Siécle depuis* 430. *jufqu'à* 500. *Paris* 1690. *in-8°*. 2. édition. *Paris* 1702. *in-8°*. 2. Tomes.

Tome 4. *Des Auteurs du 6. Siécle, Paris,* 1690. *in-8°*. réimpri-

mé depuis fans beaucoup de chan- L o u ı s-
gement.

Tome 5. *Des Auteurs des 7. & 8.* fiécles avec une réponfe aux remarques du *P. Petitdidier faites contre le premier Volume. Paris* 1691. *in* - 8o. réimprimé depuis fans augmentation.

Supplément contenant les princi-paux points de l'Hiftoire Eccléfiafti-que des 4. 5. 6. 7. & 8. *fiécles avec une Table Chronologique. Paris* 1711. *in*-8°. Comme M. du Pin n'avoit parlé dans les Volumes précedens que de la Vie & des Ouvrages des Auteurs Eccléfiaftiques, & des Actes & Canons des Conciles, il crût devoir donner un Supplément, où l'on trouvât comme dans la troifiéme édition des trois premiers fiécles, la fucceffion des Evêques des grands Siéges, l'Hiftoire des Perfecutions, celle des Heréfies, & des Conteftations fur la Doctrine, avec une Table Chronologique de l'Hiftoire de tous ces fiécles.

Hiftoire des Controverfes & des Matiéres Eccléfiaftiques traitées dans

E ʟ ʟ ı ᴇ s
ᴅᴜ Pıɴ.

34 *Mem. pour servir à l'Histoire*
Louis-le neuviéme siécle. Paris. 1694. *in* 8°.
ELLIES 2. édition. *Paris* 1698. *in-*8°. M.
DU PIN. du Pin nous apprend lui-même
que la liberté avec laquelle il avoit
porté son Jugement sur le Stile,
l'Esprit & la Doctrine des Auteurs
Ecclesiastiques, avoit déplû à quelques personnes. En effet on porta
des plaintes contre lui à M. l'Archevêque de Paris, & malgré la
complaisance qu'il fit paroître pour
ce Prélat, en se soûmettant sans
réserve à son Jugement, & en
souscrivant même à la condamnation de plusieurs choses sur lesquelles il pouvoit se défendre, son Ouvrage fut supprimé par un Arrest
du Parlement. M. du Pin ne se rebuta pas cependant, & résolut de
continuer sa Bibliotheque, il en
obtint bien-tôt après la permission,
& il fut seulement obligé de changer le Titre de son Ouvrage, & même quelque chose de sa Méthode,
en y faisant entrer aussi l'Histoire
Ecclésiastique.

Histoire des Controverses & des
Matiéres Ecclésiastiques traitées dans
le 10. *Siécle. Paris* 1696. *in-*8°.

Histoire des Controverses, &c. du
11. *siécle. Paris* 1696. *in-*8°.

Histoire des Controverses &c. du
12. *siécle. Paris* 1696. *in-*8°. 2. Tomes.

Histoire des Controverses &c. du
13. *siécle. Paris* 1698. *in-*8o.

Histoire des Controverses &c. du
14. *siécle. Paris* 1698. *in-*8o.

Histoire des Controverses &c. du
15. *siécle. Paris* 1698. *in-*8°. 2. Tomes. Il y a à la fin du second une
Dissertation curieuse sur l'Auteur
du Livre de l'Imitation.

Histoire de l'Eglise & des Auteurs
Ecclésiastiques du 16. *siécle. Paris*
5. Volumes *in-*8°. 1701. 1703. Les
trois premiers Volumes sont sur
l'Histoire, & les deux autres sur les
Auteurs.

Bibliothéque des Auteurs Ecclé-
siastiques du 17. *siécle Paris* 1708.
*in-*8°. 7. Tomes. L'Auteur a re-
pris dans ces Volumes son ancien
Titre, mais il y a omis son Nom.
Une bonne partie de cet Ouvrage
n'a pas coûté beaucoup à M. du
Pin, car il n'a fait que copier les
Extraits des Livres dont il parle

LOUIS-
ELLIES
DU PIN.

& qui se trouvent dans le Journal des Sçav. comme la plûpart étoient de lui, il les a apparemment revendiqués comme un bien qui lui appartenoit.

Histoire Ecclesiastique du 18. *siécle. Paris* 1714. *in*-8°. 4. Tomes.

Bibliothéque des Auteurs Ecclesiastiques du 18. *siécle depuis* 1700. jusqu'en 1710. *Paris* 1711. 2. Tomes *in*-8°.

Discours préliminaire sur l'Ancien & le Nouveau Testament. Paris 1699. *in* 8°. 3. Volumes. M. du Pin n'avoit donné qu'un petit essai de cet Ouvrage dans la premiere édition du 1. Tome de la Bibliotheque des Auteurs Ecclesiastiques dont il l'a séparé ensuite, & qu'il a augmenté jusqu'à en faire trois Volumes. M. de Bauval dit qu'on verra dans ce Livre toutes les Questions qu'on peut former sur le sujet qu'il traite avec beaucoup d'ordre & de méthode, & de plus avec le bon sens, & l'équité qui regnent dans tous les Ouvrages de M. du Pin. Ouvrages des Sç. 1701.

Table universelle des Auteurs Ec- L o u i s-
clesiastiques. *Paris* 1704. *in-*80. 5. E l l i e s
Volumes. C'est le plus imparfait du pin.
de tous les Ouvrages de M. du
Pin. On y trouve à chaque page
des fautes grossieres; & il y a des
omissions sans nombre. C'est cependant le canavas d'un Ouvrage
qui seroit fort utile, si on s'appliquoit à le perfectionner.

Tous ces volumes qui composent la Bibliotheque des Auteurs
Ecclesiastiques sont au nombre de
47. *in-*80. On l'a réimprimée à
Amsterdam en 19 volumes *in-*40.
Mais comme la plûpart de ces volumes ont été imprimés sur les premieres éditions, cette édition est
imparfaite. On avoit commencé à
traduire cet Ouvrage en Latin, &
on a imprimé les trois premiers
volumes à Amsterdam; mais on
n'a pas été plus loin. M. du Pin
travailloit, lorsqu'il est mort, à en
faire une traduction latine, qu'il
devoit augmenter considerablement. Cette Bibliotheque a été aussi traduite en Anglois, & imprimée en plusieurs volumes. *in-fol.*

LOUIS-ELLIES DU PIN.

2. *De antiqua Ecclesiæ Disciplina Dissertationes historicæ, Paris 1686. in 40.* Item. *Coloniæ Aggrippinæ* (*Amstelodami*) 1691. *in-*40. Si l'on veut connoitre les veritables sentimens de l'Auteur sur la puissance Ecclesiastique , il faut avoir les endroits qu'on a retranchés , & qui se trouvent à la tête de quelques exemplaires de cet Ouvrage.

3. *Liber Psalmorum cum Notis , quibus eorum sensus litteralis exponitur. Paris. 1691. in-*80. Ces Notes font courtes , claires , & levent presque toutes les difficultés que l'on pourroit avoir pour l'intelligence du Texte. C'est le Jugement qu'en porte le Journal des Sçavans.

4. *Le Livre des Pseaumes traduit selon l'Hébreu avec des courtes Notes. Paris* 1691. *in-*12. Item. *Paris* 1710. *in-*12. C'est la Traduction des Notes latines.

5. *La juste Défense du Sieur du Pin , pour servir de Réponse à un Libelle anonyme publié depuis peu contre les Pseaumes qu'il a donnés au*

Public. Cologne 1693. *in*-12.   L o u i s

6. *S. Optàti Afri Milevitani E- E L L I E S piſcopi de Schiſmate Donatiſtarum* DU PIN. *Libri ſeptem ad MSS. Cod. & veteres Editiones collati. Quibus acceſſere Hiſtoria Donatiſtarum unà cum Monumentis veteribus ad eam ſpectantibus, nechon Geographia Epiſcopalis Africa. Pariſ.* 1700. *in-fol.*

7. *Nota in Pentateuchum.* Pariſ. 1701. *in* 8°. 2. Volumes. Ce ſont des Notes ſur le Pentateuque, ſemblables à celles qu'il a données ſur les Pſeaumes.

8. *Défenſe de la Cenſure de la Faculté de Théologie de Paris contre les Mémoires de la Chine* (du Pere le Comte Jéſuite) Paris 1701. *in-8o.* M. du Pin défend ici la Cenſure dogmatiquement & théologiquement.

9. *De la Néceſſité de la Foy en Jeſus - Chriſt, pour être ſauvé, où l'on examine, ſi les Payens ou les Philoſophes, qui ont eu la connoiſſance d'un Dieu, & qui ont moralement bien vécu, ont pû être ſauvés ſans avoir la Foy en Jeſus - Chriſt.*

LOUIS-
ELLIES-
DU PIN.

Paris 1701. *in*-8°. 2. Tomes. L'Auteur y soûtient la nécessité de la Foi en Jesus-Christ.

10. *Dialogues Posthumes du Sieur De la Bruyere sur le Quiétisme. Paris* 1699. *in*-12. M. De la Bruyere n'avoit fait que sept Dialogues & M. du Pin qui les a donnés au public, y en a ajoûté deux autres, pour remplir le dessein du premier Auteur. Ces Dialogues sont pleins de traits agréables & plaisans, mais ils contiennent aussi des principes & des maximes de la Morale Chrétienne traitez avec force & avec éloquence. Les Caractéres des Personnages y sont bien dépeints & bien soûtenus. Les deux derniers Dialogues ne cedent point aux premiers pour l'agrément & la politesse du stile, & sont plus forts pour le Dogme. C'est ainsi qu'en parle le Journal des Sçavans.

11. *Traité de la Doctrine Chrétienne & Orthodoxe. Paris* 1703. *in*-8°. Ce Volume qui est le premier d'une Théologie Françoise qu'il avoit dessein de donner au Public

Public, fans l'avoir cependant exe-
cuté, contient les Prolegomenes de
la Théologie. L'Ordre qu'il s'étoit
propofé de fuivre étoit de divifer
fon Ouvrage en cinq parties. La 1.
devoit traiter des Dogmes, la 2.
des Sacremens, la 3. de la Difci-
pline, la 4. des Rites, la 5. des
Mœurs. Cet Ordre quoique nouveau, ne laiffoit pas d'être méthodique. Il y travailloit lorfqu'il eft
mort; & c'eft par cet Ouvrage qu'il
efperoit finir fa carriere.

12. *Joannis Gerfonii Doctoris &
Cancellarii Parifienfis Opera, quibus
præfixa funt Gerfoniana & adjuncta
aliorum hujus temporis Scriptorum
Opera ac Monumenta omnia ad ne-
gotium Joannis Parvi fpectantia. Amftelodami 1703. 5. Vol. fol.* M. du Pin
n'a rien oublié pour rendre cette
édition parfaite; mais de fon aveu,
il eût été à fouhaitter pour la correction, qu'elle fe fût faite fous fes
yeux.

13. *L'Hiftoire d'Apollone de Tya-
ne convaincuë de fauffeté & d'impofture. Paris 1705. in-12.* M. du
Pin a donné fous le nom de M. de

LOUIS-
ELLIES
DU PIN.

Claireval cet Ouvrage, qui est rempli de critique & de remarques judicieuses.

14. *Traité de la puissance Ecclésiastique & temporelle.* 1707. *in-*8°. Cet Ouvrage est un Commentaire fort étendu sur les quatre propositions de la déclaration de l'Assemblée du Clergé de 1682.

15. *Bibliotheque universelle des Historiens. Paris* 1707. *in -* 8°. 2. *Tom. It. Amsterdam* 1708. *in -* 4°. L'Auteur qui y suit la même méthode que dans sa Bibliotheque des Auteurs Ecclésiastiques, devoit en donner la suite, mais il n'a pas été plus loin.

16. *Lettre sur l'ancienne discipline de l'Eglise touchant la célébration de la Messe. Paris* 1708. *in-*12.

17. *Histoire des Juifs depuis Jesus-Christ jusqu'à present, contenant les Dogmes des Juifs, leurs Confessions de Foy, leurs variations, & l'Histoire de leur Religion depuis la ruine du Temple, pour servir de supplément & de continuation à l'Histoire de Joseph. Paris* 1710. *in-*12. 7. *Volumes.* Cette Histoire est celle de M. Basnage, à

laquelle M. du Pin a fait quelques changemens. Comme il a supprimé le nom de l'Auteur, M. Basnage s'en est plaint dans un Ouvrage intitulé : *Histoire des Juifs reclamée & rétablie par son veritable Auteur M. Basnage , contre l'édition anonyme & tronquée , qui s'en est faite à Paris. Roterdam 1711. in-8°.* Il assure de plus qu'on a laissé dans l'édition de Paris plusieurs fautes qui étoient dans l'édition d'Hollande , quoiqu'elles y fussent corrigées dans l'errata , qu'on y a mis des contradictions, en changeant dans un endroit , & en laissant dans un autre des choses repetées en l'un & en l'autre, & qu'on y a ôté tout ce qui pouvoit être à la louange des Protestans, & tout ce qui y étoit dit des défauts & des fautes de quelques Rois de France & d'Espagne.

18. *Dissertations historiques, chronologiques & critiques sur la Bible. Tome* I. *Paris* 1711. *in* 80. Ces Dissertations ne roulent que sur la Genese, & n'ont point eu de suite.

19. *L'Histoire de l'Eglise en abregé par demandes & par réponses, depuis*

LOUIS ELLIES DU PIN.

LOUIS-
ELLIES
DU PIN.

*le commencement du monde jusqu'à
présent. Paris* 1712. *in*-12. 4. *Tomes,*
2. édition. *Paris* 1714. 4. *Tomes in-*
12. Les Journalistes de Trevoux
font un fort bel éloge de cet Ouvrage. L'Auteur, disent-ils, Ecrivain infatigable, & d'une facilité
surprenante, est maître de son sujet;
il a voulu être court; il l'est sans
être obscur, & sans omettre pres-
qu'aucun fait considerable. Une autre louange qui lui est dûe, c'est qu'il
n'a rien donné à la prévention, ni
à la passion. Il est Historien, il raconte, & rien plus. Il lui a fallu
pour soutenir ce caractere beaucoup
d'art & de discretion. On le voit
souvent au bord du précipice, mais
il sçait s'y retenir; on sent bien
pour qui est son cœur, mais au
moins dans cet Ouvrage son cœur
n'a pas été le maître de sa plume.
Le stile n'en est pas entierement
correct, ni fort recherché; mais il
est clair & coulant, & cela suffit.
Un Carme qui s'est caché sous le
nom de *Selvaggio Canturani*, a traduit cette Histoire en *Italien*, & sa
traduction a été imprimée à *Venise*

en 1716. en 4. Vol. *in*-12. On n'a L o u i s -
pas voulu mettre à la tête le nom de E L L I E S
l'Auteur, qui eſt en mauvaiſe odeur D U P I N.
en Italie.

20. *L'Hiſtoire Profane depuis ſon
commencement juſqu'à preſent. Paris*
6. *Vol. in*-12. Les deux premiers en
1714. & les 4. autres en 1716. It.
Anvers, 1717. 6. *vol. in*-12. Cette derniere édition fourmille de fautes,
les noms propres y ſont preſque par
tout eſtropiez. Quoiqu'il y ait bien
des choſes à reprendre dans cette
Hiſtoire, elle peut être utile à ceux
qui n'aiment point les longs Ouvrages.

21. *Analyſe de l'Apocalypſe, contenant une nouvelle explication ſimple
& litterale de ce Livre, avec des Diſſertations ſur les Millenaires, &c.
Paris* 1714. *in*-12. 2. *Tomes.*

22. *Traité hiſtorique des excommunications, dans lequel on expoſe l'ancienne & nouvelle diſcipline de l'E-
gliſe au ſujet des excommunications &
des autres cenſures. Paris* 1715. *in*-12.

23. *Méthode pour étudier la Theologie, avec une Table des principales
Queſtions, à examiner & à diſcuter*

Louis- *dans les études Theologiques, & les*
Ellies *principaux Ouvrages sur chaque ma-*
du Pin. *tiere.* Paris 1716. *in-*12. La Table
passe pour être de M. Witasse.

24. *Dénonciation à M. le Procu-*
reur Général d'un libelle injurieux aux
Evêques, à S. A. R. Monseigneur le
Duc d'Orleans, intitulé Mémoire pour
le corps des Evêques qui ont reçû la
Constitution Unigenitus, *in-*12.

25. *Défense de la Monarchie de*
Sicile contre les entreprises de la Cour
de Rome, avec une relation veritable
des procedez des deux Cours de Rome
& de Sicile, sur les contestations au
sujet du Tribunal de la Monarchie.
Amsterdam, (Lyon) 4°. 1716. *It.*
Amsterdam 1716. *in-*12. Cet Ouvrage
est sçavant & bien raisonné.

26. *Traité Philosophique & Théo-*
logique sur l'Amour de Dieu, dans le-
quel on établit & on explique les veri-
tez Catholiques, contre les erreurs de
quelques nouveaux Theologiens. Paris
1717. *in-*12.

27. *Continuation du Traité de l'A-*
mour de Dieu, contenant une réponse
à un libelle injurieux, calomnieux &
séditieux, intitulé: Dénonciation du

Traité Philofophique, *&c. Paris* L o u i s-
1717. *in-*8o. E l l i e s
  2 8. *Bibliotheque des Auteurs feparez* du Pin.
de la Communion Romaine du XVI.
& *XVII. fiecle. Paris* 1718. *in-*8°.
2. *Tom.* 4. *Vol.* L'Europe fçavante
parle ainfi de cet Ouvrage. (*Tom.*
7. *p.* 35.) Cet Ouvrage n'a pas be-
foin d'autre éloge, ni d'autre cen-
fure que le nom de M. du Pin. C'eft
toûjours même rapidité dans la
compofition, même legereté dans
le ftile, même moderation dans les
fentimens, même difcernement
dans les jugemens, même précipi-
tation dans les examens, même in-
exactitude dans les faits, c'eft toûjours M. du Pin lui-même. Il a
omis des Auteurs plus confiderables
que ceux dont il parle. Les vies
qu'il donne font trop abregées ;
deux dates en font l'affaire, & parmi celles qui font plus longues, les
faits n'y font pas affez développez,
ou ils font rapportez fans ordre.
L'Auteur ne s'eft pas même donné
le tems, ni l'attention neceffaire
pour difcuter les faits ; la Table
chronologique eft fouvent en con-

LOUIS-
ELLIES
DU PIN.

tradiction avec l'Ouvrage-même. Les Catalogues des Ouvrages ne font gueres plus parfaits. Au reste, les extraits des Livres font faits avec jugement, & ne renferment que ce qu'il y a de confiderable ou de fingulier. M. du Pin ayant été choqué de la liberté avec laquelle ce Journal jugeoit de fon Ouvrage, ajoûta à fon premier Volume une réponfe fort vive, à laquelle les Auteurs du Journal repliquerent auffi vivement, quoique d'une maniere plus ménagée. (*dans le Tome* 7.)

Outre cela M. du Pin a travaillé aux dernieres éditions du Dictionnaire de Moreri: où il a fait des additions & des corrections confiderables. Il a auffi revû la traduction du *Rationarium Temporum* du P. Petau imprimée à Paris en 1715. & l'Hiftoire de Loüis XIII. compofée par M. le Cointe.

V. fon Eloge, *Europe fçavante, tome* 4. *& tome* 9. *Nouvelles Litt. tome* 10. *du Pin Bibl. des Auteurs Ecclef. du* 17. *fiecle, tome* 6.

JEAN

JEAN-LAURENT LE CERF
DE LA VIEVILLE DE
FRENEUSE.

JEAN-LAURENT *le Cerf de* J. L. LE
la Vieville de Freneufe, nâquit à CERF.
Rouen en 1674. d'une famille originaire de Ponteau-de-Mer, & if-
fue d'un *Pierre le Cerf*, Capitaine
des Côtes fous Charles VII. qui
fut annobli par ce Prince en 1449.
Laurent le Cerf de la Vieville, pere de celui dont il s'agit, fut revêtu
en 1671. de la Charge de Garde
des Sceaux du Parlement de Normandie créée en 1449. J. Laurent
étoit fon aîné. Il nâquit avec des
difpofitions fi heureufes pour l'étude, que fon pere eut une attention
particuliere à les cultiver. Il fit fes
humanités fous le *P. Tournemine* Jefuite avec tout le fuccès qu'on en
pouvoit attendre. Le cours de fa
Philofophie achevé, il étudia en
Droit à Caën, moins par inclination que par complaifance pour fon
pere, qui le fouhaittoit ainfi. Ce fut

Tome II. E

J. L. LE CERF.

dans la même disposition qu'il accepta la Charge de Garde des Sceaux du Parlement de Normandie, dont il fut pourvû en 1696. & qu'il exerça d'autant plus volontiers, qu'il pouvoit librement cultiver les Muses, sa Charge ne l'obligeant qu'à présider au Sceau le Mercredy & le Samedy de chaque semaine.

Son ardeur pour l'étude, & l'assiduité avec laquelle il s'y livroit, ont ruiné son temperament délicat de lui-même, & abregé ses jours. Sept mois avant sa mort il fut attaqué d'un flux épatique qui ne finit qu'avec sa vie, qu'il termina le 10. Novembre 1707. étant seulement âgé de 33. ans.

Il a donné au public.

1. *L'explication du 435. & 436. Vers du 4. Livre de l'Eneïde de Virgile, avec les Pensées de M. du Tot de Ferrare, Conseiller au Parlement de Normandie, touchant deux endroits considerables de la Pharsale de Lucain, & un Eloge abregé de M. du Tot inseré dans les Mémoires de Trevoux de Juillet 1702. L'explication qu'il donne d'un endroit de*

Virgile, qu'aucun Interprete n'a- J. L. LE
voit entendu, eft fort ingenieufe. CERF.

2. *Differtation où l'on prouve qu'A-*
lexandre le Grand n'eft pas mort
empoifonné, & remarques fur Aufo-
ne & Catulle , inferées dans le
Mercure de Trevoux de Septembre & Octobre 1708.

3. *Comparaifon de la Mufique Ita-*
lienne & de la Mufique Françoife.
Bruxelles 1704. *in*-12. L'Abbé Raguenet avoit publié en 1702. un
Parallele des Italiens & des François, en ce qui regarde la Mufique
& les Operas, où il avoit donné la
préference aux Italiens ; M. de Freneufe foutient dans cet Ouvrage
qui eft écrit d'un ftile vif, l'honneur de fa patrie, & s'éforce de lui
affurer la gloire d'avoir atteint de
plus près que l'Italie à la vraie perfection de la Mufique. L'Abbé Raguenet lui répondit dans un Ouvrage intitulé : *Défenfe du Parallele*
des Italiens & des François en ce qui
regarde la Mufique & les Operas.
Paris 1705. *in*-12. Le Défenfeur de
la Mufique Françoife n'y eft pas
épargné, & les Journaliftes de Paris

E ij

J. L.
C E R F. LE mêlerent dans l'extrait qu'ils firent de ce Livre, son Eloge avec la censure de celui de M. de Freneuse. Ce dernier repliqua à l'Abbé Raguenet dans l'Ouvrage qui suit.

4. *Comparaison de la Musique Italienne & de la Musique Françoise* deuxiéme édition. *Bruxelles* 1705. *in-*12. 3. *Parties.* Quoique la premiere Partie porte le nom de seconde édition, & que l'Auteur veuille le faire croire, elle n'a de nouveau qu'un nouveau titre ; pour ce qui est des deux autres Parties, elles ont paru alors pour la premiere fois. Cet Ouvrage ayant été tourné en ridicule dans l'extrait qu'en firent les Journalistes de Paris dans le quatorziéme Journal de 1706. M. de Freneuse en fut piqué au vif, ce qui produisit l'Ouvrage suivant.

5. *L'art de décrier ce qu'on n'entend point, ou le Medecin Musicien. Exposition de la mauvaise foi d'un extrait du Journal de Paris. Bruxelles* 1706. *in-*12. Brochure. L'Auteur attaque principalement M. Andri Medecin, qu'il accusoit d'être l'Auteur de l'extrait de son Livre

qui lui tenoit fi fort au cœur.. J.-L. LE
V. *fon Eloge par D. Philippe le* CERF.
Cerf de la Vieville , Benedictin ,
fon frere , dans le Mercure d'Avril
1726.

JACQUES BERNOULLI.

JACQUES *Bernoulli* nâquit le
27. Decembre 1654. à Bafle, où
fon pere tenoit un rang confiderable. Il fut élevé avec beaucoup de
foin. Comme on le deftinoit au Miniftere, on lui fit fuivre le cours ordinaire des études. Au fortir des
Humanités il apprit l'ancienne Philofophie de l'Ecole ; & après avoir
achevé fon cours & reçû , felon
l'ufage , fes degrés dans l'Univerfité de Bafle , il étudia la
Théologie , moins par inclination
que par complaifance pour fon
pere.

Il ne s'occupoit que de ces études, lorfqu'il tomba par hafard fur
quelques figures de Mathematiques, qui exciterent d'abord fa curiofité. L'inclination qu'il avoit
E iij

J. B E R-
NOULLI.

pour cette science se declara alors, & il devint bien-tôt Geometre sans l'aide des Précepteurs, & dans les commencemens presque sans le secours des Livres. On ne lui permettoit pas d'en avoir, & si le hasard lui en faisoit tomber quelqu'un entre les mains, il falloit qu'il se cachât pour le lire, afin d'éviter les reprimandes d'un pere severe qui l'avoit destiné à d'autres études. Cette severité lui fit prendre pour sa devise, Phaëton conduisant le Char du Soleil avec ces mots : *Invito Patre sidera verso*, ce qui a particulierement rapport à l'Astronomie, une des principales parties des Mathematiques, & une des premieres ausquelles il s'appliqua.

Les précautions rigoureuses de ses parens n'eurent donc pas le succés qu'ils esperoient, elles arrêterent néanmoins ses progrés. Borné par le défaut des Livres, il crut tout apprendre en apprenant les simples pratiques de la Geometrie commune & de l'Astronomie, & ce ne fut que dans ses voyages qu'il se détrompa ; ce ne fut même qu'aprés

ſon retour qu'il découvrit qu'il y J. BER-
avoit dans les Mathematiques quel- NOULLI.
que choſe de bien plus excellent,
que tout ce qu'il avoit appris juſques-là, quoiqu'il eut appris alors
tout ce que ſçavent de fort habiles
Geometres.

Avec cette petite proviſion de
connoiſſances Geometriques faites
en cachette dans la maiſon paternelle, il ne laiſſa pas à l'âgé de dix-
huit ans de donner des marques de
la pénétration & de la ſubtilité de
ſon eſprit, en réſolvant ce Problème
de Chronologie aſſez difficile, où
les années du Cicle Solaire, du
Nombre d'Or & de l'Indiction é-
tant données, il s'agit de trouver
l'année de la Periode Jullienne.

M. Bernoulli commença ſes voyages en 1676. Etant à Geneve, il
trouva moyen d'apprendre à écrire
à une fille qui avoit perdu la vuë
deux mois aprés ſa naiſſance. Il fit à
Bordeaux des Tables Gnomoniques
univerſelles, qui n'ont pas été encore publiées. Aprés avoir vû la
France, il retourna chez lui en
1680. Ce fut alors que par le con-

feil de fes amis il lut la recherche
de la Verité du P. Malbranche, &
la Philofphie de Defcartes, dont
il goûta plus la méthode que les
principes.

Il parut dans ce tems-là une
Comete, il en prédit le retour, &
compofa là-deffus en fe divertiffant
un petit effai en fa langue. Il fe
mit enfuite fur le Rhin pour paffer en Hollande. Là il fe laiffa
prendre plus qu'il n'avoit encore
fait aux charmes de la nouvelle
Philofophie, mais fur-tout il s'abandonna aux attraits de cette noble
partie des Mathematiques, qui
confifte dans la réfolution des Pro-
blêmes & dans les Démonftrations,
& qu'il n'avoit gueres connue jufqu'alors. Il dévora la Geometrie
de Defcartes, & par des efforts re-
doublés, il fe rendit bien-tôt
maître, fans le fecours de perfonne, des plus grandes difficultés. Il
traduifit auffi en Latin fon effai fur
le mouvement des Cometes, & ce
petit Traité fut fuivi d'un autre fur
la pefanteur de l'Air.

M. Bernoulli ayant vifité la Flan-

dre & le Brabant , fc rendit à Ca- J. BER-
lais & paffa en Angleterre. Il vit à NOULLI.
Londres tout ce qu'il y avoit
d'Hommes celebres dans les Sciences , & en fut confideré. Il eut même le plaifir de fe trouver aux Conferences qui fe tenoient toutes les
femaines, chez le fameux M. Boyle,
dont il acquit particulierement
l'eftime.

De retour chez lui en 1682.
il fongea à rendre fes études utiles au public. Il crut que rien ne
contribueroit davantage à fon deffein , que de faire des experiences publiques de Phifique & de
Méchanique. Il s'y diftingua , &
fit voir dans la Ville de Bafle ce
grand nombre de belles chofes
nouvellement découvertes , qu'on
n'y connoiffoit point avant lui.
On le demanda en 1684. à Heidelberg pour profeffer les Mathématiques , & il étoit prêt d'entrer dans cet engagement, lorfqu'il
fût retenu par un autre ; on tourna fes vûes du côté du mariage, &
on lui fit époufer une Demoifelle
d'une famille trés-honorable.

J. Ber-
noulli.

Arrêté par ces nouveaux liens, qui l'attachoient à sa Patrie, il s'appliqua plus que jamais aux Mathematiques & s'y donna tout entier.

M. Leibnitz ayant alors donné dans le Journal de Leipsic quelques essais de son nouveau calcul differentiel ou des infini mens petits, dont il cachoit l'Art & la Methode, M. Bernoulli & un de ses freres, qui étoit aussi fameux Geometre, sentirent par le peu qu'ils voyoient de ce calcul qu'elle en devoit être la beauté & l'étendue;ils s'appliquerent donc à en chercher le secret & à l'enlever à l'inventeur ; ils y réussirent, & perfectionnerent cette Methode à un tel point, que M. Leibnitz par une sincerité digne d'un grand homme a declaré qu'elle leur appartenoit autant qu'à lui.

En 1687. la Chaire de Mathematique à Basle étant venue à vaquer par la mort de *Pierre Megerlin*, Professeur très-estimé & Docteur en Droit, on jetta aussi-tôt les yeux sur M. Bernoulli, pour la remplir, & il fut élu du consente-

ment unanime des Magiſtrats. Il fit J. B E R-
honneur à cette place, & s'acquitta N O U L L I.
de ſes devoirs avec un applaudiſſe-
ment univerſel. Sa reputation attira dans Baſle un nombre conſiderable d'Etrangers, qui venoient de
toute part pour l'entendre. Il avoit
un talent merveilleux pour enſeigner, & une adreſſe particuliere à
s'accommoder à la portée & au
different genie de ſes diſciples ; &
le tour qu'il ſçavoir donner aux
choſes les plus difficiles & les plus
obſcures les rendoit claires & faciles à ceux-mêmes qui avoient le
moins d'ouverture d'eſprit.

En 1699. l'Academie des Sciences ayant pris une nouvelle forme,
M. Bernoulli y fut admis avec
Jean Bernoulli ſon frere, en qualité d'Aſſocié étranger. En 1701. ils
furent auſſi aſſociez tous les deux à
l'Academie de Berlin.

Ses travaux continuels cauſés par
les devoirs de ſa charge, & par ſon
ardeur pour l'étude, furent apparemment ce qui le rendit ſujet à la
goute d'aſſez bonne heure, & enfin le firent tomber dans une

J. BER-fiévre lente dont il mourut le 19.
"NULLI. Aouft 1705. dans fa 51. année
laiffant un fils & une fille.

Archimede ayant trouvé la pro-
portion de la fphere au cilindre
circonfcrit ; decouverte d'une extrême difficulté, & d'un grand
éclat dans ce tems-là , mais au-
jourdhuy un fimple jeu pour les
nouvelles méthodes, la fit graver
fur fon tombeau. A fon exemple
M. Bernoulli a voulu qu'on gravât
fur le fien une fpirale logarithmi-
que avec ces mots : *Eadem mutata
refurgo*, par allufion à l'efperance
des Chrétiens reprefentée en quelque forte par les proprietés de cette
courbe , qu'il a la gloire d'avoir
découvertes le premier.

Les Memoires de l'Academie des
Sciences, les Journaux des Sçavans
& ceux de Leipfic font remplis de
fes decouvertes & de piéces de fa façon. Les Ouvrages qu'il a fait imprimer feparément, font :

1. *Conamen novi Syftematis Còme-
tarum, pro motu eorum fub calcu-
lum revocando , & apparitionibus
prædicendis. Amftelod.* 1682. *in-8o.*

M. Bernoulli prétend dans cet ouvrage, que les Cometes font des Satellites de quelque Planete fi élevée au deffus de Saturne, quoique placée dans le tourbillon du Soleil, qu'elle eft toûjours invifible à nos yeux, lefquels ne deviennent vifibles, que quand ils font par rapport à nous dans la partie la plus baffe de leur cercle. De-là il conclut que les Cometes font des corps éternels & que leurs retours peuvent être prédits, ce qui eft auffi l'opinion de M. Caffini. Si cela eft ainfi, elles ne doivent plus être regardées comme des marques du courroux du Ciel. M. Bernoulli n'ofoit pas encore l'affurer en ce temps-là; il fut donc réduit à dire que la queue de la Comete pouvoit être un figne de la colere Celefte.

2°. *Differtatio de Gravitate Ætheris & cœli. Amftel. 1683. in-8°.* Il ne traite pas feulement dans cet ouvrage de la pefanteur de l'air, fi inconteftable, & fi fenfible par le Barometre, mais il s'attache principalement à celle de *l'Ether*, ou d'une matiere beaucoup plus

J. BER-
NOULLI.

J. BER-
NOULLI.

fubtile que celle que nousrefpirons. C'eft à la pefanteur & à la preffion de cette matiere qu'il rapporte la dureté des corps. Il protefte dans fa préface, qu'en imaginant ce fyf-tême, il ne fe fouvenoit point de l'avoir lû dans le celebre Ouvrage de la *Recherche de la verité*, & il s'applaudit d'avoir eu la même pen-fée que le P. Malbranche, & d'y être parvenu par le même chemin.

3. *Epiftola ad Fratrem fuum Joh. Bernoulli Profefforem Groning. cum annexa folutione problematis Ifoperimetrici. Bafileæ* 1700. *in* 4°.

4. C'eft M. Bernoulli qui a pris foin de l'edition que l'on a faite à Bafle de la Geometrie de Defcartes. Il étoit fi rempli de cette matiere, que les épreuves qu'il avoit à cor-riger ne pouvoient pas lui paffer par les mains, fans lui faire naître des penfées & des reflexions, & il embellit l'ouvrage de Defcartes par des notes, qui, quoique faites à la hâte, *Tumultuariæ*, comme il les appelle, font trés-curieufes & trés-inftructives.

5. *Ars Conjectandi, Opus pofthumum.*

Accedit tractatus de seriebus infinitis J. B E R-
& Epistola Gallica de ludo pilæ reti- NOULLI.
cularis. Basileæ 1713. *in-*40. L'Auteur
détermine dans cet ouvrage & y
réduit au calcul les differens degrés de certitude ou de vraisem-
blance des conjectures qu'on peut
former sur les choses qui dépendent du hasard, ce qu'il étend
même à la vie civile & aux affaires
particulieres. Il y a inseré un ouvrage de M. Huyghens de *Ratioci-*
niis in ludo Aleæ, où ce Sçavant donne une methode pour déterminer au
juste par le calcul le different sort
de joueurs dans divers cas qui se
presentent ; mais comme il manquoit beaucoup de choses à ce petit
traité, M. Bernoulli y a beaucoup
ajoûté.

V. son Eloge. *Act. Erud. Lips.*
1706. *Jour. Sçav.* 6. *de* 1706. *Mém.*
l'Acad. des Sciences.

GODEFROI – GUILLAUME
DE LEIBNITZ.

GOdefroi-Guillaume de Leibnitz
nâquit à Leipfic le 4. Juillet
1646. Son Pere *Frederic Leibnitz*
étoit Profeffeur de Morale & Greffier de l'Univerfité de Leipfic, il
le perdit à lâge de fix ans, le 5. Septembre 1652. & fa Mere eut un
foin particulier de fon éducation.
Elle le confia aux foins de Mrs.
Hornfchuchius & *Bachufius*, pour
l'inftruire dans les langues Grecque
& Latine ; & il y fit des progrés
qui furpafferent les efperances de
fes Maîtres, quelque grandes quelles fuffent. Lorfqu'il étoit chez lui,
il lifoit avec beaucoup d'application
les anciens Auteurs, fur-tout Tite-
live, quoique fes Maîtres lui en
euffent défendu la lecture.

Il ne fe borna pas à l'Hiftoire,
il étudia auffi les Poëtes, & fur-tout
Virgile, qu'il fe rendit fi familier,
que dans fa vieilleffe même il en
recitoit par cœur un grand nombre

bre de vers sans hésiter, & il profita si bien de cette étude, qu'il composa dès lors en un seul jour un Poëme de 300. vers sans aucune élision.

A l'âge de quinze ans il commença ses études Academiques, & joignant au goût des Belles Lettres celui de la Philosophie & des Mathematiques, il étudia la premiere de ces sciences sous *Jacques Thomasius*, & les Mathematiques sous *Jean Khunius* & sous *Erhard Vveigelius*, qu'il alla trouver exprès à *Jene*, où il profita aussi des Leçons de *Jean Bosius* celebre Professeur en Belles Lettres & en Histoire, & de celles de *Falcknerius* sur le Droit.

En 1663. de retour à Leipsic il soutint sous Thomasius une Thèse *de principiis Individuationis*. L'année suivante il fut reçu Maître-ès-Arts, & faisant servir la Philosophie à l'interpretation de la jurisprudence, il soutint plusieurs questions Philosophiques prises du droit. Il s'appliqua dans ce tems-là particulierement à la lecture des

Tome II. E

G. G. DE
LEIBNITZ
Philofophes Grecs, & chercha les moyens de concilier Platon avec Aristote, comme il a voulu depuis concilier Aristote avec Defcartes ; ce qu'il faifoit avec une fi grande application, qu'on l'a vû fouvent paf. fer des journées entieres à mediter dans une forêt auprès de Leipfic.

Cependant la Jurifprudence faifoit fa principale étude, & il fut reçû Bachelier en cette Faculté en 1665. L'année fuivante il voulut fe faire paffer Docteur, mais il fut refufé, fous pretexte qu'il n'avoit que vingt ans, & pour des raifons qu'on ignore; quelques uns croyent que ce fût parce qu'il s'étoit fait des ennemis en rejettant les principes d'Aristote & des Scholastiques, dont il faifoit peu de cas.

Irrité de ce refus, il alla à Altorf, où il foûtint avec tant d'honneur une Thefe, *de Casibus perplexis*, qu'on lui donna le degré de Docteur, & qu'on lui offrit même une Chaire de Professeur extraordinaire en Droit, qu'il refufa.

D'Altorf il paffa à Nuremberg pour visiter les Sçavans qui y é-

toient. Ayant appris qu'il y avoit G.-G. DE
dans cette ville des perfonnes qui LEIBNITZ
travailloient en fecret à chercher la
pierre Philofophale, il eut envie de
fe faire initier dans leurs myfteres.
Pour y réuffir, il choifit dans des
livres de Chymie, des termes & des
phrafes fingulieres, dont il compofa
une lettre inintelligible à lui-même, qu'il addreffa au Directeur de
cette Societé. Ces fortes de gens,
qui femblables aux fuperftitieux,
admirent furtout ce qu'ils n'entendent point; crurent que l'Auteur de cette lettre feroit une excellente acquifition pour eux. Il fut
introduit dans leur laboratoire. On
le pria même de recevoir des appointemens pour écrire en qualité de Secretaire, tous leurs progrés & toutes leurs experiences, &
pour extraire des livres des meilleurs Chymiftes, ce qui pourroit
fervir à leurs travaux.

Le Baron de Boinebourg, premier
Miniftre de l'Electeur de Mayence
paffant dans ce temps-là par Nuremberg fe trouva à un repas avec
qui, & conçut une fi bonne idée

G. G. DE
LEIBNITZ

de son esprit & de sa science, que lui conseillant de s'attacher particulierement au Droit & à l'Histoire, il l'assura qu'il engageroit l'Electeur (*Jean Philippe de Schonborn*) à l'appeller à sa Cour. M. de Leinibtz lui promit de son côté qu'il travailleroit à se rendre digne de sa protection. Pour être plus à portée d'en sentir les effets, il alla à Francfort sur le Mein, dans le voisinage de Mayence.

En 1668. Jean Casimir Roy de Pologne remit à la Republique la Couronne qu'il tenoit d'elle. Le Comte Palatin étant un de ceux qui y aspiroient, & le Baron de Boinebourg étant allé en Pologne, pour menager ses interests, M. de Leibnitz fit un petit ouvrage, pour prouver que les Polonois ne pouvoient se choisir un meilleur Roy. Cet Ouvrage lui fit beaucoup d'honneur, & plût extrêmement au Comte Palatin, qui voulut attirer l'Auteur à sa Cour. Mais le Baron de Boinebourg l'empêcha d'y aller, & le fit nommer par l'Electeur de Mayence Conseiller de la

Chambre de Revifion de fa Chan-
cellerie. M. de Leibnitz n'avoit
cependant alors que 22. ans.

G.-G. DE
LEIBNITZ

M. de Boinebourg avoit des re-
lations à la Cour de France, &
quoiqu'il eût un fils à Paris, ce fils
étoit trop jeune pour lui confier de
certaines affaires, dont il pria M.
de Leinibtz de vouloir fe charger.
Il fut charmé de trouver cette occafion de marquer fa reconnoiffan-
ce à un fi zelé Protecteur, &
partit en 1672. pour venir à Paris.
Il fe propofoit de tirer de grands
avantages de fon voyage, & il ne
fe trompa pas. Il vit tous les Sçavans de cette ville, forma des re-
lations avec la plufpart d'entre eux,
& s'appliqua d'ailleurs aux Mathematiques, dans lefquelles il n'a-
voit pas fait jufqu'alors des progrés fort confiderables. Mais il s'y
perfectionna tellement dans ce
voyage, qu'il entrevit dés lors le
calcul différentiel, dont il a été
depuis regardé pendant longtemps
comme l'inventeur. Il a reconnu
qu'il devoit principalement les progrés qu'il avoit faits dans les Ma-

G. G. DE thematiques aux ouvrages de *Pas-*
LEIBNITZ *cal* , de *Gregoire de S. Vincent* , &
surtout à l'excellent livre de *Huy-*
gens , de *Horologio Oscillatorio.*

Ayant remarqué quelque im-
perfection dans la Machine Arithmetique de Pascal , à laquelle cet
habile homme n'avoit pas mis la
derniere main , il en inventa une
nouvelle dont il expliqua le dessein
à M. Colbert. Ce dessein plût à ce
Ministre, & fut approuvé par l'A-
cademie des Sciences , qui lui offrit
dés lors une place de Pensionnaire.
Il auroit pû s'établir avantageuse-
ment à Paris , mais il falloit pour
cela embrasser la Religion Catholique; & M. de Leinibtz ne voulut pas abandonner le Lutheranis-
me dans le sein duquel il étoit né.

L'année suivante 1673. M. de
Boinebourg mourut, & les affaires
de ce Seigneur ne retenant plus M.
de Leibnitz à Paris, il fit un voyage en Angleterre,où il lia un commerce particulier avec M. *Collins* ,
& M. *Oldembourg.* Il apprit peu
de temps aprés la mort de l'Electeur de Mayence, & par-là la per-

te de la Pension qu'il recevoit.
Cette nouvelle l'engagea à repaf-
fer en France ; d'où il écrivit au
Duc de Brunfwic - Lunebourg,
pour l'informer de la fituation où
il fe trouvoit. Ce Prince lui écrivit une Lettre pleine de fentimens
d'eftime, & pour lui rendre plus
certaines les affurances qu'il lui en
donnoit; il le nomma Confeiller de
fa Cour avec des appointemens,
& lui permit de refter à Paris jufqu'à ce que fa Machine Arithmetique fût faite, mais elle ne l'a été
qu'après fa mort, & après y avoir
beaucoup dépenfé.

L'année fuivante 1674. il re-
paffa en Angleterre, d'où il alla en
Hollande, pour fe rendre à Hanovre, où il fongeoit à s'établir. Dès
qu'il y fut arrivé, il travailla à
enrichir la Bibliothéque du Prince, des meilleurs Ouvrages en tout
genre.

Le Duc de Brunfwic-Lunebourg
étant mort en 1679. fon Succeffeur *Erneft Augufte* alors Evêque
d'Ofnabrug conçût pour M. de
Leibnitz autant d'eftime, que fon

G.-G. DE
LEIB-
NITZ.

Prédeceffeur en avoit eû ; il lui ordonna même d'écrire l'Histoire de
la Maison de Brunfwic. M. de
Leibnitz l'entreprit, & parcourut
l'Allemagne & l'Italie pour ramaffer les Matériaux qui lui étoient
néceffaires, & revint à Hanovre en
1690. avec une ample moiffon.

En 1700. il fut reçû à l'Académie
Royale des Sciences de Paris. L'E-
lecteur de Brandebourg depuis Roi
de Pruffe en fonda une la même
année à Berlin par le conseil de M.
Leibnitz, qui en fut nommé Préfi-
dent perpetuel, quoique ses affaires
ne lui permiffent pas de refter toujours à Berlin ; mais il en enrichit
les Mémoires de plufieurs Differtations fur la Géometrie, les Belles
Lettres, la Phyfique, & même fur
la Médecine.

Il avoit projetté d'établir à Dref-
de une Academie femblable à celle
de Berlin. Il en avoit entretenu
le Roi de Pologne en 1703. &
fon deffein auroit été éxecuté, fans
les troubles qui furvinrent en Pologne. Un deffein plus vafte l'occupoit depuis longtemps. Il vouloit
trouver

trouver une Langue ſi facile & ſi
claire, qu'elle put ſervir à tous les
Peuples.

Wilkins Evêque de Cheſter, &
d'*Algarme*, y avoient travaillé.
Mais M. de Leibnitz n'approuvoit
pas leur Méthode, & s'en étoit
fait une toute nouvelle. Pour hâter
l'éxecution de ce projet, il chargea
un jeune homme de mettre en ordre les Définitions de toutes les
choſes; mais quoique M. de Leibnitz ſe ſoit appliqué à cette recherche dès 1703. ſa vie n'a pas
été aſſez longue pour executer ſon
deſſein.

Outre la qualité de Conſeiller
intime de Juſtice que l'Electeur
d'Hanovre lui avoit donnée, l'Empereur, à la ſollicitation d'Antoine
Ulric Duc de Brunſwic le fit en 1711.
Conſeiller Aulique; & le Czar le fit
auſſi ſon Conſeiller intime de Juſtice
avec une penſion de mille Ducats,
après une converſation qu'il avoit
eue avec lui à Torgaw dans le tems
du Mariage de la Princeſſe de Vol-
fenbuttel avec le Fils de ce Prince.

Il entreprit dans le même temps

Tome II.   G

G.-G. DE d'établir à Vienne une Académie
LEIB- des Sciences; mais son projet échoua.
NITZ. On dit que la peste en fut cause;
quoiqu'il en soit, il n'eut que la gloire
de l'avoir tenté, & de recevoir comme une marque de la bienveillance
de l'Empereur une pension de deux
mille Florins. Ce Prince lui fit de
plus promettre une pension de quatre
mille Florins, s'il venoit s'établir à
Vienne : ce qu'il auroit fait ; mais
la mort ne lui en a pas donné le
temps.

De retour à Hanover en 1714. il
trouva que l'Electeur, devenu Roi
d'Angleterre, lui avoit associé M.
Eckhard, pour travailler à l'Histoire de Brunswic. Cet Ouvrage fut
souvent interrompu par d'autres
qu'il composoit suivant les occasions.
La derniere chose qui l'occupa,
fut une dispute qu'il eut avec M.
Clarke, & que sa mort termina.
Une goute à laquelle il estoit sujet,
lui étant remontée à l'épaule, il prit
une tisanne dont il se peroit du soulagement, mais elle ne pût passer.
Les douleurs de la pierre s'étant
jointes aux douleurs de la goute lui

cauſerent des convulſions ſi violen-
tes, qu'une heure après il y ſuccom-
ba, & mourut le 14. Novembre 1716.
âgé de 70. ans.

M. de Leibnitz étoit d'une tail-
le médiocre, plûtôt maigre que
gras. Il avoit l'air appliqué, la
Phyſionomie douce, la vûe très-
courte, mais infatigable, & qui
s'eſt bien ſoûtenue juſqu'à la fin de
ſa vie. Il mangeoit bien & bûvoit
peu; la faim ſeule marquoit les
heures de ſes repas, & on ne lui
ſervoit que des mets aſſez groſſiers;
il aimoit à voyager, & les voyages
n'alteroient point ſa ſanté. Pour
imprimer vivement dans ſa mémoire les choſes qu'il vouloit retenir,
il les écrivoit; enſuite il ne les re-
liſoit jamais. Sa mémoire étoit ſi
bonne, qu'il auroit encore dans ſa
vieilleſſe recité Virgile mot pour
mot.

Son temperament le portoit à la
colere, ſes premiers mouvemens
étoient très-vifs; mais il ſçavoit
bientôt calmer un trouble que la
raiſon déſaprouvoit. Il étoit fort
ſenſible à la gloire de paſſer pour un

des plus grands Hommes de l'Europe. Il rechercha soigneusement la faveur des Princes, & s'en servit utilement pour lui & pour l'avancement des Sciences. Sa conversation étoit douce & polie, & il avoit de l'aversion pour les disputes. Il a passé pour aimer l'argent ; on compte que le bien qu'il a laissé montoit à soixante mille écus, il en avoit placé 15. ou 20, mille à interêt, tout le reste a été trouvé dans sa chambre en ducats, & en autres especes, qu'il gardoit dans de grands sacs à bled.

Il a toûjours fait profession de la Religion Luthérienne, cependant il n'alloit pas aux Prêches ; & étant prêt de mourir, son Cocher, qui étoit son Domestique favori, l'ayant prié de faire venir un Ministre, il ne voulut pas l'écouter, & répondit, qu'il n'en avoit pas besoin : aussi n'aimoit-il pas les gens d'Eglise.

Il n'a pas été marié. Il avoit seulement pensé l'être à l'âge de 50. ans ; la personne qu'il vouloit épouser demanda quelques jours pour faire ſes réfléxions, pendant ce temps-là il en fit auſſi de nou-velles, & conclut que *le Mariage eſt bon; mais que l'homme ſage y doit ſonger toute ſa vie.* M. Lœflerus, fils de ſa ſœur uterine, & Miniſtre près de Leipſic, a été ſon unique héritier, & cette ſucceſſion lui a fait perdre ſa femme, qui mourut ſubitement de joye à la découverte du tréſor de ſon oncle.

Catalogue de ſes Ouvrages.

1. *Specimina Juris.* 1. *Specimen Difficultatis in Jure. ſeu Diſſertatio de Caſibus perplexis.* 2. *Specimen Encyclopediæ in Jure, ſeu Quæſtiones Philoſophicæ amœniores ex Jure collectæ.* 3. *Specimen certitudinis ſeu Demonſtrationum in Jure, exhibitum in Doctrina conditionum. Lipſiæ.* C'eſt un recueil des trois Théſes qu'il ſoûtint pendant le cours de ſes études de Droit.

2. *Specimen Demonſtrationum politicarum pro eligendo Rege Polonorum, novo ſcribendi genere ad claram certitudinem exactum. Auctore Georgio Ulicovio, Lituano. Vilnæ 1669.*

G.-G. DE
LEIBNITZ.

M. de Leibnitz fit imprimer cet Ouvrage à Francfort, sur le Mein, sous le nom d'*Ulicovius*, pour prouver que les Polonois ne pouvoient choisir un meilleur Roi que le Comte Palatin, & cet Ouvrage lui fit beaucoup d'honneur.

3. *Nova Methodus discenda docendæque Jurisprudentiæ. Francofurti* 1668. *in* - 12. Il composa cet Ouvrage dans ses voyages, ce qu'on ne croiroit jamais en le lisant.

4. *Corporis Juris reconcinnandi ratio. Moguntiæ* 1668. *in* - 12. Il avoit promis dans l'Ouvrage précedent de donner un nouveau corps de Droit, & il publia celui-ci pour faire connoître la maniere dont cet Ouvrage devoit être exécuté. Il avoit été en commerce de lettres pour ce sujet avec *Jean Albert Portner*, qui avoit formé le même dessein.

5. *Marii Nizolii de veris Principiis & vera ratione Philosophandi contra Pseudophilosophos, cùm Præfatione & Notis G.-G. Leibnitzii. Francofurti* 1670. *in* - 4°. Cet Ou-

vrage avoit été imprimé à Parme G.-G. DE
en 1643. *in-*4°. Mais il étoit en- LEIBNITZ.
tierement tombé dans l'oubli, M. de
Leibnitz crût qu'il meritoit de paroître de nouveau, pour condamner l'opiniâtreté de ceux qui étoient
trop attachez à Ariftote, que Nizo-
li maltraite fort, puifqu'il dit que
la longue & conftante admiration
pour ce Philofophe ne prouve que
la multitude des fots & la durée de
la fottife. M. de Léibnitz y ajoûta
des Notes critiques, dans lefquelles
il n'a pour but que de chercher
la verité fans prétendre faire valoir fon Auteur au-delà de fa
jufte valeur, & une Lettre de M.
Thomafius, fon ancien Maître,
touchant les moyens de réunir la
nouvelle Philofophie avec l'ancienne.

6. *Sacro-fanɛta Trinitas per novæ*
inventa Logica defenfa. 1671. M. de
Boinebourg ayant fait part à M.
de Léibnitz d'une Lettre de Wif-
fowatius neveu de Faufte Socin,
dans laquelle il tâchoit de faire valoir, par des argumens fort tra-
vaillés, les Dogmes des Sociniens, M.

G.-G. DE de Leibnitz y répondit par cet écrit,
LEIBNITZ. où il fait voir que ce n'est que par
des sophismes qu'on peut attaquer les
Myſteres de la Religion Chrétienne,
& que la bonne Logique leur eſt favorable.

7. *Confeſſio naturæ coutra Atheos.*
M. Spitzelius a inſeré cet écrit de M.
de Léibnitz, dans ſon traité contre
les Athées.

8. *Nova Hypotheſis Phyſica, quâ
Phænomenorum naturæ, plerorumque
cauſæ ab unico quodam univerſali
motu in globo noſtro ſuppoſito repetun-
tur, ſeu Theoria motus concreti &
abſtracti. Moguntiæ.* 1 6 7 1. *Item
Londini.* Il admettoit dans cet Ouvrage le vuide, & croïoit que la
matiere eſt une ſimple étendue, ab-
ſolument indifferente au repos &
au mouvement ; mais il a changé
depuis de ſentiment. M. Knoor de
Roſenroth l'a traduit en Allemand,
& l'a joint à ſa traduction du *Pſeu-
dodoxia Epidemica* de Thomas Brown,
imprimée à Nuremberg en 1 6 8 0.
in-4°. ſous le nom de *Chriſtophorus
Peganius.*

9. *Notitia Optica promota.* Ce pe-

tit Ouvrage qu'il adreſſa à Spinoſa, & où il enſeigne de nouvelles manie- res de polir les verres de lunettes, ſe trouve dans les Oeuvres poſthumes de ce dernier.

10. *Cæſarini Furſtnerii de jure ſupre-matus ac Legationis Principum Ger-mania.* 1677. *in* - 12. Les Pleni-potentiaires dès têtes couronnées, nommés pour negocier la paix à Nimegue, refuſant aux Princes Souverains d'Allemagne qui n'é-toient pas Electeurs, de traiter leurs Miniſtres, comme ceux des Prin-ces Souverains d'Italie, M. de Leib-nitz publia en faveur des premiers cet Ouvrage, où il prit le nom de *Cæſarinus,* pour marquer qu'il étoit dans les interêts de l'Empereur; & celui de *Furſtnerus,* pour marquer qu'il eſtoit auſſi dans les intereſts des Princes, *Fuſt* en Allemand ſignifiant *Prince.* Ce Livre lui fit beaucoup d'honneur.

11. *Entretiens de Philarete & d'Eu-gene, ſur la Queſtion du temps, agitée à Nimegue, touchant le droit d'Ambaſ-ſade des Electeurs & des Princes de l'Empire, in* - 12. C'eſt un abregé

G.-G. DE de l'Ouvrage précedent.

LEIBNITZ. 12. De *Arte Combinatoria. Fran-cofurti.* 1690. *in*-4°. Cet Ouvrage a été imprimé à son insçû ; il l'avoit fait fort jeune en 1665. & on l'avoit déja imprimé à Leipsic en 1668.

13. De la tolerance des *Religions. Lettres de M. de Leibnitz, & Réponses de M. Pelisson. Paris.* 1692. *in* - 12. M. de Leibnitz est pour la tolerance, & M. Pelisson la rejette.

14. *Codex Juris Gentium Diplomaticus in quo Tabula authentica Actorum publicorum, pleraque inedita, vel selecta continentur. Hannovera* 1693. *in-fol.* Ce curieux Ouvrage, dont les pieces sont rangées selon l'ordre des temps, commence à l'an 1096. & finit en 1499.

15. Il fit paroître en 1693. un petit Traité de l'Etat de l'Allemagne, tel qu'on pouvoit conjecturer qu'il étoit avant ce que l'Histoire nous en apprend, auquel il donna le nom de *Protogæa*, & dont on voit un petit essai dans le Journal de Leipsic de Janvier 1692. Ce

Traité devoit preceder l'Hiftoire de G.- G. DE Brunfwic. LEIBNITZ.

16. *Noviffima finica, Hiftoriam noftri temporis illuftratura.*1697.*in-8°.* Il fait voir les avantages que l'on retirera de la permiffion qu'ont obtenue les Miffionnaires de demeurer à la Chine.

17. *Lettre fur la connexion des Maifons de Brunfvvic & d'Efte.* 1698. & traduite en Italien par l'Abbé *Guidi.* M. de Leibnitz écrivit cette Lettre à l'occafion du mariage du Duc de Modene avec la fille ainée de *Jean Frederic*, Duc de *Brunfvvic - Lunebourg.*

18. *Acceffiones Hiftoricæ, quibus utilia fuperiorum Temporum Hiftoriis illuftrandis fcripta, monumentaque nondum hactenus edita, inque iis fcriptores diu defiderati continentur. Lipfiæ* 1698. *in-*4o.

19. *Acceffionum Hiftoricarum, tom.* 2. *Continens potiffimum Chronicon Alberici Monachi Trium-fontium. Hannoveræ* 1698. *in-*4°.

20. *Specimen Hiftoriæ Arcanæ, five Anecdota de vita Alexandri V I. Papæ. Hannoveræ.* 1696. *in - 4°.* Ce

G.-G. DE morceau que M. de Léibnitz a ac-
LEIBNITZ. compagné d'une Preface, est tiré
d'une Histoire de ce Pape, écrite
par Jean Burchard son Maître des
Ceremonies ; il n'en avoit que cela
lorsqu'il le fit imprimer ; la vie
entiere lui tomba depuis entre les
mains, & il étoit prêt de la donner au public, quand il est mort.

21. *Mantissa Codicis Juris Gen-*
tium Diplomatici. Hannovera. 1702.
in fol.

22. *Scriptores rerum Brunsvvi-*
censium illustrationi inservientes, anti-
qui omnes, & Religionis Reformatione
priores. Hannovera, in-fol. 3. *vol.* le
premier en 1707. le second en 1710.
& le troisiéme en 1711.

23. *Essais de Theodicée sur la*
bonté de Dieu, la liberté de l'homme
& l'origine du mal. Amsterdam 1710.
in-12. 2. tomes. Il semble que l'intention de M. Bayle ait été de ras-
sembler toutes les objections les plus
fortes qu'on puisse faire sur la bonté de Dieu, la liberté de l'homme,
& l'origine du bien & du mal,
pour les répandre ensuite dans tous
les endroits où il trouvoit lieu de

les placer. La Reine de Pruſſe, qui G. G. DE
conſultoit ſouvent M. de Leibnitz LEIBNITZ.
ſur les matieres les plus difficiles de
la Philoſophie & de la Theologie,
l'engagea à répondre aux difficultez
de ce Sçavant, & il entreprit ce
Livre dans ce deſſein, du moins
en apparence ; car M. Pfaf aſſure
dans un de ſes Ouvrages, que M.
de Leibnitz a été du ſentiment de M.
Bayle, quoiqu'il voulût paroître
l'attaquer, & que ce Sçavant le lui
a avoué lui-même dans une de ſes
Lettres. M. le Clerc, (tome 15.
de la Bibliotheque ancienne & moderne, p. 179.) avoue qu'il en a
toujours jugé de même. Quoiqu'il
en ſoit, cet Ouvrage eſt écrit d'une
maniere fort nette, & il a beaucoup
à apprendre.

24. *De origine Francorum diſqui-*
ſitio. Hanovera. 1715. *in-*8o. M. de
Leibnitz dans cet Ouvrage fait venir les François de la Pomeranie &
des rivages de l'Oder. Il fut attaqué en Allemagne par M. *Grund-*
lingicis, Profeſſeur dans l'Univerſité
de Hall, & en France par le P. *Tour-*
nemine, Jeſuite.

G.- G. DE
LEIBNITZ

2 5. *L'Anti-Jacobite.* 1715. l'Auteur répond dans cet Ouvrage à quelques écrits qui attaquoient la Religion Lutherienne, dans le deſſein d'inſpirer aux Anglois de la haine pour leur nouveau Roy.

26. *Réponſe du Baron de la Hontan à la Lettre d'un particulier, oppoſée au Manifeſte de S. M. le Roy de la Grande Bretagne, comme Electeur d'Hanovre, contre la Saxe.*

27. *Collectanea Etymologica illuſtrationi linguarum veteris Celticæ, Germanicæ, Gallicæ, aliarumque inſervientia cum Præfatione Jo. Georgii Eccardi. Hannoveræ* 1717. *in* 8°.

28. *Recueil de divers écrits compoſés par feu M. de Leibnitz & M. Clarck, en* 1715. & 1716. *ſur les principes de la Phyſique & de la Religion naturelle, (en Anglois & en François.) Londres* 1717. *in-8°. Item traduit (en Allemand.) Francfort* 1720. *in-8°.*

29. *Otium Hannoveranum, ſive Miſcellanea ex Ore & Schedis G.- G. Leibnitzii quondam notata & deſcripta, cum ipſi in colligendis & excer-*

pendis rebus ad Hiſtoriam Brunſvvi- G. G. DE
cenſem pertinentibus operam navaret LEIBNITZ.
Joachim Fridericus Fellerus. Lipſiæ.
1718. *in* 8°.

30. *Recueil de diverſes pieces ſur* +
la Philoſophie, la Religion naturelle,
l'Hiſtoire, les Mathématiques, &c.
par M. de Leibnitz, Clarck, Nevv-
ton, & autres célebres Auteurs. Am-
ſterdam 1720. *in-*8°. 2. *tomes.* Deux
diſputes que M. de Leibnitz a eues
avec les ſçavans d'Angleterre, font
la matiere de ce Recueil ; l'une de
ces diſputes eſt purement hiſtorique,
& roule ſur une queſtion de fait ;
ſçavoir lequel des deux ; ou de lui,
ou de M. Nevvton eſt le veritable,
ou du moins le premier inventeur du
fameux calcul infiniteſimal ; l'autre
roule ſur la Philoſophie de M. Nevvton attaquée par M. de Leibnitz,
& défenduë par M. Clarke. M. des
Maizeaux qui eſt l'Editeur de toutes ces pieces, les a fait préceder
par une Préface hiſtorique, qui
ſemble les mettre dans le point de
vûe, où le Lecteur curieux peut
ſouhaiter de les voir, ſauf pourtant le

G. G. DE point de vûe dans lequel on pour-
LEIBNITZ. roit les mettre hors de l'Angleterre, & sur-tout en Allemagne, où
les interests sont fort differens sur
ce sujet. On doit cependant cette
justice à M. des Maizeaux, qu'il
paroît par tout assez désintéressé.
C'est le jugement qu'en font les
Journalistes de Trevoux, qui don-
nent un ample détail de ces disputes dans les Mémoires de Juin & de
Juillet 1721.

Ajoutez à cela un grand nombre
de petites pieces inserées dans tous
les Journaux.

V. son Eloge, *Act. Erud. Lipf.*
1717. pag. 312. *Europe sçavante,*
Novembre 1718. *Nouvelles Litteraires*
du 14. *Aoust* 1717. *Mémoires de Tre-*
voux d'Aoust 1721.

CHRISTIAN.

CHRISTIAN GRYPHIUS.

CHRISTIAN *Gryphius* nâ- C. GRY-
quit à *Fravenſtad*, en Pologne, PHIUS.
le 29. Septembre 1 6 4 9. Son pere
André Gryphius, étoit renommé par
ſes Ouvrages, & excelloit ſur-tout
dans la Poëſie Allemande. Il étudia d'abord à Gotha, enſuite à Jene, & enfin à Straſbourg, où il fut
diſciple de *Jean Henri Boecler*, &
d Ulric Obrecht.

Aprés s'être bien formé dans les
Belles Lettres & dans la Juriſpru-
dence, il retourna dans ſa patrie en
1673. L'année ſuivante il fut fait
Profeſſeur en Eloquence à Breſlaw,
dans le College de Sainte Eliſabeth.
En 1686. il quitta ce College pour
aller à celui de la Madelaine, dans
la même Ville, dont il fut fait Principal, & Profeſſeur ; dignitez auſ-
quelles on ajouta en 1699. celle de
Bibliothecaire. Il eſt mort le 6. Mars
1706. d'une attaque d'apoplexie, âgé
de cinquante-ſept ans.

Il étoit habile dans la connoiſ-

Tome II. H

C. GRY-
PHIUS.

fance des langues, & fçavoit le Latin, le Grec, l'Hebreu, le Syriaque,
le François, l'Italien, l'Anglois, &
l'Hollandois ; d'ailleurs il étoit bon
Orateur & Hiftorien, mais furtout
excellent Poëte en fa langue. Il connoiffoit fort bien les Livres, &
s'étoit formé une belle Bibliotheque.
Sa mémoire étoit excellente, & il
oublioit rarement ce qu'il avoit lû ou
entendu.

On peut le mettre au nombre des
Sçavans malheureux ; car il eut le
chagrin de voir fa femme qu'il avoit
époufée en 1676. malade pendant
quatorze ans, & de ne point avoir
de fils, à qui il put communiquer
fa feience & fon nom. Il n'a eu qu'-
une fille qu'il a mariée à *Jean-Theo-
dore Leubfcher*, Profeffeur du College
de la Madelaine, lequel pour faire
plaifir à fon beau pere, fit en 1702.
un Livre *de Doctis Gryphiis*, & eft
mort peu de tems après lui.

Ses Ouvrages font :

1. *Hiftoire des Ordres de Chevale-
rie*. (en Allemand,) *Lipfic* 1697.
in-8°. Il n'y mit pas fon nom, qui
parut à une feconde édition faite

après fa mort à Lipfic, en 1709. *in-8°.* C. GRY-

2. *Poefies Paftorales* (en Alle- PHIUS.
mand) 1698. *Lipfic. in-8o.*

3. *Fafciculus I. & II. Lufuum in-
genii ex præftantium Poëtarum recentiorum rarioribus fcriptis excerptorum
Uratiflaviæ* 1699. *in-8°.* [en Allem.]

4. *La langue Allemande d'Antiquité differente & formée peu à peu.
Breflavv* 1708. *in-8°.*

5. *Apparatus feu Differtatio Ifago-
gica de fcriptoribus Hiftoriarum fæculi
XVII. Illuftrantibus. Lipfiæ* 1710. *in-8°.*
Ouvrage excellent en fon genre.

6. *De Exterorum, præcipuè Gallorum,
erroribus Geographicis.* Inferé dans les
Mifcellanea Lipfienfia tom. 10. p. 1.

Il a travaillé auffi au Journal de
Leipfic pour lequel il faifoit de tems
en tems des extraits.

V. fon Eloge. *Acta Erud. Lipfiæ*
1706. p. 239. *& partie* 12. *des vies
des Hommes Illuftres de Clarmund, en
Allemand.*

DANIEL PAPEBROCK.

DANIEL Papebrock nâquit à *Anvers* le 17. Mars 1628. Sa famille étoit originaire de Hambourg, & son grand-pere avoit quitté cette Ville pour s'établir à Anvers, lorsque la Religion Protestante s'étoit établie dans sa Ville natale. Aprés avoir fait ses humanités dans sa Patrie, & sa Philosophie à Douay, il se fit Jesuite en 1646. en quoi il fut imité par ses trois freres. Il regenta suivant la coûtume à Malines & à Bruges, & fut ordonné Prêtre en 1658. Il professoit la Philosophie à Anvers, lorsqu'on la lui fit quitter, pour travailler aux Actes des Saints.

Bollandus invité par le Pape Alexandre VII. d'aller à Rome pour chercher dans les Bibliotheques d'Italie les materiaux necessaires pour ce grand Ouvrage, s'excusa sur son grand âge, & fit agréer à sa Sainteté que le P. *Henschenius*, & le P. *Papebrok* prissent sa place. Ces Peres partirent d'Anvers le 22. Juillet 1660. & arriverent à Rome à la fin de l'an-

5

née ; ils employerent deux ans à par- **D. Pape-**
courir l'Italie, & ne retournerent à **brock.**
Anvers qu'à la fin de 1662. chargez
d'une ample moiſſon. Depuis ce
tems-là le P. *Papebrock* ſe donna tout
entier à mettre en ordre ce qu'ils
avoient ramaſſé, & il a eu beaucoup
de part aux mois de Mars, Avril,
May, & Juin. Il a donné de plus
ſeparément :

Acta vitæ S. Ferdinandi Regis Caſ-
tellæ & Legionis cum Poſthuma illius
gloria. Antuerpiæ 1684. *in* 4°. Ces
actes ont paru auſſi avec les remarques du P. *Papebrock*, qui les accompagnent ici, dans les Actes des Saints
du mois de May.

Il a fait auſſi les Annales d'Anvers,
depuis la fondation de cette Ville
juſqu'a l'an 1700, qu'il a laiſſées ma-
nuſcrites.

Ses travaux continuels affoiblirent
beaucoup ſa vûe, & il fut preſque
aveugle pendant cinq ans. Il eſt mort
le 28. Juin 1714. âgé de 87. ans.

Une diſpute où il fut engagé contre ſon inclination, & qui le com-
mit avec un Ordre qu'il conſideroit
beaucoup, eut des ſuites déſagréables

D. PAPE-
BROCK.

pour lui, & lui causa des peines que
sa vertu lui fit soûtenir avec beaucoup de patience. La chose est trop
interessante, pour ne pas prendre dès
son origine.

Les Peres *Henschenius* & *Papebrock*
donnerent en 1668. les trois volumes des Actes des Saints du mois de
Mars, où ils avoient inseré au sixiéme
la vie de *S. Cyrille*, & au vingt-neu-
viéme celle du B. *Berthold*, ayant
donné à celui-ci le titre de premier
General de l'Ordre des Carmes, &
à S. Cyrille celui de troisiéme General. Quoiqu'ils n'eussent fait que
suivre en cela le sentiment des Cardinaux *Baronius* & *Bellarmin*, & même de *Jean le Gros*, un des Generaux
de cet Ordre, & de *Jean Paleonidor*,
Religieux du même Ordre ; les Car-
més de Flandres en furent scandali-
sez, & l'on vit paroître de leur part
dès l'année suivante un gros Ouvrage composé par le P. *François de Bonne Esperance*, sous ce titre: *Historico-
Theologicum Armamentarium*, *pro-
ferens omnis generis scuta sive sacra
scriptura*, *summorum Pontificum*,
sanctorum Patrum, *Geographorum*,

& Doctorum , tam antiquorum , quam
recentiorum autoritates , traditiones ,
& rationes , quibus amicorum diffiden-
tium tela , five argumenta in Ordinis
Carmelitarum antiquitatem , originem,
& ab Elia fub tribus effentialibus vo-
tis in monte Carmelo Hæreditariam
fucceffionem & huc ufque legitime non
interruptam , vibrata , enervantur.
in -4°.

D. Pape-
brock.

 Les Carmes fe doutant bien que les Jefuites ne demeureroient pas dans le filence , le P. *Matthieu Orlandi*, pour lors leur General, & depuis Evêque de *Cephalu*, écrivit l'an 1671. aux Continuateurs de Bollandus, pour les prier, que lorfqu'ils parleroient du B. *Albert* Patriarche de Jerufalem , ils confultaffent le Pere *Daniel de la Vierge Marie*, Hiftoriographe de leur Ordre.

 Les trois tomes d'Avril parurent en 1675. mais les Carmes ne furent pas peu furpris, lorfqu'ils virent que le P. Papebrock, qui s'en étoit declaré l'Auteur, y avoit non-feulement avancé que la Tradition de l'Ordre des Carmes, qui regardoit le Prophete *Elie*, comme fon Fon-

D. Pape-
BROCK.

dateur, souffroit beaucoup de difficultés, mais qu'il prétendoit encore
avoir trouvé une preuve convain-
quante que cet Ordre n'avoit commencé que dans le douziéme siécle.

Cela obligea le P. *François de
Bonne Esperance*, de donner un second volume de son Arsenal Historique; & comme il n'avoit donné-le
premier que pour engager les Continuateurs de Bollandus à lui répondre par un Traité particulier, &
qu'ils ne l'avoient pas fait ; les Carmes, Approbateurs de cet Arsenal,
attribuerent la victoire à *François de
Bonne-Esperance*.

Ce Pere mourut l'an 1677. & sa
mort fut suivie l'année d'après de
celle du P. *Daniel de la Vierge Marie*,
qui avoit été aussi l'un des adversaires des Continuateurs de Bollandus,
& qui avoit attaqué en particulier
le Pere *Papebrock*, contre lequel il
avoit composé un Ouvrage intitulé : *Propugnaculum Carmelitana Historia*.

Le differend ne fut point cependant terminé par leur mort ; & les
Bollandistes demeurerent dans le
silence

silence jusqu'à l'an 1680. qu'ils
donnerent les trois premiers tomes
du mois de May. Les Carmes ayant
appris dans le cours de l'impression, qu'on y parloit de *S. Ange*
Martir de leur Ordre, demande-
rent au P. *Papebrock* communication de cette vie, afin de l'examiner, avant que ces trois tomes fuffent publiez. Il fit d'abord difficulté de la leur montrer; mais enfin voulant les satisfaire, il l'envoya à Rome à son General, pour
le faire voir à celui des Carmes.
Cet examen traîna si fort en lon-
gueur, que ces trois tomes furent
achevez d'imprimer avant que l'on
eut eu reponse de Rome. Comme
le Libraire s'ennuyoit de ne les
point debiter, le P. Papebrock,
pressé de partir pour aller en West-
phalie, consentit enfin qu'il les
exposât en vente; mais à peine fut-
il parti, que le General des Jesuites
envoya ordre de retrancher de ces
volumes la vie de S. Ange, comme
il en étoit convenu avec le General
des Carmes.

Le P. *Henschenius* en donna

Tome II. I

D. PAPE- auſſi-tôt avis au P. Papebrock., qui
BROCK. à ſon retour auroit ſatisfait les Carmes , s'il n'y avoit déja eu pluſieurs
exemplaires de debitez , & ſi ceux-
qui en vouloient acheter , & même des Carmes n'avoient declaré
qu'ils ne vouloient point prendre
ces trois tomes , ſi la vie de Saint
Ange en étoit retranchée. Il con-
ſentit donc que ces volumes fuſſent
debitez tels qu'ils étoient , & s'ex-
cuſa auprés de ſon General , qui reçût ſes excuſes. Mais il s'attira en
même temps de nouveaux adverſai-
res , tant à cauſe qu'il avoit regardé comme apocryphe tout ce que
l'on diſoit de Saint Ange , que
parce qu'au commencement de la
Vie du P. *Louis Rabata* , Religieux
du même Ordre, il avoit fait une
eſpece d'Apologie de ce qu'il avoit a-
vancé contre l'Antiquité des Carmes.

Ils voulurent s'en venger ſur le
champ , en lui oppoſant un Ouvrage qui étoit ſous preſſe depuis neuf
ans , & dont le P. *Daniel de la
Vierge Marie* étoit l'Auteur , &
qu'ils publierent la même année
1680. Il étoit en 4. volumes *in-fol.*
& avoit pour titre : *Speculum Carme.*

litanum , *sive Historia Eliani Ordinis* D. PAPE-
F. F. B. M. V. *de Monte Carmelo ,* BROCK.
*in quâ à S. Propheta Elia Origo ,
per filios Prophetarum propagatio , per
Essenos , Eremitas & Monachos dif-
fusio & continuata successio expo-
nuntur , Sanctorum Acta aliaque pro-
ponuntur , contra impugnatores propu-
gnacula & Armamentaria, &c.* Ceux
qui eurent soin de l'impression de
cet Ouvrage, depuis la mort du P.
Daniel, ne garderent pas la même
moderation que lui, & y ajouterent
beaucoup de choses contre le P.
Papebrock & ses Confreres, où il
paroît beaucoup d'aigreur.

Quoique le P. Papebrock ne tra-
vaillât pas seul, on le rendit cependant responsable de tout, & il parut
contre lui un grand nombre de libelles injurieux. Car sans parler de
ceux qui avoient pour titre : *Suada
Harpocratis. Præco Marianus Legis
Evangelicæ. Amiclæ Jesuiticæ. Papa-
le Jesuiticum* & plusieurs autres. On
publia en 1683. celui-ci: *Novus Ismaël
cujus manus contra omnes , & omnium
manus contra eum , sive P. Daniel
Papebrochius Jesuita omnes oppugnans*

I ij

*Orbi expositus per Dominum Justum
Camum. Augusta Vindelicorum in-8o.*
On s'y plaint que le P. Papebrock,
a pris à tâche de décrier les Ordres de S. Benoît, de S. Augustin,
de S. François, des Minimes, &
principalement celui des Carmes.
Les derniers se plaignent sur-tout
de ce qu'il a marqué que c'étoit
pour se divertir, que Bollandus a-
voit fait *S. Jacques l'Hermite* qui
vivoit dans le 6. siécle, de l'Ordre
des Carmes.

Ce livre étoit sous un nom supposé ; mais le P. *Valentin de Saint
Amand*, Historiographe de l'Ordre des Carmes, en fit paroître
quatre autres sous son nom. Le premier étoit intitulé : *Prodromus Car-
melitanus, sive R. P. Danielis Pape-
brochii Jesuitæ, Acta Sanctorum Col-
ligentis, erga Elianum Ordinem sin-
ceritas velitatim & remisse discussa, è
Majori opere, Helias Heroicus,
inscripto excerpta.* Le deuxiéme a-
voit pour titre : *Heroica Carmeli re-
gula à sanctissimo Propheta Elia, vi-
tâ & exemplo tradita, à Hierosoly-
mitanis Patriarchis Joanne & Al-*

berto conſcripta, ab cujuſdam muſtei
Scriptoris vilipendiis, vindicata. Le
troiſiéme étoit : *Pomum diſcordiæ, ſi-*
ve diſſidii inter P. Papebrochium Ori-
go, progreſſus & fruſtus. Le quatriéme enfin portoit pour titre :
Harpocrates Jeſuiticus P. Danielem
Papebrochium Jeſuitam ſalutaris ſi-
lentii, debitæque Palinodia monens.

Toutes ces choſes ſe paſſoient en
Flandre, & les Carmes de France
étoient trop raiſonnables pour entrer dans ces querelles. Mais Mrs.
Vvion d'Herouval, & *du Cange* s'y
trouverent mêlez malgré eux. M.
d'Herouval avoit envoyé à M. du
Cange des Vers que le P. *Jagher* Benedictin de *Saint Lambert* en Styrie
avoit faits en faveur du P. Papebrock au ſujet de ſon differend avec
les Carmes. M. du Cange lui écrivit au mois de Septembre 1682.
pour l'en remercier ; il lui marquoit
dans ſa lettre, qu'il ne croyoit pas
que le P. Papebrock dût répondre
aux libelles que l'on faiſoit contre
lui, & qu'il devoit negliger ces ſortes d'invectives. Il faiſoit l'éloge
du travail immenſe des Actes des

D. PAPE- Saints, & après avoir parlé des
B R O C K. prétentions des Carmes au sujet de
leur antiquité, il disoit à M. d'Herouval, que ces Peres devoient plûtôt s'attacher à la verité, que d'aller chercher des origines fabuleuses
comme faisoient les Grecs & les
Romains, lorsqu'ils travailloient à
l'Histoire de leurs Villes & de leurs
Provinces.

Cette lettre ayant été divulguée,
on y répondit sous le nom de M.
d'*Herouval*, & l'on supposa que cette réponse étoit imprimée à Rome,
quoiqu'elle le fût à Liege. Il n'é-
toit pas necessaire que M. d'Herouval la desavouât, le stile faisoit assez connoître qu'elle n'étoit pas de
lui ; d'ailleurs il étoit trop ami de
M. du Cange, pour en parler aussi
mal que fait l'Auteur de cette piece. Ainsi il la méprisa d'abord ; il
envoya cependant après un desaveu
en forme au P. Papebrock, ce qui
couvrit de confusion ceux qui a-
voient abusé de son nom.

Cela n'empêcha pas cependant
que l'année suivante 1684. les Carmes ne donnassent sous le nom em-

prunté de *Pierre Fifcher* de Franco-
nie, un Livre intitulé : *Jefuiticum
nihil Patri Papebrochio Jefuitæ, fu-
per ipfius cum Carmelitis, quoad Ordinis illius Hiftoriam, Controverfiâ,
Carmeliticis fcriptis convicto & ad fi-
lentium redacto demonftratum,* où
ils infererent la lettre fuppofée de
M. d'Hérouval, avec quelques autres libelles qui avoient déja paru.

Il parut en 1688. un nouveau
libelle intitulé : *Debita Papebrochia-
na, five Palinodia cantata & can-
tanda à P. Daniële Papebrochio,
computo primo per D. J. S.* Il en
parut à peu près dans le même
temps un autre avec le titre de *Papebrochius Jefuita Hiftoricus Conje-
turalis Bombardifans in actis fanto-
rum S. Lucam & Sanctos Patres, S.
Thomam, fummos Pontifices, Cardi-
nales, antiquas Indulgentias, &
Bullas, Breviaria, & veteres fun-
dationes Monafticas, reftintus à D.
Chriftiano del Mare.*

Il étoit bien jufte que M. de Launoy qui avoit écrit contre la Bulle
Sabbatine, le Scapulaire, & la vifion du B. Simon Stok parut auffi

I iiij

D. Pape-ſur le Théatre; les Carmes l'y firent
BROCK. monter la même année en donnant
cet autre libelle: *Epiſtola informatoria
ad ſocietatē Jeſus, ſuper erróribus Pape-
brochianis, ſive Hercules Commodianus
Joannes Launoyus repulſus ab adm. R.
P. Th. Raynaudo ejuſdem ſocietatis redivivus in P. Papebrochio Jeſuita, com-
menta propria titulo Actorum ſancto-
rum evulgante.* Cette lettre eſt di-
viſée en deux parties ; on trouve
dans la premiere un diſcours fra-
ternel, dit-on, adreſſé à la Societé
de Jeſus, mais qui eſt rempli du
fiel le plus amer ; & dans la ſeconde un autre diſcours adreſſé au P.
Papebrock, que l'on repreſente,
comme un Hercule Commodien,
& ſur lequel on fait tomber tous
les coups que ſon Confrere a por-
tez à M. de Launoy : ce diſcours eſt
extrêmement ſatyrique.

Le P. Papebrock & ſes Confreres
mépriſant tous ces libelles, garderent un profond ſilence, & tra-
vaillant plus utilement pour le public, donnerent la même année les
deux derniers tomes du mois de
May. Ils eurent à la verité cette an-

née une petite allarme, lorsqu'ils D. PAPE-
virent que le *P. Sebastien de S. Paul*, B R O C K-
Provincial des Carmes de Flan-
dre, qui avoit écrit en faveur de
son Ordre, avoit mis au commencement de son Ouvrage une Supplique adressée au Pape Innocent XI.
par laquelle il prioit ce Pontife de
terminer leur differend avec les Jesuites. Comme il avoit allegué
beaucoup de choses contraires à la
verité, les Jesuites se crurent obli-
gez de prévenir la Cour de Rome,
& le P. *Janning* l'un des associez
du P. Papebrock répondit aux faits
alleguez dans la Supplique, pour
justifier la conduite des Continuateurs de Bollandus. Mais cette Supplique ne fut point presentée pour
lors ; elle avoit été imprimée à Francfort sans marquer l'année de l'impression, afin que quand on trouveroit l'occasion de la presenter au
Pape, elle parût toûjours nouvelle.
Elle fut même réimprimée à Venise quelque temps aprés, & en
même temps proscrite par la Republique ; ce qui rassura le P. Papebrock & ses Confreres.

D. PAPE-
BROCK.

Mais l'an 1690. les Carmes
voyant que tout ce qu'ils avoient
écrits contre le P. Papebrock n'a-
voit pu l'obliger à se retracter de
ce qu'il avoit avancé contre l'antiquité de leur Ordre, changerent
de batterie, & au lieu qu'auparavant ils avoient seulement défendu
leur cause, iis devinrent les accu-
sateurs, & les denonciateurs du
P. Papebrock, qu'ils citerent au
Tribunal du Pape Innocent XII.
prétendant que les quatorze volumes des Actes des Saints à la teste
desquels son nom se trouvoit,
étoient remplis d'erreurs. Le Pape
en renvoya l'examen à la Congrégation de l'Index ; mais les Carmes
croyant qu'ils auroient plus de crédit en Espagne, y dénoncerent
aussi ces livres à l'Inquisition de ce
Royaume l'an 1691. & pendant
que l'on travailloit à cette affaire,
le *P. Sebastien de S. Paul* donna en
1693. un gros volume des erreurs
dont il accusoit le P. Papebrock
sous ce titre : *Expositio Errorum quos
P. Daniel Papebrochius Soc. J. suis in
notis ad Acta Sanctorum commisit.*

Le P. Sebaftien de S. Paul pré- D. PAPE-
tendoit en avoir trouvé deux mil- B R O C X.
le , dont les principales étoient ,
d'avoir avancé qu'il ne paroiffoit
pas que Jefus Chrift eut fait profeffion de la pauvreté Evangelique,
avant qu'il l'eût enfeignée ; d'avoir
fuivi le fentiment du P. Alexandre
Dominicain , dont les livres ont
été condamnés par l'Eglife , en re-
gardant comme fuppofés les Actes
de S. Silveftre , & comme une fable le Bâteme de l'Empereur Con-
ftantin par ce Pontife ; d'avoir été
de l'opinion de Luther , en affû-
rant que la Donation du même Empereur eft une piece fuppofée ; d'a-
voir douté que la fainte face de
N. S. J. C. eût été imprimée fur
le mouchoir de Ste. Veronique , &
d'avoir même douté auffi qu'il y
eût eû une Sainte de ce nom ; de fou-
tenir que S. Pierre n'a été que quinze ans à Rome; d'avoir ravi à l'Eglife d'Anvers l'honneur d'avoir le
Prepuce de J. C. ; d'avoir auffi fuivi
le fentiment du P. Alexandre , qui
prétend que J. C. a vecu 37. ans ;
d'avoir nié avec le même Hiftorien

D. PAPE & avec les Heretiques, que le droit
BROCK. que les Electeurs de l'Empire ont
d'élire un Empereur, leur ait été
donné par le S. Siége; d'avoir encore soutenu avec le même P. Alexandre que le Pape Nicolas I. s'étoit
trompé en recevant & approuvant
les Actes du Concile de Sinuesse;
d'avoir dit avec les Heretiques que
les Actes de ce Concile étoient faux
& supposés; d'avoir dit aussi avec
M. de Launoy, qu'il ne falloit
point ajouter foi à la Bulle Sabbatine de Jean XXII. d'avoir donné
des louanges à M. de *Launoy*, au P.
Alexandre, à *M. de Marca*, au
Chevalier *Marsham*, à *Gerard Vos-*
sius, à *Claude Saumaise*, & à d'autres Sçavans dont il avoit suivi les
sentimens; de n'avoir pas mis dans
son *Propyleum* du mois de May
l'année de l'impression; d'avoir nié
contre l'autorité de l'Ecriture Sainte, que le Mont-Carmel fut an-
ciennement un lieu de devotion;
d'avoir regardé comme fable tout
ce qu'on dit du Prophete Elie, &
qui n'est point marqué dans la sainte Ecriture : d'avoir nié que les

Carmes euſſent eu ce Prophete pour D. Papɛ-
Fondateur , qu'ils euſſent aſſiſté aux B R O C K.
Conoiles qui ſe ſont tenus depuis
l'an 448. & qu'ils euſſent eu des
Couvens en Europe avant le 14.
ſiecle.

L'affaire alla plus viſte en Eſ-
pagne qu'à Rome , & l'on fut
étonné d'y voir paroître le 14. Novembre 1695. un Decret de l'In-
quiſition portant condamnation
des quatorze volumes des Actes
des ſaints des mois de Mars, Avril,
& May , parce qu'ils contenoient
pluſieurs propoſitions erronées ,
Heretiques , ſentant l'Hereſie , pe-
rilleuſes dans la Foi , ſcandaleuſes,
impies , offenſantes les oreilles pieu-
ſes , ſchiſmatiques , ſeditieuſes ,
temeraires , preſomptueuſes , offenſantes pluſieurs ſouverains Pontifes , le S. Siege , la ſacrée Congregation des Rites , le Breviaire , &
le Martyrologe Romain , injurieuſes
à l'excellence de quelques Saints ,
& de pluſieurs Ecrivains, peu reſpe-
ctueuſes à l'égard de pluſieurs ſaints
Peres , & de trés-graves Auteurs,
& parce qu'ils contenoient auſſi des

D. PAPE- propositions injurieuses à l'état
B R O C K. Religieux, à plusieurs Ordres, particulierement celui des Carmes, &
à plusieurs Ecrivains de defferentes
nations, surtout d'Espagne.

Ce Decret fut un coup de foudre
pour le Papebrock & ses Confreres ; cependant ils se rassurerent,
quand ils virent que tous les Sçavans de l'Europe s'interesserent
dans la défense de l'Ouvrage, que
l'Inquisition d'Espagne venoit de
condamner. L'Empereur Leopold
I. & plusieurs Princes écrivirent en
leur faveur au Pape & au Roi d'Espagne ; & les Jesuites ayant presenté une Requeste au grand Inqui-
siteur de ce Royaume, pour être
écoutés dans leurs défenses, & afin
que leur Ouvrage fût examiné de
nouveau, ils obtinrent de l'Inquisition un Decret du 3. Aoust 1696.
par lequel il étoit permis au *P. Pa-*
pebrock, *Janning*, & *Baert*, de répondre aux censures qui avoient
été portées contre leur Ouvrage,
& ordonné qu'on leur donneroit
une copie des propositions qui
avoient été dénoncées & censurées.

C'eft ce qui obligea le P. Papebrock D. PAPE-
de répondre article par article à B ROCK.
toutes les erreurs dont le P. Sebaftien de S. Paul l'avoit accufé. Cette
réponfe intitulée : *Refponfio ad exhi-*
bitionem errorum per R. P. Sebaftian-
num à S. Paulo an. 1693. *Coloniæ*
*evulgatam. Antuerpiæ in-*4°. contient trois volumes , dont le premier parut en 1696. le 2. en 1698.
& le 3. en 1699. Les Carmes écrivirent de leur cofté , pour juftifier
le Decret de l'Inquifition d'Efpagne ; ils dénoncerent même à ce
Tribunal la Lettre de l'Empereur
Leopold au Roy d'Efpagne , comme Heretique & Schifmatique , la
prétendant fuppofée , & prefenterent divers écrits au Pape & au
Roi d'Efpagne.

Il y a beaucoup d'apparence, que
l'Inquifition de ce Royaume n'a-
voit pas encore fini la reveue de ce
Procés l'an 1707. puis qu'ayant fait
un *Index* des livres défendus , dont
la publication fe fit cette année à
Madrid avec beaucoup de ceremonies , les Actes des Saints ne s'y
trouverent point. Ils eurent un

D. PAPE-
BROCK.
meilleur sort à Rome, où ils ne furent fletris par aucune censure ;
il n'y eut que le *Propylæum* du mois
de May, qui contient la Chronologie des Papes, qui y fut condam-
né.

L'Inquisition d'Espagne donna
encore un autre Decret le 11. Juin
1697. par lequel elle défendit tous
les livres concernant le differend
des Jesuites avec les Carmes, &
parmi ceux qui sont specifiez dans
ce Decret, l'on y trouve celui du
P. Sebastien de S. Paul, intitulé:
Exhibitio errorum, &c. & la Supplique au Pape Innocent XI. Dés
l'année précedente Innocent XII.
avoit fait défenses à ces deux Ordres d'écrire l'un contre l'autre:
mais le General des Carmes presen-
ta une Supplique à ce Pontife, pour
le prier de mettre fin à cette dispute, en ordonnant qu'on ne par-
lât plus de ces questions, & qu'on
laissât les Carmes dans leurs prétentions d'avoir eu pour Fondateur les Prophetes Elie & Elisée,
puisqu'elles étoient fondées sur les
Bulles des souverains Pontifes,

l'Office

l'Office Divin, les Martyrologes **D. PAPE-** & autres pareils titres. Le Pape **BR●CK.** renvoya la Supplique à la Congregation du Concile, qui fut d'avis, que Sa Sainteté, pour éviter le fcandale que caufoit cette difpute, impoferoit filence fur la Queftion de la primitive inftitution de l'Ordre des Carmes par les Prophetes Elie & Elifée, & donna fur cela un Decret le 8. Mars 1698.

En vertu de ce Decret, le Pape par un Bref du 20. Novembre de la même année impofa un filence perpetuel fur la Queftion de la primitive inftitution de l'Ordre des Carmes par Elie & Elifée, défendant fous peine d'excommunication à ceux qui la foûtiennent ou la combattent de l'agiter à l'avenir dans leurs écrits ou dans les difputes publiques.

V. fon Eloge *dans une lettre du* P. *Janning*, inferée dans le Journal de Leipfic de 1715. p. 180. *Sa vie écrite par le P. Piens* & imprimée à la tête du fixiéme tome des Actes des Saints du mois de Juin & *les Ordres Religieux du P. Helyot, to. 1.*

Tome II.   K

JEAN - CHRISTOPHE
WAGENSEIL.

J.-C. WA GENSEIL. *JEAN-CHRISTOPHE Vvagenseil* nâquit à Nuremberg le 26. Novembre 1633. Son pere étoit un bon Marchand de cette Ville. Il fit ses premieres études à Stokolm, d'où il revint en sa patrie en 1646. Il n'y demeura que trois ans, après lesquels il alla étudier dans l'Academie d'Altorff. Les progrés qu'il fit dans ses études, le firent rechercher par quelques Seigneurs pour lui donner la conduite de leurs enfans. Ainsi après avoir demeuré cinq ans à Altorff il entra chez le Comte de Traun ; comme le fils de ce Seigneur étoit destiné à voyager, M. Wagenseil parcourut avec lui la France, l'Espagne, la Hollande, l'Angleterre, l'Allemagne & l'Italie. Ce voyage lui fut trés-utile, par les lumieres qu'il y acquit, & par les belles connoissances des Sçavans & des personnes illustres qu'il se fit. Les A-

cademies de Turin & de Padoue se J.-C.WA
firent un plaisir de le recevoir dans GENSS IL
leur Corps. En France il ressentit
jusqu'à trois fois les effets de la li-
beralité du Roi Louis XIV. ce qui
fut l'effet des bons offices que M.
Chapelain lui rendit auprés de M.
Colbert. Il se fit recevoir Docteur
en Droit à Orleans le 29. Juin 1665.
On s'empressa en plusieurs endroits
de le retenir par quelque établissement : mais l'amour de sa patrie
ne lui permit pas de les accepter.
Ses voyages durerent six ans, &
il ne fut de retour à Nuremberg
qu'en 1667. A peine y fut-il qu'on
lui donna la Chaire de Professeur
en Droit public & en Histoire dans
l'Academie d'Altorff. Il entra en
exercice de l'une & de l'autre le
15. Avril : mais il ne garda celle
d'Histoire que huit ans, car il la
changea alors contre celle des Langues Orientales : pour ce qui est
de l'autre, il l'a gardée jusqu'à sa
mort.

En 1676. le Prince *Adolphe Jean,*
Comte Palatin du Rhin lui donna
la conduite de ses deux enfans *A-*

J.-C.W A *dolphe Jean* & *Gustave Samuel*, avec
GENSEIL. la qualité de son Conseiller. On
peut juger de l'estime que les Princes d'Allemagne faisoient de lui,
par l'honneur que l'Empereur lui
fit de l'entretenir deux fois dans sa
chambre, lorsqu'il alla en 1691.
à Vienne pour quelques affaires.
L'Ambassadeur de Hollande en
Suisse lui fit offrir une Chaire dans
l'Université de Leyde, avec des appointemens considerables, mais il
le remercia.

En 1697. la ville de Nuremberg
lui donna des marques de son estime, en ajoûtant à ses titres celui de
Docteur en Droit Canon, & en le
chargeant du soin de la Bibliotheque de l'Académie, aprés la mort
de *Georges-Mathias Konig*. Il ne
garda cependant cet Emploi qu'un
an, car l'âge qui commençoit à lui
faire sentir ses incommoditez l'o-
bligea à s'en décharger sur le Professeur *Mollerus*. Il a été marié deux
fois. Il épousa sa premiere femme
en 1667. De quatre enfans qu'il en
a eus, il n'est resté qu'un garçon,
nommé *Gabriel*, Licentié en Droit,

& une fille qui a épousé *Daniel-* J.C.W.
Guillaume Mollerus , Professeur en GENSEIL.
Métaphysique & en Histoire à Al-
torf. Cette premiere femme étant
morte en 1701. il se remaria, mais
pendant les quatre années qu'il a
vêcu avec la seconde, il a toûjours
été malade. Il est mort le neuviéme
Octobre 1706. âgé de 72. ans.

Voici le Catalogue de ses Ouvrages.

1. *Dissertatio de Cœna Trimalcionis*
sub Petronii nomine edita, sive de
Fragmento Petronii. Nurimberg&
1667. & *Parisiis* 1687. *in-8°.*
L'Auteur prouve que le Fragment
est supposé.

2. *Sota : Hoc est , Liber Mischni-*
cus de Uxore Adulterii suspeca , La-
tine versus cum Commentario. Altor-
fii 1674. *in-4°.*

3. *Dissertatio locum Geneseos*
XLIX. 13. 1676. & ensuite inferée dans le Livre suivant.

4. *Tela Ignea Satanæ. Altorsii*
1681. *in-4°.* 2. tomes C'est un recueil d'Ouvrages faits par des Juifs.
contre la Religion Chrétienne, &
dont les blasphêmes sont fort bien

J. C. WA refutés par M. Wagenseil, qui y
GENSEIL. a joint une version latine, & de
longues remarques.

5. *Exercitationes sex varii argumenti.' Altorfii* 1687. *in*-4°. *It.* 1697.
in-4°. Les six Ouvrages qui composent ce recueil n'ont aucun rapport entre eux ; ils ne laissent pas
de contenir plusieurs choses curieuses.

6. *De Hydraspide sua Epistola. Altorfii* 1690. *in*-4°. L'Auteur y represente & y décrit une machine, par le
moïen de laquelle non seulement un
homme, mais une armée entiere
peut passer l'eau sans aucun pont, &
même se servir de l'épée & du fusil en la passant. On en peut voir la
description dans le Journal de Lipsic de l'an 1691. p. 40. M. Wagenseil a passé pour en être l'inventeur, cependant plusieurs personnes en avoient parlé avant lui,
comme on peut voir dans la Bibliotheque de *Jean Fabricius* (tom. 6.
p. 56.)

7. *De re Monetali veterum Romanorum, Dissertatio Academica. Altorfii* 1691. *in*-4°. Quoique l'Au-

teur ne se soit proposé de parler
que des monnoyes des anciens Romains, il remonte cependant plus
haut, & traite aussi de celles des
Grecs. Il adopte le conte du P. Bi-
net Jesuite, qui dans son Essai des
merveilles de la nature, dit qu'il y
a eu des peuples qui se servoient des
os de leurs peres pour acheter ce qui
leur étoit necessaire, & qu'ils aug-
mentoient le prix de ces os à pro-
portion de la qualité de la personne, & de l'éminence de sa vertu.
En parlant de la bonne & de la
fausse monnoye, il avance aussi se-
rieusement ce paradoxe, qu'on peut
discerner par le seul odorat, pourvû qu'il soit subtil & délicat, les
Médailles anciennes d'avec celles
qui sont nouvellement contrefaites:
comme le dit Martial *l.* 9. *ep.* 60.

Consuluit nares an olerent Æra
Corinthon.

8. *De Infundibulo suo ad* Jo.
Fechtium Dissertatio Epistolica. Altorfii. 1691 *in-*4°. L'Auteur parle
dans cet Ouvrage d'un moyen qu'il
a inventé pour apprendre les sciences d'une maniere plus facile qu'on

J.C.WA
GENSEIL.

ne fait ordinairement, mais il ne paroît pas fort clair dans ce qu'il en dit. Il y justifie aussi dans une dissertation fort curieuse les Juifs du crime qu'on leur attribue souvent, de tuer un enfant Chrétien pour employer son sang dans leurs Mysteres.

9. *Pera Librorum Juvenilium, quâ ingenuos, viamque ad eruditionem & bonam mentem affectantes Adolescentes donat. Altorfii* 1695. *in*-12. Cet Ouvrage est un cours abregé d'études, de Grammaire, de Rhetorique, de Poësie, de Geographie, de Philosophie, de Droit & de Théologie.

10. *De. S. R. J. libera Civitate Nurimbergensi Commentatio. Altorfii* 1697. *in*-4°. Cet Ouvrage est rempli de digressions, qui, quoique fort étrangeres à son sujet, ne laissent pas d'être curieuses.

11. *De la maniere de lire les écrits des Juifs.* 1699. *in*-4°. Ce livre est en Allemand écrit en caracteres Hebreux.

12. *Dénonciation à tous les Magistrats Chrétiens, pour les engager*

à

à empêcher les blaſphêmes des *Juifs* J. C. WA
contre *Jeſus-Chriſt* & *la Religion Chré-* GENSEIL.
tienne (en Allemand) 1704. *fol.*
L'Auteur ne veut pas qu'on leur
faſſe aucun mal , mais au contraire
qu'on les traite avec douceur &
charité ; il ſouhaite ſeulement qu'on
leur faſſe faire tous les ans un certain ſerment ſolemnel , dont il preſ-
crit la formule.

13. *De l'éducation d'un Prince
qui a de l'adverſion pour l'étude.* (en
Allemand) *Leipſic* 1705. *in-*4°. Il
enſeigne dans cet Ouvrage à apprendre les ſciences en ſe jouant ,
& accompagne ſes préceptes de pluſieurs faits curieux.

14. *Recueil d'écrits qui concernent
les Juifs.* (en Allemand) *Leipſic*
1705. *in* 8°.

15. *Diſſertatio de Joanna Papiſſa.*
Inſerée dans le I. tome des *Amœ-
nitates Litterariæ.* p. 142. L'Auteur
ſoûtient l'exiſtence de la Papeſſe.

Il a auſſi fait quelques diſputes
ou Theſes , comme

De Monialibus. 1688.

*De corpore vitiatis ordinandis vel
non.* 1697.

Tome II. L

*De anno Jubilæo secundùm disci-
plinam Hebræorum.* 1700.

Des principes de l'Art Heraldique.
[en François] 1690.

Voyez son Eloge *Act. Erud. Leip-
siæ* 1705. *pag.* 47. & 70. *Kleffekeri
Bibliotheca Eruditorum Præcocium,*

NICOLAS MALEBRANCHE.

N. MALE-
BRANCHE. **N**ICOLAS *Malebranche* nâquit à Paris le 6. Août 1638.
de *Nicolas Malebranche*, Trésorier
des cinq grosses Fermes sous le Cardinal de Richelieu, & Secretaire du
Roy. Il fut le dernier de dix enfans.
La délicatesse de son temperament
ne lui permit pas de suivre avec ses
freres le cours ordinaire des Colle-
ges ; un Précepteur lui apprit sans
sortir de la maison paternelle le latin, le grec, & ce qu'on enseigne
aux enfans les mieux élevez. Il fit
ensuite sa Philosophie au College
de la Marche, & sa Théologie en
Sorbonne. Destiné à l'état Ecclesiastique, il crut qu'il en rempliroit
mieux les devoirs, s'il se retiroit
dans quelque Communauté ; il de-

manda à entrer dans l'Oratoire, & N. MALE-
il y fut reçû le 28. Janvier 1660. BRANCHE

A près y avoir paffé quelque tems,
il confulta le P. le Cointe fur l'ordre
qu'il devoit fuivre dans fes études.
comme dans ces fortes d'avis la plûpart des Sçavants fuivent leur goût
particulier, fans étudier le genie de
ceux qui les confultent, le P. le
Cointe lui confeilla de s'appliquer à
l'Hiftoire Ecclefiaftique. Le P. Malebranche commença donc à lire les
anciens Hiftoriens Ecclefiaftiques,
Eufebe, Socrate, Sozomene & Theo-
doret. Mais il remarqua que les faits
ne fe lioient point dans fa tête les
uns aux autres, & qu'ils ne faifoient
que s'éfacer mutuellement.

Ainfi dégoûté de ce genre d'étude, il s'addreffa au P. Simon qui ne
lui parla que d'Hebreu, d'Arabe,
de Syriaque, & de Rabbin. Ces
fciences ne convenoient gueres
mieux que l'Hiftoire à un homme
né pour des méditations profondes.

Il apprit cependant affez d'Hebreu, pour lire l'Ecriture-Sainte
dans l'original.

Le hafard lui fit rencontrer en
L ij

1664. ce que ces deux Savans n'avoient pû lui découvrir. Le Traité de l'Homme de Descartes lui tomba entre les mains , il le lût , il goûta la méthode de l'Auteur, il en penétra les principes ; il s'abandonna au charme des Méditations Philosophiques , & bientôt il se trouva en état de faire ce que Descartes avoit fait , c'est à-dire , de rechercher par lui même la verité , sans s'arrêter à l'autorité des anciens Philosophes , qui ne prescrit jamais contre la raison. C'est ce qui a produit tous les Ouvrages qu'il a donnez au public , & dont l'Histoire fait proprement celle de sa vie.

Il fut reçû dans l'Académie des Sciences en qualité d'Honoraire au renouvellement de 1699. Quoi qu'il fût d'une mauvaise constitution , il a joui cependant d'une santé assez égale. Il mourut le 13. Octobre 1715. âgé de soixante-dix-sept ans , aprés une maladie de quelques mois.

Il n'y a gueres eu dans le monde de sçavant plus accommodant , plus raisonnable , moins critique

& moins jaloux que lui. Cet Au- N. MALE
teur ſi profond & ſi élevé dans ſes BRANCHE.
Méditations , étoit dans la converſation d'une ſimplicité char-
mante , ne s'apperçevant ni de ſon
mérite , ni de ſa réputation , re-
gardant l'eſtime qu'on lui témoignoit comme une pure faveur , ſup-
portant les défauts de ſes amis , &
écoutant leurs moindres difficultez,
ſans leur en faire ſentir le foible
autrement que par la raiſon.

Catalogue de ſes Ouvrages.

1. *De la recherche de la Verité , où*
l'on traite de la nature de l'eſprit de
l'homme , & de l'uſage qu'il en doit
faire pour éviter l'erreur dans les Scien-
ces. Paris 1674. *in* 12. 3. *vol.* It. *Paris*
in-4°. It. *Cologne* 1678. *in-*12. 4.
tom. It. *Amſterd.* 1688. 3. *tom. in-*
12. It. cinquiéme édition augmentée de pluſieurs éclairciſſemens. *Pa-*
ris 1700. *in-*12. 3. *tom.* Item *Paris*
1712. *in-*12. 4. *vol. & in-*4°. 2. *vol*
c'eſt la meilleure édition , qui contient beaucoup d'additions. Cet
Ouvrage a été le premier fruit des
Méditations du P. Malebranche.
Son but eſt d'y faire connoître les

N. MALE-
BRANCHE
erreurs dans lesquelles nous font
tomber tous les jours, les sens, l'i-
magination, l'esprit pur, les in-
clinations naturelles, les passions,
& de prescrire une méthode pour
découvrir la verité. Mais il trouva
l'Art d'y faire entrer une infinité
d'observations importantes sur la
Physique, & ses nouvelles découvertes sur les matieres les plus su-
blimes de la Métaphysique. Dés
que ce Livre parut, les Connoisseurs admirerent l'ordre & le goût
qui y regne, la simplicité & la solidité des raisonnemens, la netteté,
la délicatesse & la force des expressions, le choix des termes les plus
propres à répandre la lumiere dans
tous les esprits attentifs. Ceux-mêmes d'entre les Sçavans, qui crurent
ne pouvoir adopter ses opinions,
avouerent que l'Auteur meritoit
toute l'estime que cet Ouvrage lui
acquit. M. Lenfant s'est fait un
honneur de le traduire en Latin :
il en a paru aussi en Angleterre,
où il est particulierement estimé,
deux traductions Angloises. L'Auteur du Livre de l'Incertitude des

Sciences ne parle pas fi avantageu-
fement de ce Livre du P. Malebranche. Il nous a donné , dit-il , dans
fa Recherche de la Verité une Me-
taphyfique auffi fubtile & auffi abf-
traite , que s'il l'avoit deftinée pour
des compréhenfeurs. Un de nos Sçavans [d'Angleterre] ayant embraffé fes opinions , les a expliquées
dans un ftile orné de toutes les beautez de l'élocution , & dans les termes les plus clairs. Les Trembleurs
s'en font tellement prévalus , qu'il
a été obligé de faire une apologie ,
afin qu'on ne le foupçonnât pas
d'être paffé dans leur parti. Mais en
fe deffendant , il ne laiffe pas d'a-
vouer que fi les Trembleurs en-
tendoient leur doctrine , s'ils fça-
voient l'expliquer & la réduire en
Syftême , ils ne feroient pas fort é-
loignés de fes fentimens.

2. *Converfations Chrétiennes dans*
lefquelles on juftifie la verité de la Re-
ligion & de la morale de J. C. Paris
1676. *in-*12. Item *Mons* 1677. *in-*
12. Item nouvelle édition corrigée
& augmentée. *Roterdam* 1685. *in-*
12. Le P. Malebranche entreprit

L iiij

N.MALE cet Ouvrage à la follicitation du
BRANCHE Duc de Chevreufe, pour faire voir
la maniere dont il accordoit fon
Syftême avec la Religion.

3. *Traité de la Nature & de la Grace. Amfterdam.* 1680. *in*-12. It. *Roterdam* 1684. *in*·12. Edition augmentée de plufieurs éclairciflemens. La maniere de penfer du P. Malebranche l'avoit conduit à des opinions particulieres fur la Grace, non à l'égard du dogme, mais des moyens de l'expliquer. Il ne s'accordoit nullement avec le P. Quefnel, qui étoit encore de l'Oratoire, & cet Auteur, qui avoit embraflé tous les fentimens de M. Arnaud, fouhaita que fon Maître eût connoiffance des penfées du P. Malebranche. Il lia une partie entr'eux chez un ami commun; à peine le Philofophe eut-il commencé à parler, qu'on difputa, mais on ne convint de rien, & on fe fépara avec un mécontentement reciproque. Le feul fruit de la conference fût que le P. Malebranche promit de mettre fes fentimens par écrit; ce qu'il executa dans fon

Traité de la Nature & de la Grace; N. MALE-
M. Arnaud qui étoit déja passé en BRANCHE
Hollande, lorfqu'on l'y imprimoit,
voulut en empêcher l'impreffion ,
mais il ne pût en venir à bout.

4. *Méditations Chrétiennes &*
Métaphyfiques, 1683. *in-*12. l'Auteur y fuit les mêmes principes qu'il
a établis dans la Recherche de la
Verité ; mais il les met dans un
nouveau jour , & les appuye de
nouvelles preuves.

5. *Traité de la Morale. Roterdam*
1684. *in-*12. On voit ici la morale
traitée d'une manière fort nouvelle;
mais ce qu'il y a de plus édifiant,
c'eft qu'on n'a jamais vû aucun livre
de Philofophie , qui montrât fi fortement l'union de tous les efprits
avec la Divinité, & l'obligation où
ils font d'aimer & de craindre cet
Etre infini.

6. *Réponfe au Livre de M. Ar-*
naud des vrayes & des fauffes Idées.
Roterdam 1684. *in-*12. M. Arnaud
dans fon Livre des vrayes & des
fauffes Idées , avoit prétendu attaquer , non pas le Traité de la Nature & de la Grace, mais l'opinion

N. MALE-que l'on voit toutes choses en Dieu,
BRANCHE exposée dans cet Ouvrage, & dans
celui de la Recherche de la Verité,
& avoit soutenu que les idées ne
font que des modalitez de nôtre
ame : le P. Malebranche défend ici
son sentiment, pour lequel, tout
singulier qu'il soit, il ne manque
pas de trouver des preuves.

7. *Trois lettres touchant la défense
de M. Arnaud contre la réponse au
Livre des vrayes & des fausses Idées.
Roterdam* 1685. *in-*12.

8. *Réponse à une dissertation de M.
Arnaud contre un éclaircissement du
Traité de la Nature & de la Grace,
dans laquelle on établit les principes
necessaires à l'intelligence de ce même
Traité. Roterdam* 1685. *in-*12. L'Auteur traite dans cet Ouvrage des
miracles de l'ancienne Loi, qu'il
prétend que Dieu a faits sans aucune
volonté particuliere, mais seulement en se conformant aux desirs
des Anges, qu'il avoit établis
pour en être les causes occasionnelles.

9. *Lettres du P. Malebranche à un
de ses amis, dans lesquelles il répond*

aux réflexions *Philofophiques* & N. MALE-
Théologiques de M. Arnaud fur le BRANCHE.
Traité de la Nature & de la Grace.
Roterdam 1686. *in-12,*

10. *Lettres touchant celles de M.*
Arnaud. Roterdam 1687. *in-12.*

11. *Deux lettres touchant le* 2.
& le 3. *volume des Réflexions Phi-*
lofophiques & *Théologiques de M.*
Arnaud. Roterdam 1687. *in-12.* Ce
font là les Ouvrages qu'a produit
la difpute Philofophique & Théolo-
gique qu'il a eu avec M. Arnaud. Si
tous les fpectateurs du combat
n'ont pas donné au P. Malebranche l'avantage d'une victoire com-
plette, ils ne lui ont pas refufé
celle d'avoir combattu avec plus
de moderation & de politeffe que
fon adverfaire.

12. *Entretien fur la Métaphyfique*
& *la Religion.* Roterdam 1688. *in-*
12. Le P. Malebranche a réuni dans
cet Ouvrage, ce qu'il avoit écrit
contre M. Arnaud, mais dégagé
de cet air de difpute qui ne plaît
pas à tout le monde. On l'a réimprimé pour la troifiéme fois à Paris
en 1696. *in-12.* 2. tomes, avec
trois nouveaux Entretiens.

N. MALE-
BRANCHE

13. *Réponse à M. Regis.* Paris 1693. *in-4°.* Cette réponse roule 1°. Sur l'explication de l'apparence de la Lune & du Soleil, qui paroissent plus grands à l'horison qu'au meridien. 2°. Sur la nature des idées & sur la maniere dont nous voyons les objets. 3°. Sur la question, si le plaisir nous rend actuellement heureux. Cette dispute que le P. Malebranche eut avec M. Regis, produisit quelques petits écrits qui ont été inserés dans le Journal des Sçavans de 1694. & ensuite à la fin de la Recherche de la Verité.

14. *Traité de l'Amour de Dieu.* 1698. *in-12.* Quand la doctrine des nouveaux Mystiques commença à faire du bruit en France, le P. Lamy Benedictin cita dans son Livre de la Connoissance de soi-même quelques endroits de la Recherche de la Verité, comme favorables à ce parti; & le P. Malebranche crut devoir se défendre, & détromper le public par cet Ouvrage, où il montre en quel sens on peut dire, sans choquer l'autorité de l'Eglise & de la raison, que l'amour de Dieu doit être desinteressé.

15. *Méditations pour ſe diſpoſer à* N. MALE l'humilité & à la penitence, avec BRANCHE quelques conſiderations de pieté pour tous les jours de la ſemaine. Paris 1701. in-24.

16. *Entretiens d'un Philoſophe Chrétien, & d'un Philoſophe Chinois ſur l'exiſtence & la nature de Dieu. Paris* 1708. *in-*12. L'Evêque de Rozalie ayant remarqué quelque rapport entre les opinions des Chinois, & les ſentimens expliquez dans la Recherche de la Verité en parla à l'Auteur, qui ſe trouva par-là engagé à faire cet Ouvrage.

17. *Avis touchant l'entretien d'un Philoſophe Chrétien, avec un Philoſophe Chinois, pour ſervir de réponſe à la critique de cet entretien, inſerée dans les Mémoires de Trevoux du mois de Juil.* 1708, *Paris* 1708. *in-*12. Les Journaliſtes de Trevoux en parlant de cet Avis au mois de Decembre 1708. ſe ſont défendus.

18. *Réflexions ſur la Prémotion Phyſique. Paris* 1715. *in-*8°. Cet Ouvrage eſt contre le Livre de l'Action de Dieu.

V. ſon Eloge. *Journ. des Sçavans*

134 *Mém. pour servir à l'Histoire*
N. MALE 1715. *Mém. de l'Ac. des Sc.* 1715.
BRANCHE *Act. Erud. Lipf.* 1716. *p.* 232.
Nouv. litt. du 23. Nov. 1715.

CESAR - VICHARD
DE S. REAL.

C. V. DE
S. REAL. **C**ESAR - *VICHARD* connu fous le nom de l'Abbé de *S. Real*, qui eft un nom de Terre, nâquit à Chamberi, où fon pere étoit Confeiller du Senat. Il vint fort jeune en France, & après y avoir été quelque tems Difciple de M. de Varillas, avec lequel il fe brouilla pour certains écrits, que celui-ci prétendoit qu'il lui avoit enlevez, il ne tarda pas de fe faire connoître à Paris par fes Ouvrages.

En 1675. il retourna à Chamberi, & alla de là en Angleterre avec la Ducheffe de Mazarin, mais il n'y refta que fort peu de temps, & revint bientôt à Paris. Il y vécut fort long-temps en fimple Clerc, fans Titre ni Degré, occupé feulement de fes études.

Il fe retira en Savoye en 1692, &
mourut la même année à Chambery,
apparemment affez peu avancé en
âge, mais certainement peu accom-
modé des biens de la fortune.

C'étoit un homme de beaucoup
d'efprit & de penetration, grand ennemi de ces Eloges intereffez, dont
la plûpart des Auteurs font entr'eux
un commerce honteux, mais d'ailleurs un peu trop fenfible aux traits
de la critique. Il aimoit beaucoup les
fciences, & fur-tout l'Hiftoire, à laquelle il s'étoit particulierement attaché, & qu'il vouloit qu'on étudiât
d'une maniere toute differente de
celle dont on l'étudie communément.
Il s'étoit fort appliqué à la Romaine,
& en a éclairci plufieurs morceaux
d'une maniere fatisfaifante. Quelques
Critiques à la verité lui ont reproché
d'avoir employé des Anecdotes non
feulement fort fufpectes, mais même abfolument fauffes; d'autres fe
font plaints que quelques-unes de
fes réflexions étoient trop rafinées,
& trop recherchées; d'autres enfin
ont trouvé quelque chofe à redire
dans fon ftile, & particulierement

C. V. DE dans celui de fes Oeuvres pofthumes,
S. REAL. qu'il n'a fans doute point eu le tems
de revoir & de retoucher , mais en
general fes Ecrits ont toujours été
très - bien reçûs du Public , & les
perfonnes mêmes qui y ont trouvé
les défauts dont on vient de parler,
n'ont pû leur refufer les applaudiffemens qu'ils meritoient fi legitime-
ment d'ailleurs, ni difconvenir qu'ils
ne fuffent remplis de remarques folides & fenfées, & de réflexions utiles
& ingenieufes.

Catalogue de fes Ouvrages.

*De l'ufage de l'Hiftoire. Paris 1672.
in-12.* On voit dans cet Ouvrage un
efprit de réflexion , lequel ayant lieu
de n'être pas content de la fechereffe
avec laquelle on étudie l'Hiftoire,
vouloit qu'on ne la regardât pas
moins comme un tableau de la fageffe
& de la folie des Hommes, que comme le recit de leurs actions & de leurs
vertus ; ainfi ce Traité tend à nous
faire faire les réflexions neceffaires
pour cela. Il feroit à fouhaiter que les
remarques judicieufes dont il eft plein
fuffent d'un ftile plus ferré & plus
correct. C'eft le jugement que porte
de

de cet Ouvrage l'Abbé Langlet qui
l'a joint à ſa Méthode pour l'Hiſtoire.

2. *D. Carlos. Nouvelle Hiſtorique.*
Amſterdam 1672. *in-*12. Le vrai eſt mê-
lé avec le faux dans cet Ouvrage.

3. *Conjuration des Eſpagnols contre*
la Republique de Veniſe en 1618. *Paris*
1674. *in-*12. Il y a beaucoup du Roman dans cette Hiſtoire. Elle eſt
écrite avec beaucoup d'eſprit & de
politeſſe, mais on croit que l'envie
que l'Auteur a eue d'imiter un des
plus beaux morceaux de l'Antiquité,
c'eſt-à-dire, l'Hiſtoire de la Conjuration de Catilina écrite par Salluſte,
l'a porté à rechercher plûtôt ce qui
pouvoit contribuer à l'embelliſſe-
ment de ſon ſujet, qu'à donner une
relation exacte & fidelle.

4. *Memoires de Madame la Du-*
cheſſe de Mazarin. Cologne 1675
*in-*12.

5. *La Vie de Jeſus-Chriſt. Paris*
1678. *in* 4°. It. *Paris* 1689. *in-*12.
Ce n'étoit gueres le talent de M.
de S. Real de faire une Vie de J.
C. auſſi eſt-elle peu recherchée.
On a remarqué qu'il n'a pas donné
à J. C. une ſeule fois le nom de

Tome II. M

C. V. DE
S. REAL.

Dieu ; peut-être n'y a-t-il eu en cela aucun dessein.

6. *Eclaircissement sur le discours de Zachée à J. C. Paris 1682. in-12.* Cet Ouvrage est pour deffendre contre M. Arnaud l'explication des paroles de Zachée : *je donne la moitié de mon bien aux pauvres,* que l'Abbé de *S. Real* avoit entendues dans la vie de J. C. comme le recit de ce qu'il avoit coûtume de faire, & non pas comme une resolution qu'il dût executer

7. *Cesarion, ou Entretiens sur divers sujets, particulierement de l'histoire Romaine. Paris 1684. in-12.*

8. *De la Valeur. Cologne 1689. in-12.* Traité excellent & fort rare autrefois, mais commun à present depuis que M. de Sallengre l'a inseré dans le second tome de ses Memoires de Litterature, & qu'il a paru avec les autres Ouvrages de M. de S. Real.

9. *De la Critique. Paris 1691. in-12.* Ce Traité est moins fait pour donner des regles de critique en general, que pour censurer en particulier l'Auteur des Reflexions sur

l'uſage preſent de la Langue Fran- C. V, DE
çoiſe. On le fait venir à tout mo- S. RÉAL.
ment pour fournir l'exemple d'une
mauvaiſe critique ; & l'on peut douter ſi l'Auteur a gardé toute la rete-
nue qu'il recommande lui-même

10. *Lettres de Ciceron à Atticus,
traduites en françois avec le latin à
côté, & des remarques. Paris* 1691.
*in-*12. 2. tomes. Il n'y a ici que les
deux premiers Livres de traduits,
l'Abbé de S. Real n'en a pas donné
davantage.

11. *Oeuvres poſthumes,* 3. volumes
*in-*12.

Tous ces Ouvrages, excepté la
traduction des lettres de Ciceron à
Atticus ont été réimprimés en 1722.
à la Haye en 5. volumes *in-*12. &
enſuite à Paris en 1724. en 4. volumes *in-*12. On a retranché de
cette édition les *Memoires de Madame de Mazarin.* It. *Nouvelle édition: La Haye* 1726 *in-*12. 4. tomes.
Les *Lettres à Atticus* ſont dans
cette édition.

V. ſon Eloge à la tête du reeueil
de ſes *Oeuvres,* & les *Memoires de
Trevoux de Janvier* 1725.

M iij

JEAN - RODOLPHE
WETSTEIN.

JEAN-RODOLPHE Wetstein nâquit le 5. Janvier 1614. à Bâle où son pere occupoit les premieres Charges de la République. Après ses premieres études il se consacra à la Theologie & fut reçû Ministre le 28. Octobre 1634.

M. *Frey*, qui étoit pour lors en Hollande, n'ayant pû venir exercer la Charge de Professeur en Grec, qu'on lui avoit donnée aprés la mort de M. *Jeckelman*, on l'offrit à M. Wetstein, qui l'accepta & s'en acquitta avec beaucoup de gloire, car il entendoit parfaitement la langue Grecque, & pour se divertir il faisoit souvent des vers en cette langue. L'année suivante M. Frey revint d'Irlande à Basle, & M. Wetstein lui remit aussi-tôt son emploi.

M. *Ottendorf*, qui étoit Pasteur de l'Eglise de *Reiche* à une lieue de la Ville, étant mort, M. Wet-

ſtein y fut envoyé Miniſtre à ſa pla- JEAN - R
ce. Quelque tems après M. *Phiſter* W E T S-
Profeſſeur de Rhetorique étant auſſi T E I N.
venu à mourir , M. Wetſtein eut
ſa Chaire , M. Frey mourut auſſi,
& l'on lui donna la Chaire de Profeſſeur en Grec le 3. Mars 1637.

L'année ſuivante il reſolut de
voyager , & parcourut la France ,
l'Angleterre & la Hollande , où il
forma de grandes liaiſons avec les
Sçavans des lieux par leſquels il
paſſa.

Après qu'il eut exercé la Charge
de Profeſſeur en Grec pendant ſept
ans , on le fit Profeſſeur ordinaire
en Logique à la place de *Lucius*
mort depuis peu.

Il ſe maria en 1643. & la fecon-
dité ne manqua pas à ſon mariage ,
puiſqu'il eut 17 enfans , douze
garçons & cinq filles.

La deſtinée de M. Wetſtein étoit
de changer ſouvent de profeſſion ;
après avoir profeſſé onze ans la Philoſophie il fut fait en 1655. Profeſſeur aux Lieux Communs à la place
de M. *Beck* mort l'année prece-
dente ; il ne garda pas long-tems

JEAN-R.
WETS-
TEIN.

ce poste ; *Theodore Zuinger* Proféſ-
ſeur en Theologie du nouveau
Teſtament étant mort peu de tems
après , M. Wetſtein eut la place
de ce Sçavant , dont il fit l'Eloge
& l'Oraiſon Funebre.

Le 4. Janvier 1684. l'Univerſité
étant aſſemblée pour diſpoſer de la
Chaire de Profeſſeur en Grec , que
M. le Docteur *Hofman* venoit de
quitter pour prendre celle d'Hiſtoire , M. Wetſtein pria l'Aſſemblée de donner la Chaire de Profeſſeur en Grec à ſon fils , ce qu'on lui
accorda , mais en ſortant de la Salle
il fut attaqué d'apoplexie : il n'en
mourut pas cependant alors ; il en
revint même un peu. Ce ne fût
qu'après avoir perdu ſa femme le 7.
Decembre de cette année , que ſa
maladie augmenta de maniere à
faire deſeſperer de ſa vie. Il eſt mort
le 11. Decembre 1684. quatre jours
après elle , âgé de 70. ans.

Il étoit très-ſçavant dans l'antiquité Eccléſiaſtique & Prophane ,
avoit un jugement fin & une critique exacte , & écrivoit avec beaucoup de netteté & d'élégance. Il

n'a pas fait de grands Ouvrages, JEAN R.
mais le peu qu'il a donné eſt folide W E T S-
& judicieux. TEIN.

Ce qu'on a de lui eſt :

1. *Certum animæ ſolatium, ſeu Mé-*
ditationes Theologico-Practicæ in lo-
cum ad Romanos VIII. v. 14. 1638.
Il dédia cet Ouvrage à ſa mere, ſuivant en cela l'exemple de Moyſe
Amiraut, qui dédia ſon Livre *de*
l'Etat des ames après la mort, à ſa
femme, qu'il appelle un peu trop
familierement *ma Mie,* à la tête de
ſon Epître dédicatoire.

2. En 1642. il fit imprimer ſur
un vieux manuſcrit grec, le Sermon de *Marc Diadochus* contre les
Ariens, avec une traduction latine
& des notes qu'il y ajoûta. Cet Ouvrage a échappé à M. Dupin.

3. M. *Crave,* Ambaſſadeur de
l'Empereur à Munſter en 1647.
ayant vû un gros Livre, que le P.
Herman Crombach Jéſuite avoit
publié, pour ſoûtenir la verité de
l'hiſtoire de ſainte Urſule, que quelques-uns diſent avoir été fille d'un
Roy d'Ecoſſe, pria Mr Wetſtein
Bourguemeſtre de Baſle, qui étoit

JEAN-R. alors à Munster, d'engager son fils
WETS- *Jean Rodolphe*, à examiner cette
TEIN. question. Notre Auteur le fit avec
beaucoup d'application, & après
avoir lû sur ce sujet quantité de
Livres, soit imprimez, soit manuscrits, il en fit un lui même,
où il montroit que l'Histoire des
onze mille Vierges & de sainte
Ursule est une pure fiction.

4. Il a fait aussi réimprimer le
Traité de *Vincent Bandelle*, contre
la conception immaculée de la
Vierge, qui étoit devenu rare, &
y ajoûta une Préface. Ce traité
avoit été imprimé pour la premiere
fois à Boulogne en 1481. & ensuite
à Milan en 1575.

Rodolphe Vvetstein son fils, Professeur en Théologie à Basle, & auparavant Professeur en langue gré-
que, fait un des principaux ornemens de cette Université. Jean-
Henri Wetstein fameux Libraire
d'Amsterdam, frere de Rodolphe
ne s'est pas rendu moins celebre
dans sa profession.

V. son éloge par David Ancillon
Nouv. Litt. du 18. Mars 1719.

JEAN

JEAN MILTON.

JEAN MILTON nâquit à Londres l'an 1606. *Jean Milton* ſon pere, iſſu de la famille des Miltons, conſiderable dans la Province d'Oxford, avoit été désherité par ſes parens pour avoir embraſſé la Religion Catholique; il eut outre *Jean Milton*, un autre fils nommé *Chriſtophe*, qui étudia en Droit, & s'attacha au parti Royal, bien different en cela de ſon frere, qui fut un Républicain outré.

Jean Milton employa ſes premieres années à apprendre les premiers principes de la Grammaire; à l'âge de quinze ans il fut envoyé à *Cambrige*, pour y étudier en Philoſophie; mais ſon inclination naturelle le portant à la Poëſie, il s'appliqua uniquement à faire des Vers & y excella. Il commença par paraphraſer quelques Pſeaumes en vers Anglois, & compoſa enſuite pluſieurs pieces de Poëſies, les unes en ſa langue, les autres en latin, toutes

Tome II. N

JEAN
MILTON.
d'une beauté fort au dessus de son âge.

Il avoit une passion si violente pour les Belles Lettres, que dès l'âge de douze ans il s'accoûtuma à veiller jusqu'à minuit ; ce qui affoiblit peu à peu considerablement sa vue & le rendit sujet à de frequens maux de tête. Il reçût à Cambrige le degré de Maître ès Arts, après y avoir demeuré sept ans, & s'en retourna chez son pere, où il passa cinq ans dans la lecture des bons Livres grecs & latins, & à apprendre les Mathématiques & la Musique, qu'il aimoit passionnément.

A l'âge de vingt-neuf ans il quitta l'Angleterre pour voyager en France & en Italie. Ces voyages lui procurerent la connoissance des Sçavans des Païs où il passa. Il apprit même si bien la langue Italienne, qu'il composa de fort bons vers en cette langue.

De retour à Londres après quinze mois d'absence, il se vit chargé de la tutelle de ses neveux, fils de sa sœur. Résolu à leur donner toute l'éducation dont il seroit capable,

Il prit le parti de ſe rendre lui-même J E A N leur Précepteur ; quelques-uns de MILTON. ſes amis l'ayant prié d'inſtruire en même temps leurs enfans, il tint chez lui une eſpece d'Ecole, où il leur enſeigna les Belles Lettres, les Langues, les Mathématiques, & l'Hiſtoire.

Lorſqu'il étoit revenu en Angleterre, les eſprits commençoient à s'échauffer, & l'on voyoit déja les premiers mouvemens de la Guerre civile ; on attaquoit de toutes parts l'Epiſcopat. Milton prit auſſi - tôt parti & ſe déclara contre les Evêques. Il publia d'abord un Livre intitulé :

1. *De la Réformation de la Diſcipline de l'Egliſe en Angleterre, & des cauſes qui l'ont empêchée juſqu'icy.* (en Anglois.) *Londres* 1 6 4 1. *in*-4°. Il prétendoit que les deux obſtacles à une entiere réformation étoient qu'on eut retenu les ceremonies, & qu'on eut reſervé le pouvoir de l'Ordination à l'Evêque diocéſain.

2. Quelques Miniſtres ayant enſuite publié un Livre contre la

N ij

JEAN dignité Episcopale , auquel ils don-
MILTON. nerent le Titre de *Smectymnus* ; mot
forgé & composé des lettres initia-
les des noms de ceux qui en étoient
les Auteurs ; c'est-à-dire , de *Ste-
phanus Marshall , Edmundus Calamy,
Thomas Young , Matth. Nevveomen.
& Wilh. Spurstow* , & l'Evêque
d'Armach , *Usserius* , y ayant ré-
pondu ; Milton crut devoir défendre les premiers , & attaquer le second ; ce qu'il fit dans une Lettre
qui a pour titre : *De la Prélature É-
piscopale , où l'on examine si elle vient
du temps des Apôtres.* (en Anglois,)
1641. Cet Ouvrage est écrit d'une
maniere fort violente & fort inju-
rieuse à tout l'ordre Episcopal. Il fut
suivi de quelques autres sur la même
matiere.

   3. *De l'origine du gouvernement Ecclesiastique contre la Prélature Episcopale , en deux Livres.* (en Anglois,)
1641. Cet Ouvrage est encore contre *Usserius.*

   4. *Remarques sur la défense des Ré-
montrans , contre Smectymnus.* (en
Anglois,) Londres 1641. *in-4°.* Ce
Livre est contre *Joseph Hall,* qui

JEAN

avoit compoſé la défenſe.

5. *Apologie pour le Smectymnus,* MILTON. *contre les Remontrans.* (en Anglois.) Cette Apologie eſt encore contre *Jo-* *ſeph Hall,* qui avoit écrit fort vive- ment contre les Rémarques préce- dentes.

Un mariage inſpira à Milton des penſées un peu differentes de cette controverſe. Il épouſa en 1643. une Demoiſelle de la Province d'Oxfort, nommée *Marie Povvel.* Cette jeune perſonne rebutée peut-être de l'hu- meur bizarre & imperieuſe de ſon mari, ou pour quelque autre mé- contentement, le quitta peu de jours après ſon mariage. Il la ſomma inu- tilement de revenir, elle ne lui ré- pondit que par des mépris & des refus ; piqué de cette conduite, il réſolut de s'en venger, en faiſant caſſer ſon mariage. Pour y réüſſir par les formes ordinaires de la Juſtice, il compoſa l'Ouvrage ſuivant.

6. *La Doctrine & la Diſcipline* *du divorce, rétablie pour le bien des* *deux ſexes.* (en Anglois,) *Londres,* 1644. *in-* 4°. Il y répreſentoit au Parlement, à qui il l'adreſſoit,

JEAN
MILTON.

qu'en vain on travailloit à garantir la liberté du peuple de l'oppreſſion dont elle étoit menacée, ſi l'on ne ſongeoit pas en même-temps à le dé-livrer d'une ſervitude domeſtique encore plus inſupportable. Dieu, di-ſoit il, a aſſocié une femme à l'hom-me pour le conſoler des ennuis de la ſolitude, & pour lui aider à ſoûtenir les chagrins inſéparables de la condi-tion humaine. C'eſt une union dont l'amour & la tendreſſe doivent for-mer les nœuds; mais ſi elle fait le malheur des perſonnes qu'elle a aſ-ſemblées, pourquoi ne pas rompre une chaîne, qu'ils s'efforcent l'un & l'autre de briſer ? Pourquoi allier des humeurs incompatibles, & con-vertir la ſocieté du mariage en une dure & éternelle captivité ? L'im-puiſſance & l'adultere ſont des cau-ſes, l'une chez tous les peuples Chrê-tiens, & l'autre chez les Proteſtans, de la diſſolution du mariage ; pour-quoi a-t-on plus d'égard à ce qu'il y a de ſenſuel & de groſſier dans le ma-riage, pour le diſſoudre, & ne compte-t-on pour rien l'éloigne-ment des cœurs, & l'incompatible

lité des eſprits ? Telles ſont les rai- JEAN
ſons de Milton, qui tendroient, ſi MILTON.
on les admettoit, à faire du mariage
un ſimple accord paſſager qu'on ſeroit toûjours prêt à rompre. Il n'y
avoit que la colere & le dépit qui
pût les lui faire paroître bonnes. Auſſi
cet Ouvrage ſouleve-t-il bien du
monde contre lui, & le fit accuſer
d'impieté & de libertinage devant le
Parlement. Il ſe crut obligé à ſe juſti-
fier & fit pour cela trois autres Ouvrages.

7. *Tetrachordon, ou Explication
des quatre principaux paſſages de l'E-
criture, qui traitent du mariage & de
ſes nullitez* (en Anglois.) *Londres*
1646. *in-4°.*

8. *Sentiment du fameux Réformateur
Martin Bucer, touchant le divorce,*
(en Anglois.)

9. *Colaſterion, ou Réponſe à la Réfutation de la Doctrine & de la diſcipline du divorce, faite par un Auteur
anonyme.* (en Anglois.) 1645.
in-4°.

Milton publia vers le même temps
deux autres Ouvrages, ſur des ſujets
differens.

JEAN MILTON.

10. *De l'éducation des enfans.* (en Anglois.) Il propose dans cet Ouvrage une Méthode qui, quoique bonne en certains points, ne vaut rien en plusieurs autres.

11. *Areopagitica,* ou *Discours au Parlement,* en faveur de la liberté d'imprimer toutes sortes de Livres, sans en demander la permission des Examinateurs. (en Anglois.) *Londres,* 1645. *in-4°.* On voit par cet Ouvrage que Milton vouloit en tout une liberté, qui ne fût gênée par aucunes loix.

12. On imprima aussi en 1645. un Recueil de ses Poësies Latines & Angloises, à Londres, *in-8o.*

Cependant Milton se préparoit à se remarier ; ce que sa femme n'eut pas plûtôt appris, qu'elle vint se jetter à ses genoux, & le conjurer de la reprendre. Après avoir fait quelque résistance, il se laissa attendrir & oublia tout le chagrin qu'elle lui avoit causé ; il reçut même chez lui le pere, la mere, les freres & les sœurs de sa femme, lorsque le parti Royal, auquel ils avoient été attachez, eut été entierement ruiné, &

les nourrit juſqu'à un meilleur temps. J E A N
Il eut pluſieurs enfans de cette fem- M I L T O N.
me, qui étant morte en couche, il
en épouſa une autre qui mourut de
la même maniere au bout d'un an.
Après être demeuré veuf pluſieurs
années, il ſe rémaria encore, mais
ce ne fut qu'après le rétabliſſement
de Charles II. & l'amniſtie qu'il obtint de ce Prince.

Charles I. ayant été ſacrifié en
1 6 4 8. à la fureur des Factieux,
Milton prit auſſi - tôt la plume &
écrivit en leur faveur un Livre intitulé :

13. *Le droit des Rois & des Ma-*
giſtrats, où l'on prouve qu'un Tyran
peut être mis en Juſtice, dépoſé & mis
à mort. (en Anglois.) *Londres,* 1649
& 1650. *in-*4°. C'eſt un Ouvrage
déteſtable, dont les principes tendroient à mettre la confuſion dans
tous les Etats.

Quelque temps après il entreprit
d'écrire l'Hiſtoire Angleterre, mais
le Conſeil d'Etat établi par l'autorité de Cromwel, le choiſit pour
Secretaire. Les lettres Latines écrites
à differens Princes par l'ordre de ce

JEAN
MILTON.

Conseil, sont de la façon de Milton. Le Livre intitulé *Icon Regia*, ayant parut quelque temps après la mort du Roi, ne laissa pas de faire impression sur les esprits même les plus séditieux. Cromwel en fut allarmé, & engagea Milton à le refuter ; il s'acquitta de cette commission avec violence & emportement, & composa l'Ouvrage intitulé :

14. *Iconeclastes* ou *réfutation du Livre intitulé : Icon Regia.* (en Anglois) 1649. *in 4°.* It. *Londres* 1690. *in fol.* *Londres* 1690. *in-8°.* Cet Ouvrage déplût même à plusieurs Presbyteriens, & plusieurs Sçavans des Pays Etrangers le refuterent.

15. Toland dans sa vie fait mention d'un autre Ouvrage que Milton composa sur le même sujet, intitulé : *Quarante-huit Observations sur le supplice de Charles I.* en Anglois.

16. Le Livre de Saumaise, intitulé : *Defensio Regia*, ayant paru en 1649. Milton y répondit par un autre qui a pour titre : *Defensio pro populo Anglicano Londini* 1651. *in-fol.* C'est un des plus séditieux Libelles qui ait jamais paru. On ne peut cependant

nier que le ſtile n'en ſoit coulant , vif , & fleuri , & qu'il n'y ait dé-fendu adroitement la cauſe des Mo-narchomaques : ce qui l'a fait plus rechercher que l'Ouvrage de Sau-maiſe, qui n'y défend pas ſi bien la cauſe des Rois ; c'eſt pour cela qu'on a dit que Saumaiſe avoit très - mal défendu une très - bonne cauſe , au lieu que Milton avoit très-bien dé-fendu une très - mauvaiſe cauſe Ce dernier fut récompenſé par un pre-ſent de mille livres ſterling , & ſon Livre a été réimprimé pluſieurs fois depuis ; mais il fut brûlé publique-ment par Arrêt du Magiſtrat , à Pa-ris , & à Toulouſe.

Pierre du Moulin le fils , qui poſſedoit une riche prébende à Can-torbery , avoit compoſé un Livre ſous le titre de *Clamor Regii ſangui-nis ad cœlum.* Mais les malheurs des temps lui ôtant les moyens de le faire imprimer en Angleterre , il fut obligé de l'envoyer à *Morus* , qui a été depuis Miniſtre de Charen-ton ; celui-ci ayant ajoûté une Préfa-ce de ſa façon , le fit paroître en 1652. Milton en fut choqué, & écrivit auſſi

JEAN tôt un second Ouvrage sous ce ti-
MILTON. tre :

17. *Secunda defensio pro populo Anglicano.* Ce Libelle n'est qu'un tissu d'injures grossieres contre la personne de Morus, que Milton croyoit Auteur du *Clamor Regii sanguinis.* Ce Ministre piqué des calomnies dont Milton l'avoit chargé, publia peu de temps après un petit Ouvrage intitulé : *Fides publica ;* mais Milton fit une réponse aussi sanglante que la premiere, intitulée :

18. *Defensio pro se contra Alexandrum Morum.* Il travailla encore à quelques autres Ouvrages en faveur de la République d'Angleterre, quoique sa grande application au travail lui eût fait perdre la vûe quelque temps auparavant. Tels sont :

19. *Traité de la Puissance Civile dans les matieres Ecclésiastiques.* (en Anglois.) *Londres* 1659. *in-*12.

20. *Considérations sur les moyens les plus faciles pour éloigner de l'Eglise les Mercenaires.* (en Anglois.) *Londres* 1659. *in-*12.

21. *Notes fur un difcours du Docteur* JEAN
Griffith fur la crainte de Dieu, & le MILTON.
refpect pour le Roi. (en Anglois.) *Londres* 1660. *in-4°.*

22. *Moyen facile & commode pour
former une République libre, dont on
compare l'excellence avec les dangers &
les inconveniens qui accompagnent la
Monarchie.* (en Anglois.) *Londres*
1659.

Milton vêcut fort à fon aife fous
l'ufurpation de Cromwel ; mais
Charles II. ayant été rappellé en
1660. il fe tint caché, & ne parut
qu'après la proclamation de l'Am-
niftie. Il obtint des lettres d'abolition,
& ne fut foumis qu'à la feule peine
d'être exclus des Charges publiques.
Il profita de fa retraite forcée pour
achever plufieurs Ouvrages, & donna après,

23. *Le Paradis perdu. Poëme.* (en
Anglois.) *Londres* 1669. *in-4°.* Item
1688. *in-fol. avec Fig.* Ce Poëme eft
le chef-d'œuvre des Anglois en matiere d'Epopée. Ils en font un cas
extraordinaire, & l'on doit con-
venir qu'à le confiderer en general,
il merite l'eftime & l'admiration

JEAN
MILTON.
dont il a toûjours été honoré. Il est vrai que, quand on considere d'abord le choix du sujet, on auroit de la peine à croire que cette piece vint d'un homme de bon sens ; mais dès qu'on apperçoit la maniere dont il est traité, on est obligé de revenir de cet étonnement injurieux à l'Auteur. D'ailleurs comme l'Ecriture nous dit peu de chose sur ce sujet, on court risque de le falsifier en le voulant relever par des ornemens Poëtiques. C'est-là un inconvénient terrible qui doit influer sur tout l'Ouvrage ; mais on a de la peine à le sentir, tant le raisonnement est étourdi par des beautez continuelles qui l'occupent trop, pour lui permettre aucune autre attention. On trouve dans ce Poëme qui est partagé en douze Livres, un grand nombre d'imitations fort heureuses d'Homere & de Virgile. C'est le jugement qu'en portent les Auteurs du Journal litteraire. (tom. 9. p. 178.)

24. *Le Paradis récouvré. Poëme en quatre Livres.* (en Anglois.) Londres 1670. Item 1688. *avec Fig.* Le

succès qu'eut le Poëme précedent,
engagea Milton à composer celui-
ci, qui n'en approche en aucune
maniere, ni par le dessein, ni par
la beauté de l'expression ; ce qui fit
dire à quelques railleurs, que l'on
trouve bien Milton dans le Paradis
perdu, mais non pas dans le Paradis récouvré. La pointe étoit d'autant plus maligne, dit M. de Bauval, qu'il n'avoit pas des sentimens
trop fixes sur la Religion. Dans sa
jeunesse il s'étoit rangé parmi les
Puritains ; depuis il prit parti parmi les Indépendans ; enfin il rénonça à toutes les Sectes, qu'il appel-
loit des Factions, soit qu'il les con-
damnât toutes indifferemment, soit
qu'il fût rébuté par l'esprit de dispute & d'animosité qui y regnoit.
Il parle dans ses Poëmes sur la divinité de Jesus-Christ, en veritable
Arien. Le Paradis perdu, & le Paradis récouvré ont été traduits en
Vers Latins, & publiez en 1690. par
Guillaume Hog, Ecossois.

25. *L'Histoire de la Grande-Bretagne,
depuis ses premiers commencemens
jusqu'à la Conquête des Normands,*

J E A N (en Anglois,) *Londres* 1670. *in-4°.*
M I L T O N. Cette Histoire n'est qu'une rapso-
die.

26 *Artis Logicæ plenior institutio ad
Petri Rami Methodum concinnata.
Londini* 1672. *in-12.*

27. *Traité de la veritable Religion,
de l'heresie, du schisme, de la tolerance,
& des moyens pour empêcher les progrez
du Papisme.* (en Anglois,) *Londres*
1673. *in-40.*

28. *Poëmata Anglica & Latina.
Londini* 1673. *in 4°.* C'est une édi-
tion augmentée de ses Poësies. Item
Londini 1695. *in-fol.*

29. *Epistolarum familiarium liber
unus. Accesserunt Prolusiones quædam
Oratoria. Londini* 1674. *in-8°.*

Ce sont là les derniers Ouvrages
de Milton, qui mourut en 1674.
d'une goute remontée, à l'âge de 68.
ans. On a imprimé de lui après sa
mort.

30. *Littera Senatus Anglicani,
Cromwelli & aliorum nomine ac jussu
scripta.* 1676. *in-12.* Item *Lipsiæ*
1690. *in-12.* par les soins de Jean-
George *Pritius.*

31. *Courte description de de la Mos-
covie*

ſovie & des autres Pays peu connus, qui ſont à l'Orient de ce Royaume. [en Anglois,] *Londres* 1682.

32. *Caractere du long Parlement, &
de l'Aſſemblée des Théologiens. Londres*
1681. *in*-4°.

V. *ſa vie par Jean Toland publiée
en* 1699. *à Londres in* - 8°. [en Anglois.]

SILVIO BOCCONI.

S ILVIO *Bocconi* nâquit à *Palerme*, en Sicile, le 24. Avril 1633.
d'une famille originaire de *Savone*,
dans l'Etat de Gennes. Après avoir
fait ſes études, il s'abandonna au
penchant qu'il ſe ſentoit pour l'Hiſtoire naturelle. Les progrez qu'il y
fit lui acquirent de la réputation,
& le firent bientôt mettre au nombre des fameux Phyſiciens, & des
grands Botaniſtes Ces commencemens pouvoient le mener loin ſelon
le monde, mais il rénonça à tout ce
qu'il pouvoit eſperer de lui, & entra dans l'Ordre de Cîteaux, dans
un âge déja mûr. Il quitta alors le

SILVIO
BOCCONI.

nom de Paul, qu'il avoit reçû au Baptême, pour porter celui de Silvio, qu'on lui donna.

Son changement d'état ne lui fit point abandonner le genre d'étude qu'il avoit embraffé par goût ; il s'y adonna même plus que jamais, & parcourut pour acquerir de nouvelles connoiffances, non feulement la Sicile, mais encore l'Ifle de Malthe, l'Italie, les Païs - bas, l'Angleterre, la France, l'Allemagne, la Pologne, & plufieurs autres Païs. En Allemagne, l'Académie des curieux de la Nature le reçût dans fon Corps en 1696. A Padoue il fut fait Docteur & Profeffeur en Botanique, à ce que prétend *Mongitore* ; mais c'eft un fait qui eft faux. Il eft vrai qu'il demeura quelque temps à Padoue ; mais il n'y prit aucun degré, & n'y eut aucun titre.

De rétour en fa patrie, il fe retira dans une maifon de fon Ordre, près de Palerme, où il eft mort le 22. Decembre 1704. âgé de 71. ans. Il a donné au public les Ouvrages fuivans :

1. *Della Pietra Belzuar Minerale*

Siciliana , lettera familiare. In Mon-
te leone. 1669. *in-*4°.

2. *Novitiato alla Segretaria Lettu-*
ra grata non meno à Principi , che à
loro Segretarii , per moſtrare , con fa-
ciltà , è brevità l'arte d'un acorto Se-
*gretario. In Genoa. in-*12.

3. *Recherches & obſervations na-*
turelles touchant le corail , la pierre
étoilée , l'embraſement du Mont - Et-
na. Paris 1672. *in-*12. Nouvelle
édition augmentée. *Amſterdam* 1674.
*in-*8°.

4. *Epiſtola Botanica.* Cette Lettre
eſt inſerée dans un Ouvrage imprimé à Naples en 1673. *in-*4°. ſous
ce titre : *Biſarrie Botaniche di alcuni*
ſimpliciſti di Siſilia publicate, e dichia-
rate da Nicolò Gervaſi.

5. *Lettre écrite à l'Auteur du Jour-*
nal des Sçavans , touchant une gomme
ou eſpece de baume , qui eſt ſouverain
pour les bleſſures , inſerée dans le
Journal des Sçavans du 20. Janvier
1676.

6. *Icones & deſcriptiones rariorum*
Plantarum Siciliæ , Melitæ , Galliæ
& Italiæ , quarum unaquæque pro-
prio charaĉtere ſignata ab aliis ejuſ-

*dem claßis facile distinguitur. Cum præ-
fatione Roberti Morisonii. Lugduni
1674. in-4°. It. Oxonii 1674. in-4°.
cum figuris.*

7. *Offervazioni naturali, ove si con-
tengono Materie Medico-fisiche, è di
Botanica, produzioni naturali, Foffo-
fori doversi, Fuochi Sotteranei d'Italia, & altre curiosità, disposte in trattati familiari, in Bologna 1684. in 8°.*
Les trente-six Obfervations qui compofent ce volume renferment plufieurs chofes fort curieufes, comme
tous les autres Ouvrages du même
Auteur.

8. *Mufeo di Fifica di esperienza
variato e decorato di offervazioni naturali, note medicinali, e Raggiona-
menti, fecondo i principii de moderni,
con una differtatione dell' origine,
e della prima impreffione delle produzioni Marine. In Venetia 1697. in-
4°.* Cet Ouvrage contient 46. Obfervations.

9. *Remarques fur plufieurs chofes naturelles, tirées du Cabinet de Phyfique.*
[en Allemand.] *Francfort 1697. in-
12.* Ce font 24. Obfervations tirées
de l'Ouvrage précedent.

10. *Mufeo di Piante rare della Sici-* SILVIO
lia, Maltha, Corfica, Italia, Piemonte, BOCCONI.
e Germania. Con figure 133. *in Vene-*
tia 1697 *in·*4°.

V. fon Eloge, *Mongitore Bibliotheca*
Scula.

GATIEN SANDRAS,
SIEUR DE COURTILZ.

GATIEN *Sandras de Courtilz,* GATIEN
& de Vergé, nâquit à *Mon-* SANDRAS.
targis en 1644. Ayant pris le parti
des Armes, il fut Capitaine dans le
Régiment de Champagne. Il avoit
de l'efprit & du penchant pour l'in-
trigue, comme on peut le voir par
fes Ouvrages. Il en avoit compofé
plufieurs dans le loifir que lui avoit
procuré la paix, faite en 1678. & il
paffa en Hollande en 1683. pour
les faire imprimer. Il s'y fit connoître fous le nom de *Monfort.* Par
complaifance pour les Libraires, &
pour fe faire quelque réputation en
ce païs là, il commença à prendre
la plume contre fa patrie, & compofa le Traité intitulé : *La conduite*

G. S A N-*de la France depuis la Paix de Ni-*
DRAS. *megue.* Mais son inclination le porta aussi-tot à le réfuter, ce qu'il fit.
l'année suivante. Ces deux Ouvrages sont anonymes, & tous ceux
qu'il a composés sont, ou sans nom
d'Auteur, ou sous un nom supposé, imprimés la plûpart à la *Haye*,
quoique dans le titre de plusieurs
on ait marqué la Ville de Cologne.

Son zele pour sa patrie, fit qu'il
lui échapât dans ses Ouvrages quelques veritez qui déplûrent à ceux
chez qui il vivoit ; il fut donc obligé de quitter la Hollande & de revenir en France, où il demeura
quatre ans. Il y composa plusieurs
autres Livres, qui ne pouvant être
imprimez en ce Royaume, l'engagerent à repasser en Hollande,
pour les donner au public. Il y retourna en 1694. & y demeura jusqu'en 1702. qu'étant de retour en
France, il fut arrêté par ordre du
Roy, soit pour avoir composé les
Annales de Paris & de la Cour, soit
pour quelqu'autre Ouvrage, & conduit à la Bastille, où il a demeuré

neuf ans entiers. Il fut renfermé G. SAN-
les trois premieres années dans une DRAS.
étroite prifon, mais il eut enfuite un
peu plus de liberté. Il s'occupa en ce
lieu à compofer quelques Ouvrages
qu'il a donnés au public, après qu'il
en fut forti. Il ne jouit pas cependant
long-temps de fa liberté ; car il mourut à Paris le 6. May 1712. âgé de
68. ans, & fut enterré à S. André
des Arcs fa paroiffe. Il avoit époufé
la veuve d'*Amable Auroy*, Libraire
à Paris.

M. Bayle parle ainfi de cet Auteur dans fa réponfe aux queftions
d'un Provincial. Il narre joliment ;
il y a du vif & de la clarté dans fon
ftile ; fon génie eft fecond, il a le
don d'écrire avec une facilité extraordinaire. S'il eût employé de fi
beaux talens à fuivre les grand mo-
déles de l'Antiquité, & les loix de
l'Hiftoire, il eût pû devenir un bon
Hiftorien. Mais dès qu'un Auteur
ne cherche que fa propre gloire, ou
fon profit, préferablement à l'utilité de fes Lecteurs ; alors c'eft un
homme dont on doit craindre les
fupercheries, & à qui l'on ne doit

G. SAN-
DRAS.

se fier qu'à bonnes enseignes. Comme il veut se faire lire, & qu'il aime à en donner à garder, il parle des choses comme témoin occulaire ; il a tout vû ; il se prête comme un grand Regiftre d'Anecdotes ; il seme par tout des avantures qui puiffent furprendre ; il romanife tous les sujets qu'il manie. On ne trouve dans fes prétendus mémoires aucunes dates des évenemens qu'il y raconte, même des plus remarquables. Il y débite fes fictions fans aucun égard à la Chronologie ; il paffe d'une année à une autre fans en avertir fon Lecteur, faifant même préceder quelquefois ce qui devroit fuivre.

En effet de Courtilz ne pouvoit s'affujettir à aucunes regles dans fes compofitions, qu'il tiroit toutes de fa tête & de fa mémoire fans fe fervir du fecours des Livres : auffi paroît-il qu'il ne s'eft jamais gêné, ni pour la matiere, ni pour la forme de fes Ouvrages, qui ne font que des Romans hiftoriques, où le vrai, le faux, & le merveilleux font mêlez.

Catalogue

G. SAN-
DRAS.

Catalogue de ſes Ouvrages.

1. *La Conduite de la France depuis la Paix de Nimegue. Cologne* 1683. & 1684. *in* 12. L'Auteur ne fit cet Ouvrage, où il maltraite la France, que par complaiſance pour les Libraires de Hollande, où il étoit alors.

2. *Réponſe au Livre intitulé la Conduite de la France depuis la paix de Nimegue Cologne* 1683. 1684. *in* 12. Des Courtilz crut devoir répondre lui-même à ſon Ouvrage, ſoit par inclination pour ſa patrie, ſoit pour gagner en l'attaquant & en la défendant.

3. *Mémoires contenant divers évenemens remarquables arrivez ſous le regne de Louis le Grand, & l'état où étoit la France lors de la mort de Louis XIII. & celui où elle eſt à preſent. Cologne* 1683. *in*-12. Des Courtilz ſe propoſe dans cet Ouvrage de louer le Roi Louis XIV. d'une maniere qui ne ſente point la déclamation ; pour cet effet il compare l'état où étoit la France, lorſqu'il écrivoit, avec l'état où elle a été ſous le miniſtere du Cardinal Mazarin. On voit bien qu'il a pour but de

G. SAN- louer en même tems le Roy, M.
DRAS. Colbert & M. de Louvois. Il y a
plusieurs anacronismes dans cet
Ouvrage, comme dans tous les autres du même Auteur, & l'on y
trouve plusieurs intrigues politiques & amoureuses.

4. *La conduite de Mars necessaire*
à tous ceux qui font profession des Ar-
mes, ou qui ont dessein de s'y engager,
autorisée d'exemples arrivez dans ces
derniers tems, avec des memoires con-
tenans divers évenemens remarquables
arrivez pendant la guerre d'Hollande.
La Haye 1685. *in-12.*

5. *Histoire des promesses illusoires*
depuis la paix des Pyrenées. 1684.
in-12.

6. *Les Conquêtes amoureuses du*
grand Alcandre dans les Pays-Bas,
avec les intrigues de sa Cour. 1684.
in-12.

7. *Les intrigues amoureuses de la*
France. 1684. *in-12.*

8. *Nouveaux interêts des Princes.*
Cologne 1685. *in-12. revûs, corrigez,*
& augmentez selon l'état où les affai-
res se trouvent aujourd'hui. Cologne
1686. *in-12.* troisiéme édition aug-

mentée. *Cologne in-12.* 1688. Ces trois éditions se font faites à la Haye. L'Abbé Lenglet opposant cet Ouvrage à celuy des interêts des Princes du Duc de Rohan , dit: On sent bien la difference du génie & de la capacité de ces deux Auteurs en lisant leurs Ouvrages ; l'un est un Politique consommé , qui parle avec connoissance de cause, au lieu que des Courtilz est un Avanturier qui hasarde quelques réflexions sur le peu qu'il sçait du sujet qu'il traite.

9. *La Vie du Vicomte de Turenne par du Buisson , Capitaine du Régiment de Verdelin. Cologne* 1685. *in-*12. Nouvelle édition. *Cologne* 1688. *in-*12. Item *la Haye* 1695. *in-*12. Des Courtilz s'est masqué dans cette Histoire sous le nom de du Buisson , & quoiqu'on l'ait convaincu qu'il n'y avoit point en ce tems là dans ce Régiment de Capitaine de ce nom , il ne laissa pas de la lui attribuer encore dans la seconde édition , dans laquelle il fit quelques additions , & dont il refondit le stile. Mais comme ces

172 *Mem. pour servir à l'Histoire*

changemens pouvoient le démentir, il tâcha dans la Préface de les
justifier, en disant que feu M. du
Buisson avoit laissé deux copies de
cette vie, l'une plus ample & plus
correcte que l'autre ; que la moins
correcte a servi d'original à la premiere édition, & l'autre à la seconde. Au reste, cette Histoire n'est
ni exacte, ni judicieuse : elle est
remplie de faussetez & de traits
Romanesques.

10. *Les Conquêtes du Marquis de
Grana dans les Pays-Bas* 1686. *in-*
12.

11. *Les Dames dans leur naturel,
ou la Galanterie sans façon sous le
regne du grand Alcandre.* 1686. *in-*
12.

12. *Vie de l'Amiral de Coligny.
Cologne. in-12. 1686.* & 1691.
L'Auteur y parle en Religionnaire,
quoiqu'il ait toûjours fait profession de la Religion Catholique, &
il en a usé ainsi pour se mieux
déguiser.

13. Il commença au mois de Novembre 1686. à la Haye un Journal sous le titre de *Mercure histori-*

que & politique , qu'il ne continua Gs SAN-
que jufqu'en 1688. On lui impofa DRAS.
alors filence , parce qu'il y faifoit
paroître trop de zéle pour la France , dans un Pays qui commençoit
à entrer en guerre avec cette Couronne.

14. *Mémoires de M. le C. de R.*
[M. le Comte de Rochefort] *con-*
tenant ce qui s'eft paffé de plus parti-
culier fous le miniftere du Cardinal de
Richelieu , & du Cardinal Mazarin ,
avec plufieurs particularitez du regne de
Louis le Grand. 1687. *in-*12. Il s'en
eft fait un grand nombre d'éditions.
C'eft cependant un pur Roman , qui
ne mérite pas la moindre créance. Il
eft d'ailleurs bien écrit, & contient
plufieurs Hiftoriettes qui font nar-
rées avec beaucoup d'agrément.

15. *Hiftoire de la Guerre de Hollan-*
de , où l'on voit ce qui eft arrivé de plus
remarquable depuis l'an 1672. *jufqu'en*
1677. *La Haye* 1689. *in-*12. deux
Parties. Cette Hiftoire eft écrite d'u-
ne maniere fort nette & d'un ftile
très-coulant. Quelques veritez qui
lui échaperent dans cet Ouvrage déplûrent à ceux chez qui il demeuroit

G. San- ce qui l'obligea à revenir en France.
dras. 16. *Testament politique de Jean-*
Baptiste Colbert, Ministre d'Etat, où
l'on voit ce qui s'est passé sous le regne
de Louis le Grand jusqu'en 1683. avec
des remarques sur le gouvernement du
Royaume de France. La Haye 1694. in-
12. Ce Testament est une mauvaise
copie de celui du Cardinal de Richelieu qu'on venoit de mettre au jour.

17. *Le Grand Alcandre frustré, ou*
les derniers efforts de l'Amour & de la
Vertu. Histoire galante. 1696. in-12.

18. *L'Elite des nouvelles des Cours*
de l'Europe. C'est un nouveau Journal qu'il recommença en 1698.
mais il n'y eut que les quatre premiers
mois qui furent publiés, le reste fût
supprimé, & même le Libraire con-
damné au bannissement

19. *Mémoire de Jean-Baptiste de*
la Fontaine, Chevalier Seigneur de
Savoye & de Fontenay, Brigadier
& Inspecteur général des Armées du
Roy, contenant ses avantures depuis
1636 jusqu'en 1697. Cologne in-12.
1698. Ces Mémoires comme ceux
du Comte de Rochefort contiennent du merveilleux, du fabuleux

& de l'hiftorique.

20. *Mémoires de M. d'Artagnan* ,
Capitaine-Lieutenant de la premiere
Compagnie des Moufquetaires du Roy,
contenant plufieurs chofes fecrettes &
particulieres , arrivées fous le regne de
Louis le Grand jufqu'au Siege de
Maeftricht. Cologne (la Haye) 1700.
*im-*12. 3. *vol.* Mémoires auffi fabuleux & auffi remplis d'anacronifmes
que les précedens , quoiqu'auffi a-
mufans.

21. *Mémoires du Marquis de*
Montbrun , où l'on voit quelques éve-
nemens particuliers & faits anecdotes
arrivez depuis le commencement du
dix-feptiéme fiécle jufqu'en 1632. *ou*
environ. Amfterdam 1701. *in-*12.
Ouvrage Romanefque.

22. *Mémoires de la Marquife de*
Frefne. Amfterdam 1 7 0 1. *in* 12.
Cet Ouvrage eft un de ceux de des
Courtilz qui a eu le plus de vogue ;
tout en effet y eft intereffant & amu-
fant , quoique le fabuleux y regne
par tout.

23. *Entretiens de Colbert & de Bauyn*
fur la fuccefion d'Efpagne & autres
affaires curieufes. Cologne 1702. *in* 12.

G. San-
DRAS.

24. *Annales de Paris & de la Cour pour les années* 1697. & 1698. 1701. *in* 12. deux Parties. L'Auteur débite dans ces Annales milles fauſſetez qui intereſſent la réputation de pluſieurs perſonnes de conſideration.

25. *Mémoires du Comte de Vordac, Général des Armées de l'Empereur où l'on voit ce qui s'eſt paſſé en Hongrie, & enſuite en Flandres depuis l'an* 1661. *juſqu'au Siége de Namur. Paris* 1702. *in* 12. Le P. *le Long* a attribué cet Ouvrage à *des Couriils*; mais il s'eſt trompé, il eſt d'un Prêtre de Languedoc, nommé *Cavard.* Le ſecond volume qui a paru depuis quelques années eſt d'un autre Prêtre nommé *Olivier*, Chanoine de *Milly* dans le Gatinois.

26 *Mémoires de M. de B. Secretaire de M. le C. de R. dans leſquels on découvre la plus fine politique, & les affaires les plus ſecrettes, qui ſe ſont paſſées du règne de Louis le Juſte, ſous le miniſtere de ce grand Cardinal, & l'on y voit quelques autres choſes curieuſes & ſingulieres ſous le regne de Louis le Grand. Amſterdam* [ou plûtôt Rouen] 1711. *in* 12. deux tomes.

27. *Hiſtoire du Maréchal de la* G. SAN-
Feuillade. 1703. *in* 12.   D R A S.

28. *Vie du Chevalier de Rohan ,*
qui eut la tête tranchée en 1674.
Ces deux Ouvrages ont été imprimez aprés la mort de leur Auteur.

V. ſon Eloge à la tête de la *Bibl.*
hiſt. de la France du P. le Long , &
Mém. de Litter. to. 1.

JACQUES GRONOVIUS.

JACQUES *Gronovius* nâquit à J. GR-
Deventer le 20. d'Octobre 1645 NOVIUS
Ce fut dans cette ville qu'il apprit
les premiers élemens de la Langue
Latine ; mais ſon pere *Jean-Frede-*
ric Gronovius , ſi connu dans la République des Lettres , ayant été appellé à Leyde en 1658. il le ſuivit
dans ſon nouvel établiſſément &
y continua ſes études. Il s'y appliqua avec un travail incroyable a la
lecture des meilleurs Auteurs Grecs
& Latins , ſous les yeux d'un pere
qui avoit à cœur d'en faire un homme habile. Il ne ſe borna pas à cette
étude ; celle de Droit l'occupa auſſi
pendant quelque temps.

J. G R O- NOVIUS. Vers l'an 1668. il paſſa en Angleterre & viſita les Univerſitez d'Oxford & de Cambrige ; il s'y arrêta même quelque temps pour conſulter les Manuſcrits rares, qu'on y conſerve, & il y fit connoiſſance avec pluſieurs grands Hommes, entr'autres avec *Edouard Pocock*, *Pearſon* & *Caſaubon* qui mourut entre ſes bras.

Aprés quelques mois, de ſejour en Angleterre, il retourna à Leyde, & commença à travailler à ſon édition de Polybe. En 1670. la ville de Deventer lui offrit la place du Profeſſeur *Hogerſius*, mais il la refuſa, quoique *Hogerſius* pour l'engager à l'accepter s'offrit à continuer ſon Emploi, juſqu'à ce que M. Gronovius eut achevé ſes voyages.

En allant en France il parcourut les principales villes du Brabant & de la Flandre. Lorſqu'il fut arrivé à Paris, la reputation de ſon Pere, & ſon propre merite l'y firent bientôt connoître, & il lia amitié avec M. Chapelain, M. d'Herbelot, M. Thevenot & pluſieurs autres Sçavans : mais la joye

qu'il goûtoit dans fon fejour à Pa J. G R O-
ris fut troublée par la mort de fon NOV I US.
pere, qui arriva au mois de Decembre 1671.

Il partit au printems de l'année fuivante 1672. pour accompagner M. *Paats*, que les Etats Generaux envoyoient en Efpagne, en
qualité d'Ambaffadeur extraordinaire. D'Efpagne il paffa en Italie,
& s'arrêta en Tofcane, où le grand
Duc *Cofme de Medicis* le reçût avec
beaucoup d'honneur. Parmi les
marques d'eftime que ce Prince lui
donna, une des principales fût de
le choifir pour remplir une Chaire
de Profeffeur vacante à Pife par la
mort du fçavant *Chimentel*, avec des
appointemens fort confiderables.
M. Gronovius eut là pour Colle-
gue le fçavant *Henry Noris*, depuis
Cardinal. De Pife il alloit fouvent
à Florence voir M. *Magliabecchi*,
à qui il étoit redevable de fon pofte, & confulter les Manufcrits de
la Bibliotheque de Medicis.

Aprés deux années de féjour en
Tofcane, il en partit pour voir
Venife & Padoue; ayant enfuite

J. GRO-
NOVIUS.

traversé l'Allemagne il arriva heureusement à Leyde ; d'où il alla à
Deventer pour prendre possession
de l'heritage que *Jacques Ten-*
nuil son ayeul maternel lui avoit
laissé, & dans le dessein de s'y appliquer tout entier à l'étude. Il
travailloit à revoir Tite-Live, lorfqu'il reçût en 1679. les ordres des
Curateurs de Leyde, qui l'appel-
loient dans leur Académie, pour
y remplir une place de Professeur:
il l'accepta, & l'on fut si charmé
du discours qu'il prononça à sa reception, & des marques qu'il y
donna de son érudition, que sans
attendre plus long-tems les Curateurs d'un consentement unanime,
augmenterent de 400. florins la pension qui lui avoit été assignée : &
cette augmentation a durée jusqu'à
sa mort.

L'Université de Padoue l'appella
bientôt après pour remplir la place du celebre Octave Ferrari : mais
M. Gronovius étoit trop attaché à
sa patrie pour l'accepter. En 1696.
il fut invité d'aller à Kiel dans le
Duché d'Holstein, mais il remercia le

Prince Frederic Duc de Sleſwic, qui lui avoit écrit, pour l'y engager, en lui offrant des appointemens fort conſiderables. En 1698. les Ambaſſadeurs de la Republique de Veniſe à la Haye lui firent de grandes offres pour l'obliger à s'aller établir à Padoue, mais il les remercia, ne pouvant ſe reſoudre à quitter la ville de Leyde, à l'exemple de ſon pere, qui avoit reſiſté à tous les efforts obligeans qu'avoit fait autrefois le Senat pour l'attirer en Italie.

Il fut nommé Geographe de l'Academie de Leyde en 1702. & on augmenta ſes gages de même qu'on avoit fait à *Philippes Cluverius.*

M. Gronovius étoit occupé à une nouvelle édition de Tacite, lorſqu'il perdit la plus jeune de ſes filles, le 12. Septembre 1716. Cette mort le toucha ſi vivement, que peu de jours aprés il tomba malade de chagrin, & mourut le 21. Octobre ſuivant, après onze jours de maladie, âgé de 71. ans.

Il a laiſſé deux fils, qui marchent ſur les traces de leur pere, & dont l'aîné eſt Docteur en Me-

J. GRONOVIUS.

J. GRO- decine , & le fecond qui étudie en
NOVIUS, Droit , a déja fait de grands progrès
dans les Belles Lettres.

Si Jacques Gronovius a eu la
fcience & la reputation de fon pere , il n'en a pas eu la modeftie &
la moderation , rien n'eft plus
cauftique que fon ftile, On ne pouvoit le contredire , fans être expo-
fé à toutes les injures que la bile la
plus amere pouvoit lui fuggerer ,
comme on le remarque dans plufieurs de fes Ouvrages. On en rap-
portera quelque exemple dans la
fuite.

Catalogue de fes Ouvrages.

1. *Macrobius cum fuis & variorum notis. Lugd. Bat. 1670. in-8°.*
It. *Londini* 1694. *in-8°.*

2. *Polybius cum fuis ac ineditis
Cafauboni, utriufque Valefii & Palmerii notis græce & latine. Amftelod.*
1670. *in 8°.* 2. tom.

3. *Cornelius Tacitus cum fuis &
variorum notis. Amftelodami 1672.
in-8°.* 2. tom. 2. éditio. *Amftelod.* 1685. *in-80.* 3. édit. *Ultraj.*
1721. *in-4°.* 2. tom. Cette derniere édition a efté fort augmentée par

Abraham Gronovius, fils de *Jac-*J. Gro-
ques, des notes que ſon pere avoit novius.
laiſſées & des ſiennes.

4. *Supplementa lacunarum in*
Ænea Tactico, Dione Caſſio & Ar-
riano. Lugd. Bat. 1675, *in* 80.

5. *Diſſertationes Epiſtolicæ. Am-*
ſtel. 1678. *in-*80. Cet Ouvrage roule
ſur la critique & des corrections
d'Auteurs, ce qui étoit le fort de
M. Gronovius. Ce qu'il y a dit de
Tire - Live lui a attiré une grande
diſpute avec M. Fabretti. Ce ſçavant
s'étant moqué dans ſon Livre
De aquis & de Aquæductibus veteris
Romæ, imprimè à Rome en 1680.
de quelques-unes de ſes corrections,
M. Gronovius peu endurant,
lui répondit par un Ouvrage intitulé :

6. *Reſponſio ad Cavillationes Ra-*
phaëlis Fabretti. Lugd. Batav. 1685.
*in-*80. M. Fabretti y eſt traité fort
cavalierement, mais il lui rendit
la pareille dans un Ouvrage qu'il
publia pour ſa défenſe, ſous le
nom de *Jaſitheus. Jaſithei ad Gro-*
novium Apologema, in ejuſque Titi-
vilitia ſeu de Tito-Livio ſomnia ani-

184   *Mem. pour servir à l'Histoire*

J. Gro- *madversiones. Neapoli* 1686. *in* 40.

NOVIUS.   7. *Fragmentum Stephani Byzantini Grammatici, de Dodone, cum triplici nupera Latina versione, & Academicis exercitationibus J. Gronovii. Lugd. Bat.* 1681. *in* 40.

8. *Henrici Valesii notæ & animadversiones in Harpocrationem, & Philippi Maussaci notas. Lugd. Bat.* 1682. *in* 4°. M. Gronovius a fait paroître ces notes pour la premiere fois; elles ont été réimprimées l'année suivante avec *Harpocration*, par les soins de *Nicolas Blanchard*.

9. *L. Annæi Seneca Tragœdia, cum notis Joannis - Frederici Gronovii, auctis ex Chirographo ejus, & variis aliorum. Amstelodami.* 1682. *in* 12. Jean - Frederic Gronovius avoit déja donné une édition de Seneque en 1661. & il travailloit à une seconde lorsqu'il est mort; son fils Jacques Gronovius a suppléé à son défaut & a achevé ce qui y manquoit.

10. *Exercitationes Academicæ de perninie & casu Judæ proditoris, Lugd. Bat.* 1683. *in* 40. L'Auteur tâchant

tâchant de concilier ce que difent J. Gro-
S. Matthieu & S. Luc de la mort novius.
de Judas, veut que Judas fe foit
étranglé, & qu'ayant enfuite été
jetté à la voirie, il creva par un
effet des pointes de rochers, qui
étoient en ce lieu. Cet Ouvrage
fut attaqué par *Joachim Fellerus*,
qui indigné qu'il eût parlé mal de
quelques Sçavans de merite, publia fous le nom de *François Der-
mafius* une Lettre fous ce titre : *De
intolerabili faftu quorumdam critico-
rum, fpeciatim Jacobi Gronovii.
Lipfiæ* 1687. *in-*4°. M. Gronovius
dans une feconde édition faite à
Leyde en 1702. *in-*4°. fe défendit
contre cette attaque en homme
qui n'épargne point ceux qui le
contredifent en la moindre chofe,
& attaqua en même tems M. Pe-
rizonius, qui dans fes notes fur
Elien avoit donné à un mot grec
une fignification qui n'étoit pas
favorable à ce qu'il avoit avancé
fur Judas, celui-ci lui ayant ré-
pondu, M. Gronovius oppofa à fa
réponfe.

11. *Notitia & illuftratio Differta-*

Tome II. Q

J. GRO- *tionis Nu peræ de morte Judæ & verbo*
NOVIUS. ἀπάγχεσθαι *Lugd. Bat.* 1703 *in* 4°.

12. *Castigationes ad Paraphrasim Græcam enchiridii Epicteti ex codice Mediceo. Delphis* 1683. *in* 8°.

13. *Dissertatio de Origine Romuli recitata* 23. *die Octobris cum alterum stationis suæ quinquennium commendaret. Lugd. Bat.* 1684. *in* 8°.
L'Auteur traite de fable ce qu'on dit communement de l'origine de Remus & de Romulus, & de la Louve qui les a allaités.

14. *Gemmæ & sculpturæ antiquæ depictæ à Leonardo Augustino Senensi, additâ earum enarratione in latinum versâ à J. Gronovio. Amstelod.* 1685. *in* 4o. *Item Franequeræ* 1694. *in* 4o. Leonard Augustin de Sienne avoit fait la description de ces Antiquitez en Italien, & J. Gronovius l'a traduite en Latin, & y a ajoûté une Préface fort sçavante.

15. *Pomponii Melæ Libri III. de situ orbis, recensiti & notis illustrati. Lugd. Bat.* 1685. *in* 8°. J. Gronovius semble n'avoir fait paroître cet Ouvrage, auquel il n'a pas mis

fon nom , que pour pouvoir mal- J. Gro-
traiter Ifaac Voffius , & attaquer novius,
les obfervations qu'il avoit données
en 1658. fur le même Auteur. Celui-
ci lui ayant repondu dans une *addition à fes obfervations fur Pomponius Mela*, imprimé *à Londres* en
1684. *in* 40. & l'ayant traitté d'une
maniere affez méprifante, M. Gronovius piqué au vif , lui repliqua
par cette Lettre.

16. *Epiftola de Argutiolis If. Voffii*
1687. *in* 80. On peut croire qu'il
n'épargna pas fon adverfaire. Mais
ce n'eft rien en comparaifon de la
fureur avec laquelle il fe déchaîna
contre lui dans une nouvelle édition
qu'il donna de *Pomponius Mela* , en
1696. à *Leyde in* 80. Cette édition,
outre les extraits de la Cofmogra-
phie de *Julius & Honorius* , & celle
qui eft attribuée à *Æthicus* , qui
font dans la premiere , contient
encore le *Geographe Anonyme de Ravenne.*

17. *Epiftola ad J. G. Gravium de
Pallacopa , ubi defcriptio ejus ab Arria-
no facta liberatur ab If. Voffii fruftra-
tionibus. Lugd. Bat.* 1686. *in* 80.

Q ij

J. GRO-
NOVIUS.

18. *Notæ ad Lucianum.* Elles se trouvent dans l'édition que *Jean G. Gravius* a donnée de cet Auteur, à Amsterdam en 2. Volumes *in* 8°.

19. *Variæ Lectiones & notæ in Stephanum Byzantinum de Urbibus.* Inserées dans l'édition de cet Auteur faite par *Abraham Berkelius*, & imprimées à Leyde en 1688. *in fol.*

20. *Cebetis Thebani Tabula Græce & Latine ; cum notis & emendationibus. Amstelod.* 1689. *in* 8°.

21. *Auli Gellii noctes Atticæ cum notis & emendationibus J. F. & Jacobi Gronoviorum. Lugd. Batav.* 1687. *in* 8°. It. *Lugd. Bat.* 1706. *in* 4° *Jean - Frederic Gronovius* avoit déja fait imprimer cet Auteur en 1651. Son fils y ajoûta quelques remarques dans l'édition de 1687. Mais celle de 1706. est bien plus ample & plus belle.

22. *M. Tulli Ciceronis opera quæ extant omnia, cum integris notis Jani Gruteri, ex recensione Jacobi Gronovii, adjectis ejusdem notis. Lugd. Batav.* 1692. 4. volumes *in* 40. & onze parties in 12.

23. *Ammiani Marcellini Hiſto-* J. GRO-
riarum libri cum notis Frederici Lin- NOVIUS
denbrogii, & Henrici Hadrianique-
Valeſii. Omnia recognita à J. Gro-
novio. Lugd. Batav. 1693. *in fol.*
& in 4°.

24. *Jo.-Frederici Gronovii de Seſ-*
tertiis libri IV. Lugd. Bat. 1691. *in* 4°.
Jacques Gronovius qui a donné au
Public cet Ouvrage de ſon pere,
y a fait pluſieurs additions.

25. *De Icuncula Smetiana, quâ*
Harpocratem indigitarunt. Lugd. Bat.
1693. *in* 4°.

26. *Memoria Coſſoniana, id eſt,*
Daniëlis Coſſonii vita breviter deſ-
cripta, cui annexa nova editio vete-
ris Monumenti Ancyrani emendatior
& auctior cum notis J. Gronovii,
& inſcriptionibus nonnullis ab eodem
Coſſonio collectis. Lugd. Batav. 1695.
in 4°.

27. *Abrahami Gorlæi Dactyliothe-*
ca cum explicationibus Gronovii. Lugd.
Batav. 1695. *in* 4°.

28. *Harpocrationis de vocibus liber*
cum notis & obſervationibus. Subjuncta
diatribe H. Stephani ad locos Iſocrateos.
Lugd. Batav. 1696 *in* 4°.

J. GRO- 29. *Thesaurus Antiquatum Græ-*
NOVIUS. *carum. Lugd. Bat. fol.* 13. *vol* 1697.
& seq. Recueil curieux, quoique
toutes les pieces qui le composent
ne soient pas également estimables.
On ne sçauroit trop louer M. Gronovius de l'avoir entrepris à l'exemple de M. Grævius qui a donné de
même un Corps des Antiquitez
Romaines. Laurent Beger ayant
trouvé quelque chose à reprendre
dans les trois premiers volumes a
composé sur ce sujet un écrit intitulé : *Colloquii quorumdam de tribus*
primis Thesauri Antiquitatum Græ-
carum voluminibus ad eorum Aucto-
rem relatio, amico Dulodori [c'est le
nom que prend M. Beger] *Calamo*
eum in finem scripta & publicata, ut
justæ defensioni locus detur, tantique
operis dignitas discussis utrinque du-
biorum nebulis eo clarius patescat.
Berolini 1702. *fol.*

30. *Geographia Antiqua, hæc est,*
Scylacis Periplus Maris Mediterra-
nei, Anonymi Periplus Mæotidis
Paludis & Ponti Euxini ; Agatha-
meri Hypotyposis Geographiæ. Omnia
Græco - Latina. Anonymi Expositio

totius mundi Latina. Cum notis Iſ. J. GRO-
Voſſii, Jac. Palmerii, Samuëlis Ten- NOVIUS.
nulii: edente J. Gronovio cujus ac-
cedunt emendationes. Lugd. Bat.
1694. in 4°.

31. *Appendix ad Geographiam*
Antiquam, quâ continetur Examen
Diſſertationis Dodwellianæ de Scy-
lacis Ætate, & excerptum ex E-
phœro, antiquo Hiſtoriarum ſcriptore.
Lugd. Bat. 1699. in 4°.

32. *Manethonis Egyptii Apote-*
leſmaticorum libri VI. nunc primum
è Bibliotheca Medicea eruti. Cura Ja-
cobi Gronovii, qui etiam latine ver-
tit ac notas adjecit. Lugd. Bat. 1698.
in 4°. Manethon dans ce Poëme
Grec traite du pouvoir que les Aſ-
tres qui préſident à la naiſſance des
Hommes ont ſur les actions de
leur vie. On peut juger par-là de
l'utilité de cet Ouvrage, qui auroit bien pû demeurer dans l'obſ-
curité, où il avoit été juſques-là,
ſans que la République des Lettres
y eût perdu.

33. *De duobus lapidibus in agro*
Duyvenvoordienſi repertis. Lugd.
Bat. 1696. in 4°.

J. Gro-   34. *Rycquius de Capitolio Romano*
novius. *cum notis Gronovii. Lug. Bat.* 1696.
in 8°.

35. *Q. Curtius cum Gronovii &*
Variorum notis Amstelod. 1696. *in*
8°.

36. *Suetonius à Salmasio recensi-*
tus cum emendationibus Gronovii.
Lugduni Batavorum 1698. *in* 12.

37. *Phædri Fabulæ cum Joan. Fred.*
Gronovii & Jac. Gronovii notis &
Nicolai Dispontini collectaneis. Lugd.
Bat. 1703. *in* 8°. M. Gronovius
ayant fort maltraité M. Gudius,
Jean-Christophe Wolfius l'a défen-
du dans son édition de Phedre faite
en 1709.

38. *Arriani Nicomediensis Expe-*
ditionis Alexandri libri 7. *& Histo-*
ria Indica. Operâ J. Gronovii. Lugd
Bat. 1704. *fol.* Cette édition est for
belle, M. Gronovius y montre toû
jours la même erudition que dans se
autres Ouvrages; mais il y maltrait
également les Sçavans qu'il ne trou
ve pas de son sentiment ; de manie
re qu'on pourroit lui appliquer ce
paroles de Seneque, par lesquelle
il finit cet Ouvrage : *Hic sibi indul*
gets.

J. Gro-
NOVIUS.

get, ex libidine judicat, & audire non vult, & ea quæ invaſit tenet, & eripi ſibi judicium ſuum, etiamſi pravum eſt, non ſinit.

39. *Minuti Felicis Octavius cum integris variorum notis ex recenſione J. Gronovii. Accedunt Cæcilius Cyprianus de Idolorum vanitate, & Julius Firmicus Maternus de errore profanarum Religionum. Lugd. Bat. 1709. in 8°.*

40. *Infamia emendationum in Menandri Reliquias nuper editarum. Trajecti ad Rhenum, auctore Phileleuthero Lipſienſi. Accedit reſponſio M. Lucilii Profuturi ad Epiſtolam Caii Veracii Philellenis, quæ extat parte* IX. *Bibliotheca ſelecta* Jo. *Clerici. Lugd. Bat.* 1710. *in* 12. M. Gronovius attaque dans cet Ouvrage M. *Bentley*, qui a pris le nom de *Phileleuthere*, & M. le Clerc qui a fait imprimer les Fragmens de Philemon, & à qui il attribue la Lettre inſerée dans la Bibliotheque choiſie, à laquelle il répond.

41. *Decreta Romana & Aſiatica pro Judæis ad cultum divinum per*

Tome II. R

J. Gro-
novius. *Asiæ Minoris urbes secure obeundum,*
à Josepho Collecta in libro x i v. *Ar-*
chæologiæ, sed male interversa & ex-
puncta in publicam lucem restituta.
Accedunt Suidæ aliquod loca à vitiis
purgata à J. *Gronovio. Lugd. Bat.*
1711. *in* 8o. Les Notes sur Suidas
sont contre M. Kuster, qui a répondu quelque chose, mais qui l'auroit
fait plus au long, si la mort ne l'en
avoit empêché.

42. *Ludibria Malevola Clerici,*
vel proscriptio pravæ Mercis ac mentis
pravissimæ, quam exponit in Minucio
Felice Joan. Clericus Tomo 24. *Biblio-*
thecæ selecta. Lugd. Bat. 1712. *in* 8°.
On peut juger par le titre du Livre,
quel doit être le Livre même.

43. *Recensio brevis Mutilationum,*
quas patitur Suidas in editione nupera
Cantabrigiæ anni 1705. *ubi varia ejus*
Auctoris loca perperam intellecta illus-
trantur, emendantur & supplentur.
Lugd. Bat. 1713. *in* 8°. Cet Ouvrage
est encore contre M. Kuster.

44. *Severi Sancti, id est, Endelei-*
chii Rhetoris de Mortibus Bonum Car-
men ab Elia Vineto & Petro Pithæo
servatum, cum notis Job. Weitzii &

Wolfgangi Seberi. Lugd. Bat. 1715. J. G R o- *in* 8°. C'eſt Jacques Gronovius qui NO V I US. a fait imprimer cet Ouvrage, & y a ajoûté une Preface, à laquelle il n'a pas cependant mis ſon nom.

45. *Herodoti Halicarnaſſei Hiſto-riarum libri* 9. *Græce & Latine cùm interpretatione Laurentii Vallæ ex Co-die Medicéo cùm notis J. Gronovii. Lugd. Bat.* 1715. *in fol.* Cette édition n'a pas eu l'approbation des Sçavans, qui y ont trouvé des fautes groſſie-res. On peut voir ſur cela un écrit de M. Kuſter, inſeré dans le 6. *tome de la Bibliotheque ancienne & moderne, p.* 383. & un autre d'*Etienne Bergler,* qui ſe trouve dans le *Journal de Leip-ſic, an.* 1712. *p.* 377. & 417. Dailleurs il ſemble que Gronovius y ait répan-du tout le fiel dont il étoit rempli. Les injures les plus groſſieres n'y ſont pas épargnées aux plus grands hom-mes, qui ayent paru dans la Répu-blique des Lettres ; tels que ſont Val-la, Emilius Portus, Henry Etienne, Holſtenius, Thomas Gale, Eze-chiel Spanheim, Saumaiſe, Iſaac Voſſius, Tanegui le Févre, Jean le Clerc, Kuſter, Bochart, Grævius, &c.

R ij

196 *Mém. pour servir à l'Histoire*

J. Gro-
novius.

46. *Oratio de primis incrementis urbis Lugduni, & appellatione ejusdem, habita die* 14. *Novembris* 1696. *notis quibusdam illustrata. Lugd. Bat.* 1696. *in* 4°.

V. son Eloge, *Journ. Lipsic* 1717. p. 189. *Nouv. Litt. du* 21. *Novemb.* 1716. *Hist. critiq. de la Républiq. des Lettres*, tom. 13. p. 391. *Klefekerus de Eruditis Præcocibus.*

BENOIST AVERANI.

B. Ave-
rani.

BENOIST *Averani* nâquit à Florence d'une très honnête famille le 19. Juillet 1645. Il témoigna dès son enfance beaucoup de goût pour l'étude, & beaucoup de jugement. La premiere lecture qu'il fit fut celle des Poëtes Italiens, qu'il se mit à lire avec beaucoup d'attention, avant que d'avoir commencé à apprendre la langue Latine. Il s'attacha aussi dès lors à l'étude de l'Arithmetique; étant plus avancé en âge, il s'appliqua encore plus à la recherche des rapports, que les nombres ont les uns avec les autres; & il avoit accou-

tumé de dire, que Platon avoit rai- B. A v E-
fon de nommer l'Homme un *Animal* R A N I.
Arithmeticien, parce qu'entre les ani-
maux, il n'y a que l'homme qui fça-
che compter, & que les enfans peuvent apprendre l'Arithmetique d'eux
mêmes, puifqu'en effet il l'avoit ap-
prife de la forte.

Il fut inftruit des élemens de la
Grammaire chez lui; mais il apprit
la Réthorique fous le P. *Vincent Gla-
ria* Jefuite qui avoit auffi quelque talent pour la Poëfie, mais que fon
difciple furpaffa de beaucoup. Il
s'attacha alors à lire les anciens
Poëtes, & Orateurs, & à les imiter.

Quand il eut fait fa Réthorique,
il s'appliqua à la Philofophie avec
la même ardeur, & ne fe conten-
tant pas des leçons qu'on lui faifoit, ou de la lecture des écrits de
quelque moderne, il voulut puifer
dans les fources mêmes, c'eft-à-dire, dans Platon & dans Ariftote. Il
admiroit furtout Platon, à caufe
des matieres fublimes qu'il traite,
& qui élevent l'efprit, & de la
beauté de fes penfées, & s'apper-

R iij

cevoit que la lecture de ce Philoso-
phe donnoit plus d'étendue à l'esprit,
augmentoit ses connoissances & le
remplissoit de lumiere.

Il commença aussi dès lors à étudier la Jurisprudence , & voulut
acquerir la connoissance de la Geometrie , de l'Astronomie , & de la
Mécanique , qu'il apprit sans Maître. Il ne se borna pas même à ce
que les Sciences ont de speculatif ,
il s'attacha aussi beaucoup à la morale , & rechercha avec soin les
differens sentimens de toutes les
sectes sur cette partie de la Philosophie. Quoiqu'il méprisât la morale
des Cyniques, il n'étoit pas fort éloigné de celle des Stoïciens qui pla-
cent le bonheur dans la seule vertu.
Il n'estimoit pas beaucoup l'Ethique
d'Aristote qu'il jugeoit trop basse,
trop populaire, & indigne d'un
homme sage ; mais il étoit principalement touché de la doctrine de
Platon.

Après s'être fait recevoir Docteur en Droit, il s'attacha entierement à l'étude des Belles Lettres ,
pour lesquelles il se sentoit un goût

particulier. Comme il s'étoit apper- B. A v e-
çû que fans la connoiffance de la R A N I.
Langue Grecque, cette forte d'étude
étoit très-imparfaite, il s'y appliqua, & en apprit les fondemens fans
Maître, dans l'efpace de fix mois,
& l'enfeigna même avant que d'en
être Profeffeur ; pour s'y exercer,
il traduifit en Grec *Salluſte* & *Cornelius Celſus* ; il fit même en cette
Langue des vers qui font fort bien
tournez.

En 1676. il fut fait Profeffeur
de la Langue Grecque à Pife, &
prononça à fa reception une harangue à la louange de cette Langue,
qui fe trouve dans le troifiéme volume de fes Oeuvres. Il commença
cette année-là à expliquer l'Antho-
logie des Epigrammes Grecques,
ce qu'il continua l'année fuivante,
& l'on trouve parmi fes Oeuvres
quatre-vingt-fix Differtations fur
ce fujet. Depuis il expliqua les Tragedies d'Euripide, fur lefquelles il
en a laiffé vingt-fix, & Thucydide,
fur lequel nous en avons cinquante-
huit. Il avoit toûjours un grand
nombre d'Auditeurs, & les Etran-

B. A v e-
RA N I.

gers, qui passoient à Pise, ne man-
quoient pas de l'aller entendre. Peu
d'années après il devint Professeur
des Belles Lettres, & fit des leçons
sur Tite-Live, sur Virgile, & sur
Ciceron, ce qui a produit les
trente-une Dissertations sur le premier, les quarante-cinq sur le second, & les quatre-vingt-douze
sur le troisiéme, qui se trouvent
parmi ses Oeuvres. Ces Dissertations sont proprement des discours
faits à l'occasion de ces Auteurs,
ou de quelque chose qu'ils avoient
dit ; car M. Averani ne s'appliquoit
pas dans ses Leçons à commenter
les anciens, mais à éclaircir quelque point d'antiquité, ou à les examiner en Orateur ou en Philoso-
phe.

Il aimoit si fort les beaux Vers,
que lorsqu'il se promenoit seul, il en
recitoit avec un plaisir qui éclatoit
sur son visage ; aussi en sçavoit-il
un grand nombre d'Homere, de
Pindare, de Virgile, & de Tibulle,
& si on lui en récitoit un, il ne
manquoit pas de dire sur le champ les
suivans.

Quoiqu'il n'eût pas étudié à deſ- B. A V E-
fein la Théologie, il avoit cepen- R A N I.
dant lû pluſieurs Ouvrages des Peres, d'où il avoit tiré aſſez de lumiere pour pouvoir en raiſonner
avec les plus habiles. Il avoit auſſi
beaucoup de connoiſſance de la
Medecine & de l'Anatomie, qu'il
avoit puiſée dans Hippocrate &
dans Galien, ſans parler des Modernes. Il jugeoit bien de l'Architecture, & de la Peinture, &
prenoit beaucoup de plaiſir à voir
les Ouvrages des grands Maîtres.

Il écrivoit ſes Oraiſons avec ſoin,
& en penſant bien à ce qu'il vouloit
dire, & à la maniere dont il l'ex-
primoit ; mais pour ſes Diſſertations
& ſes Lettres, il les compoſoit avec
beaucoup de viteſſe, & ſans chercher ſes expreſſions. Il avoit la mémoire ſi bonne, qu'entore qu'il n'eût
fait aucuns recueils des Auteurs qu'il
avoit lûs, il citoit leurs autoritez
par mémoire dans ſes diſcours,
ou les trouvoit facilement où elles
étoient.

Il étoit un peu Stoïcien, & ſe

B. A v e- contentoit de sa seule vertu sans se
R A N I. soucier des jugemens du public. Il
eut beaucoup de peine à accorder
aux instantes prieres de ses amis la
publication du premier Livre de
ses Harangues. Plusieurs personnes
du premier Ordre, & même des
Cardinaux rechercherent son amitié, & lui offrirent la leur, qu'il ne
refusa pas, mais qu'il ne cultiva pas
non plus avec trop de soin. Il ne
méprisa, ni ne rechercha avidement
les richesses, & il employoit ce qu'il
en avoit acquis au soulagement des
malheureux.

Il fut très-attaché à sa patrie ; les
Curateurs de l'Académie de Padoue
après la mort du Sçavant *Ottavio
Ferrari*, l'inviterent à y aller en-
seigner les Belles Lettres en sa place, & lui offrirent des gages considerables. *Innocent X I.* l'appella
aussi à *Rome*, où il lui promettoit
de grands avantages, mais il préfera
sa patrie à tout ce qu'on pût lui
offrir.

Il n'eut jamais de commerce avec
les femmes, dont il évitoit avec
soin la familiarité. Aussi a-t-il fait

une très - belle Elegie du mépris de l'amour, qu'on peut comparer aux meilleures pieces des Anciens.

B. A v e-
r a n i.

Il avoit été si fort incommodé dès sa premiere jeunesse d'une pesanteur de tête, qu'il avoit été un an sans pouvoir lire, ni méditer, ni écrire, & il n'avoit jamais été parfaitement guéri de cette incommodité ; de sorte qu'il étoit obligé de tems en tems de quitter l'étude pour prendre quelque repos. Ce mal l'incommoda fortement au printemps de l'an 1707. & le 15. Aoust suivant, il fut attaqué d'une apoplexie, dont il revint assez bien, mais qui le conduisit peu de temps après au tombeau. Il est mort le 28. Decembre 1707. dans sa 73. année.

Les Ouvrages qu'on a de lui, sont :

1. *Opera Latina. Florentiæ.* 1717. *in fol.* 3. *vol.* Le premier tome renferme les Dissertations sur les Auteurs Grecs ; le deuxiéme, celles qui regardent les Auteurs Latins, & le troisiéme les Harangues, les Lettres, & les Poësies.

B. A ve-
RANI.

Les Differtations font remplies d'une érudition fort variée, & l'on y trouve plufieurs coutumes des Grecs & des Romains, & quantité de paffages de l'une & l'autre anti- quité, examinez & expliquez avec beaucoup de jugement, de netteté & d'éloquence.

La plûpart des Harangues font, ou à la louange des Belles Lettres, ou des exhortations à s'y appli- quer, ou à éviter les vices qui font contraires à l'étude; il les pronon- çoit après les vacances en recom- mençant fes leçons. Le ftile en eft plus recherché que celui des Dif- fertations; l'élocution en eft pure, & les periodes y font bien tour- nées, quoiqu'un peu longues. Tout ce qu'on pourroit y reprendre, c'eft que M. Averani y a trop imité les anciens Orateurs, en ce qu'ils n'ob- fervent point affez de méthode, ce qui rend leurs difcours obfcurs, & ne manque pas de fatiguer les Lec- teurs qui tâchent de retenir la fui- te de leurs raifonnemens. Il avoit fait imprimer lui-même une par- tie de fes Harangues à *Florence*, en

1688. *in* 40. & Joſeph Averani ſon B. AVE-
frere, Profeſſeur en Droit Civil RANI.
à Piſe, avoit donné les autres au
public avec quelques-unes de ſes
Poëſies, à *Florence* en 1709. *in*
40.

Les Lettres, quoiqu'écrites en
ſtile familier, ſont d'une latinité
pure & agréable, & qui n'a rien de
forcé, comme les Lettres des Cice-
roniens du ſixiéme ſiécle, qui ſont
d'ailleurs ennuyeuſes par leur ſe-
chereſſe, & qu'on ne lit plus aujourd'hui à cauſe de cela.

Pour les Poëſies, comme elles
furent en partie compoſées dans la
jeuneſſe de l'Auteur, elles ne ſont
pas toutes égales, mais l'on peut
voir par ces productions de ſa jeuneſſe ce qu'il auroit pû produire,
s'il avoit cultivé ce talent, & l'on
peut même s'en aſſurer en liſant les
Elegies qui ont été faites plus tard.
C'eſt le jugement que porte M. le
Clerc de tous ces Ouvrages dans la
Bibliotheque ancienne & moderne,
tome 12.

2. *Dix Diſſertations ſur le quatriéme Sonnet de Petrarque*, *recitées*

B. Ave-
rani. dans l'*Académie de la Crusea*, [en Italien] imprimées à *Ravenne* en 1707.

Comme il étoit de l'Académie *della Crusca* , & de celle des Arcadiens de *Rome* , on a fait son éloge dans ces deux Académies. (V. *Crescembeni vite degli Arcadi parte 2. Negri Istoria de Fior. Scrittori. Sa vie à la tête de ses Oeuvres latines.*

HENRY BASNAGE,
Sieur de Bauval.

H. Bas-
nage. HENRY *Basnage , Sieur de Bauval* , nâquit à Rouen le 7. Aoust 1656. d'*Henry Basnage , Seigneur du Franquesnoy* , Avocat au Parlement , fameux par son *Commentaire sur la Coûtume de Normandie*, & par son *Traité des Hypotheques*. Il s'appliqua à l'étude du Droit , & fut reçû Avocat au Parlement de Rouen l'an 1679. Au lieu de suivre le Barreau , il alla à Valence continuer ses études sous M. de *Marville* , qui enseignoit avec beaucoup de reputation. Etant de retour il

plaida avec fuccès, & l'on voit H. BAS-
dans le Commentaire fur la Coû- N A G E.
tume de Normandie divers Arrêts
rendus fur fes plaidoyers.

Il commençoit à avoir beaucoup
d'emploi, lorfque la revocation de
l'Edit de Nantes le fit paffer en
Hollande en 1687. C'eft là qu'il a
compofé la plûpart de fes Ouvrages, qui ont fait fa principale occupation. Il eft mort le 29. Mars
1710. âgé de 54. ans.

Catalogue de fes Ouvrages.

1. *Tolerance des Religions. Roterd.*
1684. *in* 12. Cet Ouvrage eft écrit
avec beaucoup de vivacité & de délicateffe. L'Auteur y applique avec
efprit les Sentences des anciens Poëtes, & mêle parmi fes raifons plufieurs maximes de morale.

2. *Hiftoire des Ouvrages des Sçavans*, commencée au mois de Septembre 1687. & finie en Juin 1709.
qui eft le temps auquel il fut attaqué
de la maladie dont il mourut. *Roterd.* 24. *vol. in* 12. Lorfqu'il arriva
en Hollande, M. Bayle qui étoit
alors m alade, avoit abandonné le
deffein de continuer fes *Nouvelles*

H. Bas- *de la République des Lettres.* C'est
N A G E. ce qui lui fit entreprendre un Ouvrage semblable au sien, mais sous un titre different ; en effet personne n'étoit plus propre que lui pour un tel Ouvrage , & il y a réussi parfaitement. Il écrivoit avec beaucoup de politesse, & s'il n'étoit pas prodigue de louanges, il épargnoit aussi tous les termes qui pouvoient choquer la délicatesse des Auteurs: il se contentoit de faire sentir le défaut d'un Ouvrage , & le jugement du public s'accordoit ordinairement avec le sien. Il n'étoit point partial sur les matieres de Religion, il examinoit les raisons , & les faisoit valoir , sans avoir égard à la qualité de la personne qui les avançoit, il ne prenoit presque jamais de parti. On a seulement remarqué qu'il mêloit trop souvent ses réflexions avec celles de son Auteur, & qu'il étoit très-difficile de distinguer les sentimens de l'Ecrivain, des pensées de celui qui faisoit les extraits.

3. Ses démêles avec M. *Jurieu* ont produit plusieurs Ouvrages.

La

La querelle commença par les *Paf-* toureaux de *Dauphiné* & la *Bergere* de *Cret*, qui prenoient la qualité de Prophetes pour débiter leurs impof- tures M. *de Bauval* eut quelque part à la Lettre d'un Théologien qui parut en 1689. contre ces préten- dus Prophétes. M. *Jurieu* crut le re- connoître. Il le regarda comme fon principal ennemi, & lui déclara la guerre par un avis injurieux. M. *de Bauval* lui opofa une *réponfe de l'Au- teur des Ouvrages des Sçavans à l'avis de M. Jurieu, Auteur des Lettres Paf- torales.* 1690. *in* 12. M. *de Bauval* fe juftifia dans cet écrit des ac- cufations de M *Jurieu*, & prouva que la honte d'avoir été convaincu fur la fauffeté des Propheties de ces petits Prophétes qu'il foutenoit, étoit le veritable fujet de la haine de ce Miniftre.

M. *de Bauval* préfenta au Syno- de de *Leyde* en 1691. une dénon- ciation de la Doctrine de M. *Jurieu*, qu'il combattoit fur plufieurs arti- cles. Mais comme cette dénoncia- tion étoit anonyme, & que les Sy- nodes regardent comme des libel-

les tous les écrits qui ne font point
fignez , on n'eut aucun égard à celui-ci. Cependant M. *Jurieu* fe crut
obligé de publier deux Apologies :
l'une défend principalement fa conduite , & l'autre fa doctrine. M.
de Bauval repliqua fous ce titre :
*Examen de la doctrine de M. Jurieu,
pour fervir de réponfe à un libelle intitulé : Seconde Apologie de M. Jurieu.* Cette affaire eut des fuites ,
mais comme elle fe plaidoit dans
les Synodes , M. *de Bauval* n'y a-
voit part que comme témoin.

Dans le même tems , c'eft-à-dire
en 1692. M. Jurieu pourfuivoit M.
Bayle comme Auteur de l'*Avis aux
Réfugiez* , & il accufa dans fes pour-
fuites M. *de Bauval* d'avoir inferé
dans fon Journal deux Lettres, qui
favorifoient M. *Bayle* , & prou-
voient qu'il fe faifoit à Paris u-
ne édition de l'*Avis.* Cela produi-
fit de la part de M. *de Bauval* une
*Lettre fur les differens de MM. Jurieu
& Bayle* , & M. *Jurieu* ayant publié une nouvelle Apologie, où il
vouloit prouver que le fieur *de
Bauval* étoit complice de l'*Avis*

aux Refugiez, & que les Extraits des Lettres de Paris qu'il avoit publiez étoient faux, M. *de Bauval* réfuta ces accufations par une *Réponfe à l'Apologie de M. Jurieu.*

Ces démêlez furent un peu fufpendus par une maladie de M. Jurieu ; mais comme en reprenant le cours de fes Lettres Paftorales, il en reprenoit auffi l'efprit, on lui adreffa une Lettre fort vive, intitulée ; *Lettre des Fideles de France à M. Jurieu fur fa* 22. *Lettre Paftorale* : elle eft fignée *le Fevre* ; mais elle a été attribuée à M de *Bauval*, qui fit encore deux écrits contre le même Auteur ; l'un intitulé : *Confiderations fur deux Sermons de M. Jurieu, touchant l'amour dn Prochain*, où l'on traite incidemment cette queftion curieufe, s'il faut hair M. *Jurieu*, in 8°. p. 59. l'autre qui a pour titre : *M. Jurieu convaincu de calomnie & d'impofture* in 8o. p. 63. Ces deux Sçavans fe font enfin reconciliez, & M. de *Bauval* fe fentant malade en 1710. envoya faire à M. *Jurieu* des complimens.

4. *Dictionnaire Univerfel recueil-*

H. B A s- *li & compilé par feu M. Antoine*
N A G E *Furetiere*, 2. *édition*, *revue*, *corri-*
gée & augmentée par M. Basnage de
Bauval. Rotterdam 1701. in fol. 3.
vol. Cette édition dans laquelle
M. de Bauval a été aidé par M.
Huet, Ministre Reformé, est bien
plus ample & plus parfaite que la
premiere. L'Auteur se disposoit cependant, lorsqu'il est mort, à y
faire de nouvelles augmentations.
Le Dictionnaire universel, imprimé à *Trevoux* en 1704. en 3. vol.
in-fol. n'est autre que celui-ci;
tout y est semblable : Methode,
Orthographe, Exemples; les articles sont tous les mêmes, sans qu'on
y ait changé un seul mot; on y a
laissé jusqu'aux fautes d'impression:
il y a à la verité quelques additions,
dont la pluspart sont entierement
étrangeres au Dictionnaire. Malgré
une si grande ressemblance, on a
jugé à propos de retrancher le nom
de l'Abbé *Furetiere*, & celui de M.
de Bauval, & même l'Auteur de
l'Epître Dédicatoire à M. *le Duc du*
Maine lui dit, que le Dictionnaire
lui appartient, & qu'il le peut re-

garder comme fon Ouvrage , que H. BAS-
c'eft lui qui en a conçu le deffein, NAGE.
& que c'eft fur le plan qu'il a bien
voulu former lui-même, qu'on s'eft
reglé dans l'execution , & l'on ajoûte dans la Préface que l'on s'eft fait
un plan tout nouveau. M. *de Bauval*
s'en eft plaint fortement dans l'Hiftoire des Ouvrages des Sçavans. Ce
trait pourroit augmenter fort bien
les Notes du Livre de *Menckenius*
de Charlataneria Eruditorum. Il a
paru en Hollande en 1726. une
nouvelle édition du Dictionnaire
de M. *de Bauval* en 4. vol. *in fol.*

La famille de M. *de Bauval* a été
fertile en Auteurs. *Jacques Bafnage*
fon frere , Miniftre à la Haye , s'eft
acquis une grande réputation par
fes nombreux & excellens Ouvrages , & *Samuel Bafnage de Flotte-*
manville fon coufin , s'eft auffi fait
un nom dans la République des
Lettres.

V. fon Eloge. *Memoires de Tre-*
voux, du mois de Novembre 1710.
& *Bayle. Dict.* V. *Bafnage.*

CHARLES PATIN.

CHARLES Patin, fils du fameux *Guy Patin*, nâquit à Paris le 23. Février 1633. Il fit des progrès si surprenans dans ses études, qu'il soûtint en 1647. des Theses Grecques & Latines, sur toute la Philosophie. Son Professeur, qui étoit Irlandois, & qui n'entendoit pas la Langue Grecque, rebuta durement ces Theses, quand on le pria de les examiner ; mais voyant que le jeune homme se préparoit à les soûtenir sans Président, il fut contraint de présider à la dispute, pour ne point prostituer sa réputation. Le Nonce du Pape, trente-quatre Evêques, & plusieurs personnes de qualité assisterent à cette These. Le Répondant la soûtint pendant cinq heures en l'une & l'autre Langue, & fut reçû Maître - ès - Arts glorieusement.

Il étudia ensuite en Droit par complaisance pour un oncle ma-

ternel , Avocat au Parlement ; il C. PATIN
prit ſes Licences à Poitiers au bout
de ſeize mois , & fut reçû Avocat
au Parlement de Paris. Son inclination l'avoit toujours porté à l'é-
tude de la Medecine ; ainſi il ne
lui fut pas difficile de s'accommoder aux volontez de ſon pere , qui
étoient qu'il abandonnât la Juriſ-
prudence , & qu'il ſe vouât à la
profeſſion de Medecin. Il goûta ſans
peine les raiſons qu'on lui allégua ,
fortifiées du témoignage de *Ma-*
reſcot , celebre Medecin , qui ſe re-
connoiſſoit redevable à ſa profeſſion
de trois choſes , qu'il n'auroit jamais obtenues par la Prêtriſe à laquelle ſon pere le deſtinoit , qui
étoient d'avoir joui d'une parfaite
ſanté juſqu'à l'âge de quatre-vingt-
deux ans , & d'avoir gagné cent
mille écus & l'amitié intime de
pluſieurs perſonnes illuſtres.

Dès que Charles Patin eut été reçû
Docteur en Medecine , il s'attacha
à la pratique & en eut beaucoup.
Il fit des Leçons en Medecine à
la place du Profeſſeur Lopez qui
étoit allé à Bourdeaux. Mais ayant

C.PATIN. craint d'être emprifonné pour des raifons qu'on n'a jamais pû bien démêler, il fortit de France en 1668, & fit divers voyages en Allemagne, en Hollande, en Angleterre, en Suiffe & en Italie. Il s'étoit fixé à Bafle; mais la guerre que les Francois & les Allemands faifoient fur ces Frontieres lui déplût fi fort, qu'il fe tranfporta en Italie avec toute fa famille.

En 1676. il fut fait Profeffeur en Medecine à Padoue, & trois ans après on l'honora de la dignité de Chevalier de S. Marc. Il apprit en 1681. que le Roy vouloit le recevoir en grace; & il feroit peut-être revenu à Paris, fi on ne lui eût donné à Padoue la premiere Chaire de Chirurgie, avec une augmentation de gages. Il mourut en cette ville le 2. Octobre 1693. d'un Polype dans le cœur & dans l'Aorte qui l'étouffa. Il étoit alors dans fa 60. année.

Il s'étoit marié en 1663. à *Madeleine Hommets* fille d'un Medecin de Paris, laquelle a fait imprimer en 1680. un Recueil de *Réflexions Morales*

morales & Chrétiennes , & dont il a C. PATIN
eu deux filles , qui fe font rendues
celebres dans la République des Lettres.

Ses Ouvrages font :

1. *Ludovici Henrici Lomenii, Brien-*
næ Comitis Itinerarium in varias Eu-
ropæ partes editum , *à C. Patin cum*
Nic. Samfonii Indice Geographico. Pa-
rif. 1662. *in* 8°.

2. *Familiæ Romanæ ex antiquis Nu-*
mifmatibus illuftrata à Fulvio Urfino,
cum Patini acceffionibus & Commenta-
riis. Parif. 1663. *in fol.* M. Vaillant
a donné en 1703. ces mêmes Médailles fort augmentées.

3. *Traité des Tourbes combuftibles.*
Paris 1663. *in* 8°. *Martin Scoockius*
a donné un Ouvrage latin fur le même fujet.

4. *Introduction à l'Hiftoire par la*
connoiffance des Médailles. Paris 1665.
in 12. *Amfterdam* 1667. *in* 12. Item
Paris 1691. *in* 12. traduite en latin
par l'Auteur , & imprimée à *Am-*
fterdam , *in* 12. 1683. traduite auffi en
Italien. Voici le jugement que le
Journal des Sçavans porte de cet
Ouvrage Ce Livre eft fort joli ,

Tome II. T

C. PATIN. quoique ce ne foit prefque qu'une redite de ce qui eft dans Savot, & cela étant, il y a lieu de s'étonner que l'Auteur, dans la Preface, dife que les Livres qui traitent de cette matiere font prefque tous Latins, Italiens, ou Efpagnols, fans nommer Savot, qui en a mieux écrit en notre langue, qu'aucun autre Auteur n'a fait en la fienne. Il faut pourtant-ré-connoître qu'il y a quelques nouveautez dans ce Livre; mais elles y font en petit nombre, & quand l'Auteur en auroit rétranché quelques-unes, il n'en auroit que mieux fait. Un jugement fi peu flateur ne pouvoit que revolter la délicateffe d'un Auteur. Le pere & le fils en furent piqués au vif; les Lettres du pere font remplies de plaintes contre le Journal, contre lequel il déclame à fa maniere ordinaire, c'eft-à-dire, avec le dernier emportement. Pour le fils, il fe fervit de la plume d'un de fes amis, ou plûtôt il compofa lui-même la *Lettre d'un ami de M. Patin fur le Journal des Sçavans du 23. Fevrier 1665. Paris. 1665. in 12.* Il tâcha de s'y défendre, mais le

C. PATIN.

Journaliſte, en parlant de cette Lettre, lui porta de nouveaux coups, & rendit ſa défenſe inutile. Il vouloit repliquer, mais on lui conſeilla de n'en rien faire, de peur de reſſentir les effets du crédit du Journaliſte.

5. *Imperatorum Romanorum Numiſmata. Argentinæ* 1671. *in fol. Item. Pariſ.* 1696. *in fol.*

6. *Theſaurus Numiſmatum. Amſtelod.* 1672. *in* 4°.

7. *Rélations Hiſtoriques & curieuſes de divers Voyages en Allemagne, Angleterre, Hollande, &c. Baſle* 1673. *in* 12. *Lyon* 1674. *in* 12. *Amſterdam* 1676. *in* 12. *Roüen* 1676. *in* 12.

8. *Prattica delle Medaglie. In Venetia* 1673. *in* 12.

9. *Suetonius ex numiſmatibus illuſtratus. Baſileæ* 1675. *in* 4°.

10. *De Numiſmate antiquo Auguſti & Platonis. Baſileæ* 1675. *in* 4°.

11. *Encomium Moriæ Eraſmi cum figuris Holbenianis. Baſileæ.* 1676. *in* 12.

12. *De optima Medicorum ſecta. Oratio inauguralis habita in Archi-Lycæo*

T ij

Patavino die 8. Novembris 1676. Patavii, in 4°.

13. *De Febribus. Oratio habita in Archi-Lycæo Patavino die 4. Novembris 1677. Patavii 1677. in 4°.*

14. *De Avicenna. Patavii 1678. in 4°.*

15. *De Numismate antiquo Horatii Coclitis. Patavii 1678. in 4°.*

16. *De Scorbuto. Patavii 1679. in 4°.*

17. *Judicium Paridis de tribus Deabus reatum in Numismate Antonini Pii expressum. Patavii 1679. in 4°.* La médaille expliquée ici & l'explication sont curieuses.

18. *Le Pompose Feste di Vicenza. In Padoua 1680. in 4°.*

19. *Natalitia Jovis in veteri monumento. Patavii 1681. in 4°.*

20. *Quod optimus Medicus debeat esse Chirurgus. Patavii 1681. in 4°.*

21. *Lycæum Patavinum, sive Icones & vita Professorum Patavii anno 1682, publicè docentium. Patavii 1682. in 4°.* Le discours qui contient la vie des Sçavans est fort abregé. Il y tient son rang parmi les autres, & y rapporte ses Ouvra-

ges; mais il a oublié le fuivant.

22. *De Numifmatibus quibufdam abftrufis Imp. Neronis difquifitio per Epiftolas inter V. Cl. Carolum Patinum D. M. P. & Joannem Henricum Eggelingium, Reip. Brem. fecretarium, harum editorem. Bremæ* 1681. *in* 4°.

23. *Differtatio Therapeutica de pefte, habita in Archi-Lycæo Patavino. Augufta Vendelic,* 1683. *in* 4°.

24. *Thefaurus Numifmatum antiquorum & recentium auro, argento & ære, à Petro Mauroceno, Senatore Veneto collectorum. Venetiis* 1684. *in* 4°.

25. *Commentarius in tres infcriptiones Græcas Smyrnâ nuper allatas. Patavii* 1685. *in* 4°.

26. *Commentarius in antiquum monumentum Marcellinæ è Græcia nuper allatum. Patavii* 1688. *in* 4°.

27. *Commentarius in antiquum Cenotaphium Marci Aftorii Medici Cæfaris Augufti Patavii* 1689. *in* 4°.

V. fon Eloge dans le *Lycæum Patavinum. Bayle, Dictionn.*

EZECHIEL SPANHEIM.

E. Span-HEIM.

EZECHIEL *Spanheim* nâquit à *Geneve* l'an 1629. de *Frederic Spanheim*, fameux Professeur de Théologie en cette Ville, & ensuite à Leyde, & de *Charlotte du Port*, qui comptoit parmi ses ancêtres l'illustre *Budé*. Dès sa plus tendre jeunesse il se fit si bien connoître par ses progrès dans l'étude des belles Lettres, qu'étant allé à Leyde en 1642. avec son pere, il gagna d'abord l'amitié de *Nicolas Heinsius*, & de *Claude Saumaise*, & la sçût ménager, malgré l'animosité mutuelle de ces deux Sçavans l'un contre l'autre.

Il ne se contenta pas de se perfectionner dans la connoissance des Langues Greque & Latine, il s'appliqua aussi à l'Hebreu & à l'Arabe avec tant d'ardeur, qu'il fut bientôt capable de soûtenir, sans le secours d'aucun Professeur, des Theses qu'il avoit faites pour combattre le sentiment de Loüis Cappel sur les caracteres Hebraïques.

'A l'âge de 20. ans il perdit fon E. Span-pere, qui mourut au mois de May heim. 1649. & donna en même temps des marques de fon érudition & de fon refpeét pour la mémoire d'un pere fi eftimable, en le défendant contre M. Amyraut.

Peu de temps après il s'en rétourna à Geneve, où il fut honoré du titre de Profeffeur en Eloquence, dont il ne fit jamais les fonétions. Sa répu-tation fe répandant de plus en plus dans les Païs étrangers, l'Eleéteur Palatin, Charles-Louis, le fit venir à fa Cour pour diriger les Etudes, & pour veiller fur les mœurs de fon fils unique. Non feulement il s'ac-quitta parfaitement bien de cet em-ploi, mais il fit encore paroître fa conduite & fa difcretion, en fe mé-nageant dans l'efprit de l'Eleéteur & de l'Eleétrice, qui étoient broüillez enfemble.

Pendant qu'il étoit à cette Cour, il employoit le temps, qu'il avoit de refte, à s'avancer de plus en plus dans les belles Lettres Grecque & Latine, & à examiner avec foin les

T iiij

E. Span-
heim.

Livres qui peuvent contribuer à l'é-
claircissement du droit public de l'Allemagne.

M. Spanheim n'avoit point encore vû l'Italie, où fleurissoit alors
l'étude des Antiquitez & des Médailles. L'Electeur lui en fournit
une bonne occasion, en l'envoyant
dans ce Pays, avec des Lettres pour
divers Princes d'Italie, & avec ordre de se transporter ensuite à Rome, pour examiner les intrigues
des Electeurs Catholiques à cette
Cour.

M. Spanheim s'attira d'abord l'estime & la consideration de la Reine
Christine, chez laquelle toutes les
semaines il y avoit une assemblée
de Sçavans, & il lui dédia la premiere de ses Dissertations sur l'excellence & l'utilité des Médailles anciennes.

La même année il fit un voyage
à Naples, en Sicile & à Malthe, &
rétourna ensuite à Rome; il y vit
la Princesse Sophie, mere du Roi
George, avec laquelle il avoit déja
eu un commerce de Lettres sur

des fujets de politique & de littera- E. SPAN-
ture. Cette Princeffe ravie d'avoir HEIM.
rencontré un homme, qu'elle connoiffoit déja du côté de la fcience, &
dont le pere avoit rendu de grands
fervices au Roi & à la Reine de Bo-
héme, fes pere & mere, ne put fe
réfoudre à s'en priver fi-tôt, & en
ayant obtenu la permiffion de l'Electeur fon frere, elle le ramena avec
elle en Allemagne.

De rétour à Heidelberg au mois
d'Avril 1665. il fut réçû avec tous
les témoignages poffibles d'eftime par
fon Maître, qui l'employa à d'autres négociations dans des Cours
étrangeres. La même année il alla à
celle de Lorraine, & la fuivante à
celle de l'Electeur de Mayence ; &
après avoir affifté aux Conférences
qui fe tinrent à Oppenheim, & à
Spire, pour les affaires du Palatinat,
il paffa en France ; il fut enfuite envoyé par l'Electeur au Congrès de
Breda, en 1668. & revint après en
France.

Après tous ces voyages il rétourna à Heidelberg ; mais il n'y refta
que le temps qu'il fut rétenu par

E. SPAN-
HEIM.

une dangereuse maladie ; quand il fut gueri, son Maître l'envoya en Hollande, & ensuite en Angleterre, à la Cour de Charles II. En 1679. l'Electeur de Brandebourg ayant rappellé son Envoyé à la Cour d'Angleterre, en donna l'emploi à M. Spanheim, avec le consentement de l'Electeur Palatin. Quoique chargé en même temps des affaires de ces deux Princes, l'illustre Spanheim s'en acquitta si bien, que l'Electeur de Brandebourg voulut le faire passer entierement à son service : ce qu'enfin l'Electeur Palatin lui accorda.

Les Ordres de son nouveau Maître le firent passer en France en 1680. avec le titre d'Envoyé Extraordinaire Pendant neuf années entieres de sejour à Paris, il n'en sortit que deux fois ; la premiere, pour aller recevoir à Berlin la dignité de Ministre d'Etat, & la seconde pour complimenter Jacques II. sur son avenement à la Couronne.

Après une si longue Ambassade, il eut le plaisir de passer quelques années de ſuite à Berlin, dans un loiſir ſtudieux, & il en profita pour mettre au jour quelques Ouvrages. Après la paix de Ryſwyk, il fut tiré de nouveau de ſon Cabinet, pour aller en Ambaſſade en France, où il demeura depuis l'an 1697. juſqu'en 1702. L'Électeur de Brandebourg ayant pris pendant ce tems-là le titre de Roi de Pruſſe, lui conféra la qualité & les honneurs de Baron.

En 1702. il quitta la France, alla en Ambaſſade en Angleterre, où il employa ſes heures de loiſir à ſes études favorites. Il y eſt mort le 7. Novembre 1710 âgé de 81. ans. Il n'a laiſſé qu'une fille qui a épouſé en Angleterre le Marquis de Montandre.

Il eſt ſurprenant qu'en faiſant les fonctions de Miniſtre public, avec tant d'exactitude, & en tant de voyages differens, il ait trouvé aſſez de temps pour faire les Ouvrages qu'il a publiez, qui ſont proprement des pieces d'érudition, & de travail, & qu'il ne pouvoit faire que dans ſon Cabinet, & parmi

E. SPAN-
HEIM.

E. Span-
heim.

ses Livres. On peut dire de lui qu'il s'est acquitté des Négociations & des Emplois dont il a été chargé, comme auroit fait un homme qui n'auroit eu autre chose en tête que cela, & qu'il a écrit comme un homme qui auroit pû employer tout son temps à l'étude & dans le Cabinet. Les affaires & le grand monde ne lui donnerent jamais de dégoût pour l'étude, & l'étude assiduë à laquelle il s'appliquoit, ne le rendit pas moins propre à vivre dans le monde, & à se faire estimer de ceux mêmes qui n'avoient aucun goût pour l'érudition. Il n'étoit sçavant que quand il faloit l'être, & il n'entroit dans le commerce de ceux qui ne sçavent ce que c'est que science, qu'autant que cela étoit necessaire pour faire réussir ses négociations.

Catalogue de ses Ouvrages.

1. *Theses contra Ludovicum Cappellum pro antiquitate Litterarum Hebraïcarum. Lugd. Bat.* 1645. *in* 4°. Louis Cappel fit imprimer à Amsterdam en 1645. une Dissertation sur les anciennes Lettres des

Hebreux contre *Jean Buxtorf*, où E. SPAN-
il ſoûtient que les veritables carac- HEIM.
teres des anciens Hebreux s'étoient
conſervez parmi les Samaritains, &
que les Juifs les avoient perdus. Le
jeune Spanheim entreprit de le réfuter dans les Theſes qu'il ſoûtint à
l'âge de 16. ans, ſans Préſident, contre l'uſage ordinaire, mais que, par
une modeſtie peu ordinaire aux Sçavans, il a appellées dans la ſuite *un*
fruit précoce, avoüant ingénument
que le fameux Bochart, à qui il avoit
envoyé ces Theſes, lui avoit répondu, dans une Lettre, d'ailleurs très-
civile, qu'il étoit du ſentiment de
Cappel, & qu'il trouvoit celui de
Buxtorf inſoûtenable.

2. *Diſquiſitio Critica contra A-*
miraldum. Lugd. Bat. 1649. *Frederic*
Spanheim ſon pere, avoit eu de grandes diſputes avec *Moyſe Amiraut*, ſur
la Grace univerſelle, & ce fut pour
le défendre des dernieres attaques de
ce Miniſtre, auquel la mort l'avoit
empêché de répondre, que ſon fils
compoſa cet Ouvrage.

3. *Diſcours ſur la Creche & ſur la*
Croix de Notre Seigneur Jeſus-Chriſt.

E. Span-
HEIM.

Geneve 1 6 5 5. M. Spanheim ayant
reçû le titre de Profeſſeur en Eloquence à Geneve, y prononça ces
deux diſcours en Latin, mais il a
jugé à propos de les faire imprimer
en François. Il a rétouché depuis
le premier, qui eſt *ſur la Creche*,
& l'a publié à Berlin en 1 6 9 5. *in*
1 2.

4. *Diſcours du Palatinat, & de la*
dignité Electorale contre les prétentions
du Duc de Baviere. 1 6 5 7. *in* 4°. Ce
diſcours tend à prouver les droits de
l'Electeur Palatin au Vicariat de
l'Empire, contre celui de Baviere qui
y prétendoit.

5. *Les Céſars de l'Empereur Julien,*
traduits du Grec avec des rémarques &
des preuves illuſtrées par les médailles &
autres anciens monumens. Heidelberg
1660. *in* 8°. Item *Paris* 1 6 8 3. *in* 4°.
Id. *Amſt.* 1728. La traduction eſt pure
& exacte; & ceux qui la compareront
avec les verſions latines de *Chante-*
clair, & de *Cunœus*, verront que
ces verſions avoient beſoin d'être
corrigées, & qu'un grand nombre
d'endroits y étoient ou gâtez, ou in-
intelligibles. Les rémarques ſont fort

Inftruchives., & expliquent une infi- E. Span:
nité de chofes aufquelles il eft fait heim.
allufion dans cet Ouvrage.

6. *Differtationes de Præftantia &
ufu Numifmatum Antiquorum. Romæ
1664. in 4°.* Item 2. edit. multo
*Auctior. Parif. 1671. in 4°. 3. editio
adhuc multo Auctior, in fol. 2. vol.*
Le premier à *Londres* 1706. & le
deuxiéme, à *Amfterdam,* 1717. Cet
Ouvrage eft un tréfor d'érudition.
L'Auteur y vouloit renfermer un
fyftême complet de la fcience des
Médailles; mais il n'a pas pû achever
fon deffein.

7. *De Nummo Smyrnæorum inf-
cripto :* , fcili-
cet, de *Vefta & Prytanibus Græcorum Diatriba.* Elle parut en 1672.
jointe au Traité des Médailles de M.
Seguin, & enfuite augmentée dans
le 5. tome des Antiquitez Romaines
de Grævius.

8. *Lettre fur l'Hiftoire critique du
V. Teftament du P. Simon. Paris* 1678.
in 8°. réimprimée dans l'édition de
cette Hiftoire, faite à *Roterdam en*
1685. *in 4°.*

E. SPAN-HEIM.

9. *Epistolæ Duæ ad Laurentium Begerum*, insérées dans le Livre de Beger, intitulé : *Observationes & conjecturæ in Numismata quædam antiqua. Coloniæ. Brandeburg.* 1691. *in* 4°.

10. *Epistolæ quinque ad And. Morellum*. Ces Lettres qui contiennent, comme les précedentes, l'explication de quelques Médailles sont inserées dans le Livre de Morel, intitulé : *Specimen universæ Rei Nummariæ Antiquæ. Lipsiæ* 1695. *in* 8°.

11. *Juliani Imperatoris opera, cum variorum notis ; recensente E. Spanhemio, qui observationes adjecit. Lipsiæ* 1696. *in fol.* Il n'y a de M. Spanheim dans cette édition que la Préface & des rémarques fort amples sur la premiere Harangue de Julien, il n'a pu en faire davantage.

12. *Observationes in Callimachum*, insérées dans l'édition de cet Auteur, faite par Grævius, à *Utrecht* en 1697.

13. *Orbis Romanus seu ad constitutionem Imperatoris Antonini, de qua Ulpianus lege* XVII. *dig. de*

Statu

Statu hominum, exercitationes duæ. E. SPAN
1697. *Item.* Inſerées dans le onzié- H E I M.
me Tome des antiquitez Romai-
nes de Grævius. *Item.* réimprimées
à Londres, *in* 4°. 1704. augmentées.
L'Auteur y prétend que par la
Conſtitution de l'Empereur Anto-
nin, tous ceux qui étoient dans
l'Empire Romain étoient faits Ci-
toyens Romains.

14. *Obſervationes in tres priores
Ariſtophanis Comædias.* Dans l'Edi-
tion d'Ariſtophane faite par M.
Kuſter en 1709.

V. ſon Eloge. *Act. Er. Lipſ.*
1711. *p.* 522. *Bibl. choiſie, Tom.*
22. *p.* 174. *Mém. de Trevoux* 1711.
Octob. p. 1763. *Journ. Lit. Tom.*
10. *p.* 6.

JEAN-GEORGE GRÆVIUS.

J EAN-GEORGE *Grævius* nâ- JEAN-G
quit le 29. Janvier 1632. à GRÆVIU
Naumbourg d'une honnête famille.
Aprés qu'il eut fait ſes premieres
études dans ſa Patrie, on l'envoya
en 1650. à *Lipſik*, où il ſoûtint

Tome II. V

JEAN-G. sous *Jean Stauchius* son parent du GRÆVIUS côté de sa mere une Thése *de moribus Germanorum* : Il s'appliqua d'abord à la Jurisprudence pour obeïr à son pere, mais son inclination le porta bientôt à se donner tout entier aux Belles Lettres. Un entretien qu'il eut en passant à *Deventer* avec *Gronovius* qui y professoit, le confirma dans son inclination ; il s'arrêta même dans cette ville pour se mettre sous la conduite de ce Professeur, & pour en être dirigé dans ses études.

Après avoir étudié deux ans sous lui, il alla à *Leyde* faire la même chose sous *Heinsius*, & passa ensuite à *Amsterdam*, ou *David Blondel* lui persuada de quitter la Religion Lutherienne, dans laquelle il étoit né, & qu'il avoit suivie jusque-là, pour embrasser la Reformée.

L'Electeur de *Brandebourg* le nomma après la mort de *Jean Schultingius* Professeur de *Duisbourg* à sa place, quoiqu'il fût alors seulement dans la 24. année de son âge ; mais avant que de prendre possession de cette Chaire, il fit un

Voyage à *Anvers*, à *Bruxelles*, à
Louvain & aux Pays voifins.

JEAN-G.
GRÆVIUS

Il ne poffeda ce pofte que deux
ans, car en 1658. il fût appellé à
Deventer pour remplir la place de
fon ancien Maître *Gronovius*, qui
l'avoit propofé, en quittant cette
ville pour aller à *Leyde*, & il accepta cette Chaire, quoique
moins confiderable que celle qu'il
avoit, foit par amour pour une
Republique Libre, foit par inclination pour un lieu où il avoit déja
demeuré, foit dans l'efperance de
parvenir dans la fuite à quelque
chofe de meilleur.

Il ne fe trompa pas dans cette
efperance, car en 1662. on le nomma Profeffeur en Eloquence à *U-
trecht* à la place d'*Antoine Æmi-
lius*. On lui donna même encore
douze ans aprés la Chaire de Politique & d'Hiftoire. Il fe borna-là,
& quoiqu'on lui fit ailleurs des offres avantageufes, il ne voulut jamais les accepter; l'Electeur Palatin & la République de Venife
tâcherent de l'attirer, le premier à
Heydelberg, & l'autre à *Padoue*,

V ij

JEAN-G.
GRÆVIUS

mais il leur prefera toûjours le féjour d'*Utrecht* & des Païs-Bas, où il étoit comme naturalisé. Il avoit du moins la satisfaction d'être recherché par plusieurs Princes, & d'en voir plusieurs venir d'Allemagne étudier sous lui.

Il fut attaqué d'apoplexie le 11. Janvier 1703. & en mourut le même jour dans sa soixante-onziéme année. Il s'étoit marié en 1656. & eut dix-huit enfans, mais il n'a laissé qu'un fils & quatre filles. Un de ses fils Theodore-Pierre Grævius, qui donnoit de grandes esperances, mourut en 1692 dans la vingt-troisiéme année de son âge, il travailloit alors à une édition de Callimaque.

Ses Ouvrages sont :

1. *Isaaci Casauboni Epistolæ. Editio 2. 82. Epistolis auctior, & juxta seriem temporum digesta, curante J. G. Grævio. Magdeburg.* 1656. *in* 4°. La premiere édition de ces Lettres a été donnée à la Haye en 1638. par les soins de *J. F. Gronovius*; l'édition de M. Grævius l'emporte de beaucoup sur cela, quoiqu'elle

foit elle-même imparfaite par rap- JEAN-G.
port à celle que *Theodore Sanfon* GRÆVIUS
d'Almeloveen à donnée en 1709. à
Roterdam, *in fol.*

2. *Joannis Meurfii Geramicus ge-*
minus five de Ceramici Athenien-
fium utriufque Antiquitatibus liber
fingularis. *Trajecti ad Rhenum.* 1662.
in 40. Cet Ouvrage qui à été
donné au public par M. Grævius a
été inferé dans le quatriéme tome
des Antiquitez Grecques de Cro-
novius.

3. *Alberti Rubenii de re Veftiaria*
præcipue de Latoclavo libri 2. *cum*
aliis ejufdem Opufculis pofthumis. An-
tuerpiæ 1665. *in* 4°. Rubenius étant
mort pendant qu'il travailloit à ces
petits Ouvrages, M. Cævius fe
chargea de les mettre en ordre &
de les faire paroître. On les a in-
ferés dans le fixiéme tome des Antiquitez Grecques.

4. *Hefiodi Afcræi quæ extant ope-*
ra, *ex recenfione* J. G. *Grævii cum*
ejufdem animadverfionibus & notis.
Accedunt Notæ ineditæ Jof. Scali-
geri, *& Franc. Guieti. Amftelod.*
1667. *in* 8°. Les Notes de M. Græ-

JEAN-G.
GRÆVIUS

vius sont ensemble à la fin du Livre, il y explique non seulement Hesiode, mais encore une infinité de passages d'autres Auteurs Grecs & Latins.

5. *Luciani Solæcista cum notis J. G. Grævii Amstelod. 1668. in 8o.*

6. *Suetonius Tranquillus ex recensione J. G. Grævii cum ejusdem animadversionibus & Commentariis integris Læv. Torrentii, Is. Casauboni, Theodori, Item. Marcillii, necnon selectis aliorum notis Ultraj. 1672. in 4o. Secunda Editio auctior & emendatior. Haga 1690. in 4o.* La méthode de l'Auteur de donner les Commentaires entiers de ceux qui ont travaillé avant lui sur l'Auteur qu'il se propose d'éclaircir, a ses avantages ; cela rend à la vérité les Volumes plus gros, mais on satisfait aussi davantage ceux qui aiment à puiser dans les sources. & à voir les propres termes de ceux qui ont travaillé sur l'Antiquité, sur-tout quand ce sont des personnes fameuses dans la Republique des Lettres

7. *Joannis Meursii Libri posthumi*

de Cypro, Rhodo & Creta, &c. JEAN-G. GRÆVIUS
Amftelod 1675. *in* 4°.

8. *M. Tullii Ciceronis Epiftola-rum Libri* XVI. *ad Familiares, ut vulgo vocantur, ex recenfione J. G. Grævii cum ejufdem animadverfioni-bus & notis integris Petri Victorii, P. Manutii, Henr. Ragazonii, D. Lambinii, Fulvii Urfini, necnon felectis Jo. Fr. Gronovii & aliorum. Anftelod. & Lugd. Batav.* 1676. 2. Tom. *in* 8°. 2. Edit. 1693. Ces Lettres ont été réimprimées à Am-fterdam en 1689. *in* 12. avec les feules Notes de M. Grævius, dont la judicieufe critique a beaucoup éclair-ci les endroits difficiles.

9. *L. Annæi Flori Epitome rerum Romanarum, ex recenfione & cum an-notationibus J. G. Grævii. In fine ad-ditus eft L. Ampelius ex Bibliotheca Ul. Salmafii. Ultraj.* 1680: *in* 8°. Item. *Cum annotationibus longe auc-tioribus & correctioribus, & cum no-tis integris Ul. Salmafii & felectis va-riorum. Amftelod.* 1692. *in* 8°. Cet-te Edition eft preferable à toutes celles qui l'ont precedée. On y a ajoûté des Médailles, qu'on a co-

GRÆVIUS pendant gravées à contre-sens, ce qui fait que l'explication qu'on a mise au bas ne s'accorde pas avec les figures qu'elles contiennent. La préface de M. Grævius merite sur-tout d'être lûe ; il y reconnoît de bonne foi, contre la coûtume des Commentateur, les défauts de son Auteur.

10. *C. Catulus, Tibullus, Propertius, ex recensione J. G. Grævii, cum integris Jos. Scaligeri, Mureti, Achillis Staii, Roberti Titii, Hieron. Avantii, Dousarum, Theod. Marcilii & selectis Passeratii & aliorum notis Ultraj. 1680. in 80.*

11. *Justini Historiæ Philippicæ, ex recensione J. F. Grævii cum ejusdem castigationibus : His accedunt integræ notæ M. Berneggeri, Is. Vossii, Tan. Fabri, Jo. Vorstii, Jo. Scheffeti, Jac. Bongarsii, Franc. Modii & aliorum Ludg. Bat. 1683. in 8°. M.* Grævius avoit déja donné cet Auteur avec ses seules Notes en 1668. à Utrecht, *in* 12. mais il a jugé à propos d'y joindre, suivant la méthode qu'il a observée dans les autres Auteurs, qu'il avoit déja donnés

au

au Public les Notes entieres de JEAN - G.
ceux qui l'ont precedé. Cette Edi- GRÆVIUS.
tion eft la meilleure de toutes celles
que nous ayons fur Juftin, quoique quelques uns fe foient plaints
de quelques omiffions. Cet Auteur
a été réimprimé avec les feules Notes de M. Grævius à Amfterdam en
1694. *in* 12.

12. *M. T. Ciceronis Epiftolarum
ad Atticum Libri* XVI. *ex recenfione
J. G. Grævii cum ejufdem animad-
verfionibus & notis integris J. Vic-
torii, P. Manutii, F. Urfini D.
Lambini, &c. ineditis,* Item *If.
Cafauboni, Mureti, & J. Frid.
Gronovii, necnon felectis variorum.
Amftelod.* 1684. *in* 8°. 2. tom.

13. J. *Meurfii Thefeus, five de
ejus Vita Liber fingularis. Ultraj.*
1684. *in* 40. Inferé dans le dixiéme Tome des Antiquitez Grecques
de Gronovius.

14. *Joannis Meurfii Themis Atti-
ca, five de Legibus Atticis Libri duo.
Ultraj.* 1685. *in* 40. inferé dans le
cinquiéme Tome des Antiquitez
Grecques de Gronovius.

15. *Joannis Meurfii, de Regno La-*
Tome II. X

JEAN-G. *conico Libri 11. de Piræo liber sin-*
GRÆVIUS. *gularis, & in Helladii Chrestoma-*
thiam animadversiones Ultraj. 1687.
in 40. inseré dans le cinquiéme Tome des Antiquitez Grecques de
Gronovius. On est redevable de
l'Edition des Ouvrages de Meur-
sius dont nous venons de parler,
à Samuël Pufendorf, qui les ayant
eu de la Bibliotheque du Roi de
Suede, en fit part à M. Grævius
son ami, qui les a donnez au
Public.

16. *Luciani Samosatensis Opera*
omnia ex versione Joannis Benedicti,
cum notis integris J. Bourdelorii, J.
Palmerii à Grentemesnil, T. Fabri,
Æg. Menagii, F. Guieti, J. G.
Grævii, J. Gronovii, L. Barlæi, J.
Tollii, & selectis aliorum. Accedunt
inedita scholia in Lucianum ex Bi-
bliotheca, Is. Vossii. Amstelod, 1687.
in 80. 2. Vol. C'est la plus belle
Edition qu'on ait de Lucien, soit
par rapport à l'impression, qui est
extrêmement nette, soit par rapport aux Notes qu'on y a ajoûtez.

17. *Claudii Rutilii Numatiani*
Galli Itinerarium, integris Simleri,

Caftalionis, &c. Gravii aliorumque JEAN-G.
animadverſionibus illuſtratum. Ex GRÆVIUS
Muſæo Th. Janſ. ab Almeloveen.
Amſtel. 1687. *in* 12.

18. *M. T. Ciceronis de Officiis
Libri* III. *Cato Major, ſive de Se-
nectute; Lelius, ſive de Amicitia,
Paradoxa, Somnium Scipionis ex recenſione* J. G. *Gravii cum ejuſdem
notis, & integris animadverſionibus
Lambini, Urſini, Langii, Fabri-
cii, manutii, necnon ſelectis aliorum. Amſtelod·* 1688. *in* 8°. *It.* avec
les ſeules Notes de M. Grævius.
Amſtelod. 1691. *in* 12.

19. *De Humanæ Rationis imbecil-
litate, unde proveniat, & illi quomo-
do poſſimus mederi, Liber ſingularis,
Auctore Georgio Mackenzeo, à Val-
le Roſarum, apud ſcotos Cauſarum
Patrono. Ultraj.* 1690. *in* 80. It.
Jenæ 1691. *in* 8°. It. *Francof.* 1700.
in 12. M. Grævius a trouvé cet
Ouvrage ſi bon qu'il a crû devoir
le donner au Public, & prendre
ſoin de l'impreſſion.

20. *Bernardini Ferrarii Mediola-
nenſis Theologi de Ritu Sacrarum
Eccleſiæ Veteris Concionum. Cum Præ-*

X ij

JEAN- G. *fatione J. G. Grævii. Ultraj.* 1692.
GRÆVIUS *in* 8°.

21. *Notæ in Lactantium de Mortibus Perseeutorum.* Ces Notes qui font peu de chofe fe trouvent dans l'Edition de cet Auteur faite par P. Bauldri à Utrecht en 1692. *in* 8°.

22. *Alb. Rubenii de Vita Fl. Malii Theodori. V. C. Ultrajecti* 1694. *in* 12. imprimé par les foins de M. Grævius.

23. *P. Daniëlis Huetii Poemata quotquot colligi potuerunt. Ultraject.* 1694. *in* 8°. *Auctiora* 1700. *in* 12.

24. *Thefaurus Antiquitatum Romanarum. Ultraj. fol.* 12. Tom. 1694, 1699. On ne fçauroit trop louer M. Grævius d'avoir pris le foin de ramaffer & de faire imprimer correctement un grand nombre de Traitez, dont la plûpart fe trouvoient difficilement, & qui, quoiqu'ils ne foient pas tous également bons, ne laiffent pas d'avoir leur utilité.

25. *Francifci Junii de pictura veterum Libri* III. *Accedit Catalogus Artificum adhuc ineditus. Roterod.* 1694. *fol.* M. Grævius y a ajoûté

une Préface , & la vie de l'Auteur. JEAN- G.

26. *Callimachi Hymni , Epigram-* GRÆVIUS
mata & Fragmenta ex récenfione
Theodori J. G. F. Grævii , cum ejuf-
dem & aliorum animadverfionibus.
Ult. 1697. *in* 8°. 2. To. Cette Edition
qui eft fort belle , avoit été entre-
prife par Theodore Grævius fils de
Jean - George , mais fa mort prématurée l'ayant empêché d'y mettre la derniere main , fon pere a
achevé ce qui y manquoit , & l'a
donnée au Public fous le nom de
fon fils.

27. *C. Julius Cæfar cum notis Dio-*
nyfii Voffii. Acceffit Julius Celfus de
Vita & rebus geftis C. Julii Cæfaris ,
ex Mufæo J. G. Grævii. Amftelod.
1697. *in* 8o.

28. *Gloffarium Ifidori emendatum*
curâ J. G. Grævii. Avec le Lexicon de Martinius imprimé à U-
trecht en 1698. *in fol.*

29. *M. T. Ciceronis Orationes ex*
recenfione J. G. Grævii , cum ejuf-
dem animadverfionibus , & notis in-
tegris variorum. Amftelodami 1699.
in 8°. 3. Tomes.

30. *Lectiones Hefiodeæ , auctiores.*

X iij

Dans l'Edition de cet Auteur faite par M. le Clerc à Amsterdam 1701. *in* 80. Elles avoient déja paru dans l'Edition de M. Grævius.

31. *Daniëlis Eremitæ aulicæ vitæ & civilis Libri* IV. *Ejusdem Opuscula varia.* Ultraj. 1701. *in* 80. Cet Ouvrage composé depuis un siécle avoit entierement disparu, ainsi Grævius a fait plaisir au Public de le lui donner de nouveau.

32. *Thesaurus Antiquitatum & Historiarum Italiæ, Mari Ligustico & alpibus vicinæ, quo continentur optimi quique scriptores, qui Ligurum, & Insubrum seu Jenuensium & Mediolanensium, confiniumque populorum ac civitatum res antiquas, aliasque vario tempore gestas memoriæ prodiderunt, collectus curâ J. G. Grævii.* Lugd. Bat. 1704. *fol.* 3. Tom. C'est une suite de son Tresor des Antiquitez Romaines.

33. *Syntagma Variarum Dissertationum rariorum, quas viri doctissimi superiore sæculo elucubrarunt. Ex Museo J. G. Grævii.* Ultraj. 1701. *in* 40.

34. *J. G. Grævii Præfationes &*

Epistolæ cxx. *in usum Latinæ Elo-* JEAN-G.
quentiæ Studiosorum collecta & editæ GRÆVIUS
à Joanne Alberto Fabricio. Adjunc-
ta est P. Burmanni Oratio dicta in
Gravii funere. Hamburgi 1707. *in* 80.

35. *Inscriptiones antiquæ totius*
Orbis Romani in absolutissimum cor-
pus redacti, olim auspiciis Jos. Sca-
ligeri, & M. Velseri, industria au-
tem J. Gruteri, nunc curis secundis
ejusdem Gruteri & notis M. Gudii
emendatæ, tabulis æneis Boissardi
illustratæ curâ J. G. Grævii. Ams-
telod. 1707. *fol.* 2. vol. Cette Edition
est magnifique.

36. *Basilii Fabri Thesaurus erudi-*
tionis Scholasticæ cum notis Buchneri,
& Cellarii & observationibus pos-
thumis J. G. Grævii. Lipsiæ 1710.
fol.

37. J. G. *Grævii Orationes, quas*
Ultrajecti habuit. Lugd. Bat. 1717.
in 8°.

On voit par ce Catalogue qu'elle doit avoir été l'assiduité de M.
Grævius au travail ; car quoiqu'il
n'y ait aucun Ouvrage qui soit
proprement de lui , le soin qu'il
s'est donné de publier correcte-

X iiij

JEAN-G.ment tant d'Ouvrages, & de les
GRÆVIUS enrichir de ses notes, doit lui avoir
beaucoup coûté.

V. son Eloge. *Act. Erud. Lipf.*
1703. p. 187. & *les Vies des Sçavans en Allemand de Clarmund*, ou
Rudiger. Partie 11.

JACQUES-BENIGNE
BOSSUET.

J.-B. Bos-
SUET. JACQUES - BENIGNE *Bossuet*
nâquit à *Dijon* le 27. Septembre
1627. d'une famille confiderable
dans la Robbe, qui a toûjours occupé les premieres places dans les
Parlemens de *Dijon* & de *Metz*.

Confacré à l'Eglife dès fon enfance, il fit fes premieres études à
Dijon chez les Jefuites avec beau-
conp de diftinction. Au fortir des
Humanitez il vint faire à *Paris* fon
Cours de Philofophie & de Theologie, & fut reçû Docteur le 16.
Mai 1652. Comme il avoit efté attaché dès fa plus tendre jeuneffe
au Chapitre de *Metz*, d'abord par
un Canonicat, enfuite par les Di-

gnitez d'Archidiacre & de Doyen, il crût devoir à cette Eglife le principal fruit de fes études, & forma le deffein de s'établir dans cette Ville.

J.-B. Bos-SUET.

Il ne s'y fixa pas cependant fi fort qu'il ne vint exercer à Paris le talent qu'il avoit pour la Predication. On y fut fi content de lui, & il s'y fit une fi grande reputation que la Cour voulut auffi l'entendre. Les applaudiffemens qui l'avoient accompagné dans la ville le fuivirent à la Cour, & le Roi le nomma le 13. Septembre 1669. à l'Evêché de *Condom*. Il fut facré le 21. Septembre 1670. mais il ne garda pas long-temps fon Evêché, car ayant efté fait Precepteur de M. le Dauphin peu de temps après, & voyant qu'il ne pouvoit accorder la réfidence avec l'Emploi dont le Roi le chargeoit, il ne balança pas à s'en démettre purement & fimplement.

Degagé des devoirs qu'exige le Gouvernement d'un Diocefe, il fe donna tout entier à l'inftruction du Prince qui lui avoit été confiée.

J.-B. Bos-
SUET.

Il ne fut pas plûtôt libre que le Roy voulant le rendre à l'Eglise, sans l'éloigner beaucoup de la Cour, le nomma à l'Eveché de *Meaux* en 1681. Il le rappella même bientôt après en lui donnant la Charge de premier Aumônier de Madame la Dauphine. Cette Charge l'atta-choit à la Cour sans le détacher de son Troupeau, & la proximité des liéux le mettoit à portée de satisfaire à tous ses devoirs.

Il avoit esté reçû à l'Academie Françoise en 1672. à la place de M. *Hay du Châtelet* ; & l'an 1695. le Roi, à la priere des Docteurs de la Maison de Navarre, l'en établit Supe-rieur,, & le fit en 1697. Conseiller d'Etat. L'Histoire de ses Ouvrages fait celle du reste de sa vie, dont il a sçû menager tous les momens pour les consacrer au service de l'Eglise.

Il est mort à Paris le 12. Avril 1704. dans sa 77. année. Voici le Catalogue de ses Ouvrages.

1. *Réfutation du Catéchisme de Paul Ferri, Ministre de la R. P. Réformée, Metz 1655. in 12.* C'est le premier Ouvrage de M. Bos-

fuet , qui n'étoit alors qu'Archidia J. B. Bos-
ore de Mets ; mais qui y fit voir un S U E T.
effay de fon habileté dans la Con-
treverfe. Dieu benit fes premiers
travaux , & la reunion de plufieurs
P. Reformez , & même de quelques
Miniftres en fut le fruit. Cet Ouvrage eft rare & ne fe trouve plus.

2. *Oraifons Funebres.* Paris. *in*
4°. *de la Reine d'Angleterre* , en
1669. *de Madame* en 1670. *de la*
Reine , en 1683. *de la Princeffe*
Palatine , en 1685. *de M. le Tel-*
lier , en 1686. *de M. le Prince* , en
1687. Ces éditions *in* 40. font parfaitement belles , mais elles ne fe
trouvent plus. Il y a eu une autre
édition des deux premieres Oraifons Funebres en un Recueil 1680.
Paris , in 12. mais elle ne fe trouve
plus. Autre édition de toutes , en
un Recueil *in* 12. 1689. chez De-
zallier. Nouvelle édition en un
Recueil *in* 12. 1704. chez Gregoire
Dupuis. Toutes ces Oraifons Funebres font autant de chefs-d'œuvre. On trouvera peut - être dans
d'autres Panégyriftes , une exacti-

J.B. Bos-
su e t.

tude plus scrupuleuse, & quelque
chose de plus fini & de plus recherché ; mais l'art qui s'y fait
sentir, découvre le travail de l'Orateur. Dans M. Bossuet l'Eloquence
n'étoit pas un fruit de l'Etude,
tout estoit naturel, tout estoit au
dessus de l'art, ou plûtôt la subli-
mité de son genie & de ses lumieres lui faisoit trouver sans peine
ces tours nobles, ces grands
traits, ces expressions vives & har-
dies, qui coûtent tant à l'art, lorsqu'il s'applique à les chercher.

3. *Exposition de la Doctrine de
l'Eglise Catholique. Paris* 1671. *in*
12. Cramoisy. Autre édition, augmentée d'un Avertissement & d'un
grand nombre d'Approbations,
chez le même 1679. *in* 12. Il y
a eu une infinité d'éditions de
ce Livre à Paris, à Lyon, &c.
mais la douziéme, publiée chez
Cramoisy en 1686. est la meilleure.
Il s'est fait aussi plusieurs traductions de cet Ouvrage en diverses
Langues.

La Version Angloise faite par
M. *l'Abbé de Montaigu*, a esté im-

primée à Paris en mil fix cent foixante & douze.

L'Irlandoife s'eft faite à *Rome* de l'impreffion de la Congregation *de Propaganda-fide*, en 1675. Elle eft du R. P. *Porter*, de l'Ordre de S. François, &. Superieur du Couvent de S. Ifidore.

L'Italienne faite par l'Abbé *NaZari*, a efté auffi imprimée à *Rome*, à l'Imprimerie de la même Congregation, en 1678.

La Latine faite par M. l'Abbé *Fleury*, & revûë par M. *Boffuet*, fut imprimée par les foins de M. l'Evêque de Caftorie, Vicaire Apoftolique, dans les Etats des Provinces Unies, à *Anvers* en 1678.

La Flamande fut imprimée auffi par les foins du même Prelat, à Anvers en 1678. & réimprimée dans la même ville en 1699.

L'Allemande faite par les foins de M. l'Evêque de Strasbourg, fut imprimée dans fon Diocéfe en 1680.

M. Boffuet compofa cet Ouvrage en faveur de M. l'Abbé *Dangeau*, dès le commencement de

J.B. Bos-
SUET.

l'année 1668 La conversion de cet illustre Abbé en fut le premier fruit, mais peu de temps après celle du Marêchal *de Turenne*, instruit par M. *Bossuet*, donna un nouvel éclat à cet Ouvrage. Ce grand homme, qui en connoissoit tout le prix & toute l'utilité par sa propre experience, fut celui qui en pressa davantage l'impression. Cet excellent Ouvrage eut d'abord l'Approbation des Évêques de France & ensuite des Prélats Etrangers; le Pape Innocent XI. voulut même y donner la sienne par deux Brefs addressez à l'Auteur. On y reconnoît en effet dans l'Auteur un talent merveilleux à démêler sans peine les questions les plus embarrassées, en écartant tout ce qu'on y mêle d'étranger, & en presentant à l'esprit tout ce qu'il y a d'essentiel, sous l'idée la plus nette & la plus simple. Plusieurs Protestans allarmez du succès de ce Livre firent d'inutiles efforts pour l'attaquer. Quelques Catholiques même peu éclairez & peu contens qu'on leur representât la Religion sous des idées

plus nobles & moins populaires,
qu'ils ne fe l'étoient repréfentée
jufques-là, fe plaignirent de ce qu'il
ne faifoit pas de toutes leurs opinions des articles de foy. Le Pere
Maimbourg pour des raifons qu'on
ignore, fe mit de leur nombre ; &
fuivant la méthode qui lui étoit ordinaire de cenfurer les perfonnes
qui lui deplaifoient, fous le nom
de ceux qu'il introduifoit dans fes
Hiftoires, il fit dans le troifiéme
Livre de fon Hiftoire du Luthéra-
nifme le portrait de M. Boffuet,
& la Critique de fon Livre, fous
le nom du Cardinal *Contarini* &
d'un de fes Ouvrages ; *Il fe fervit,*
dit-il de ce dernier, *en quelques-*
uns de ces articles, comme dans ceux
de la juftification, du mérite des bon-
nes œuvres, & de la foy, de certai-
nes expreffions ambigues, dont ni
l'un ni l'autre des deux partis ne parut
fatisfait, parce qu'elles n'exprimoient
pas tout ce que chacun prétendoit être
effentiel à fa créance. Et certes, on a
vû de tout temps, que tous ces pré-
tendus accommodemens & menage-
mens de Religion, qu'on a voulu faire

J.B. Bos- *pour réunir les Heretiques avec les*
S U E T. *Catholiques, dans ces prétendues Ex-*
positions de Foy, qui supprimant, ou
dissimulant, ou n'exprimant qu'en
termes ambigus, ou trop racourcis une
partie de la Doctrine de l'Eglise, ne sa-
tisfont ni les uns, ni les autres, qui se
plaignent également de ce qu'on biaise
dans une chose aussi délicate que la
Foy, où l'on ne peut faillir en un
point, qu'on ne manque en tout. Toute cette déclamation n'a pas empêché l'utilité du Livre de M. Bossuet.

4. *Discours sur l'Histoire univer-*
selle. Paris 1681. *in* 4°. Cramoisy.
It. 2. édition *in* 12. 1682. It. 3.
édit. 1700. *in* 12. & plusieurs fois
depuis, tant en France que dans les
Pays étrangers. Cette troisiéme
édition contient quelques additions
importantes pour presser davantage l'argument de l'inspiration des
Livres saints contre les Libertins.

M. l'Abbé *de Partenay*, Aumônier de Madame la Duchesse *de*
Berry a traduit ce Discours en la-
iin, & l'a fait imprimer en cette
langue, *à Paris* 1718. *in* 12.

5. *Sermon de l'Assemblée du Cler-*
gé

gé, *tenue en* 1682. *à Paris. Paris Leo-*
nard. 1682. *in* 4°.

6. *Conférence avec M. Claude.*
Paris 1682. *in* 12. It. 1687. *in* 12.
Mademoifelle *de Duras,* niéce de M.
de Turenne, touchée par la lecture du
Livre de l'Expofition de la Doctrine,
fouhaita pour achever de fe convaincre, que l'Auteur eût en fa préfence
une Conférence avec M. *Claude,*
Miniftre de Charenton. Il y acquief-
ça avec plaifir. Cette Conférence fe
tint au mois de Mars 1678 fur la
matiere de l'Eglife, que cette Demoifelle avoit propofée, & l'effet fut
fa converfion. Le triomphe de la verité s'y fit fentir, malgré les déguifemens dont le Miniftre avoit tâché
de l'obfcurcir dans fon écrit qui
avoit précedé, & le Prélat lui ferma
la bouche, en offrant, s'il vouloit
revenir à la Conférence, de le for-
cer à reconnoître la neceffité de l'autorité de l'Eglife, comme il avoit fait
la premiere fois, ou de le faire re-
tomber dans les embarras d'où il
n'avoit pû fe tirer.

7. *Traité de la Communion fous*
les deux efpeces, Paris. 1682. *in* 12.

258 *Mém. pour servir à l'Histoire*

J. B. Bos
SUET.

Item 2. édition 1686. *in* 12. Il composa cet Ouvrage pour répondre aux Nouveaux Convertis, qui se plaignoient de ce qu'on les privoit de la coupe sacrée.

8. *Lettre Pastorale aux Nouveaux Catholiques de son Diocese ; pour les exhorter à faire leurs Pâques , & leur donner les avertissemens necessaires contre les fausses Lettres Pastorales des Ministres. Paris* 1686. *in* 4°.

9. *Catechisme de Meaux. Paris* 1687. *in* 12. Seconde édition , *Lyon* 1691. *in* 12. Item 1701. *Paris, in* 12.

10. *Histoire des variations des Eglises Protestantes. Paris ,* 1688. *in* 4°. 2. tomes. Seconde édition 1689. *in* 12. 4 tomes. It: *Hollande* 1688. *in* 12. 2. vol, Cette derniere édition est fort belle. Il y a dans cet Ouvrage une erudition vaste , un grand nombre de curieuses & sçavantes recherches , & surtout un tour & une éloquence inimitable. Plusieurs Protestans, & entr'autres M. Basnage dans son Histoire de l'Eglise, se sont proposez de la réfuter. M. Bossuet a répondu à quelques uns.

1 1. *L'Apocalypſe avec une ex-* J.-B.Boſ-
plication. Paris 1 6 8 9. *in* 8°, L'a- SUET.
bus que les Miniſtres Proteſtans
font de l'Apocalypſe, pour nour-
rir par de ridicules interprétations
la haine d'un peuple credule contre l'Egliſe Romaine, a engagé M.
Boſſuet à chercher une explication vrai-ſemblable d'un Livre auſſi
rempli de Myſteres qu'eſt celui-là.

12. *Explication de quelques, difficul-*
tez ſur les Prieres de la Meſſe, à un
nouveau Catholique. Paris 1689. *in-*
12. M. l'Evêque de Meaux réſoud
dans cet Ouvrage les difficultez que
les Miniſtres Proteſtans tirent de
certaines Prieres de la Meſſe, contre
la préſence réelle & la tranſubſtan-
tiàtion.

1 3. *Prieres Eccleſiaſtiques, pour*
aider le Chrétien à bien entendre le
Service de la Paroiſſe aux Dimanches
& aux Fêtes principales. Paris 1689.
in 12.

14. *Pieces & Mémoire touchant*
l'Abbaye de Joüarre, avec une Or-
donnance de viſite. Paris 1 6 9 0. *in-*
quarto.

1 5. *Premier avertiſſement aux Pro-*
Y iij

J.-B.Bos-
SUET.

*testans sur les Lettres du Ministre Ju-
rieu, contre l'Histoire des Variations.
Le Christianisme flétri, & le Socinia-
nisme autorisé par ce Ministre,* Paris
1689. *in* 4°.

16. *Second avertissement, &c. La
Réforme convaincue d'erreur & d'impieté par ce Ministre.* Paris 1 6 8 9.
in 4°.

17. *Troisiéme avertissement, &c. Le
salut dans l'Eglise Romaine, selon ce
Ministre.* Paris 1689. *in* 4°.

18. *Quatriéme avertissement, &c. La
sainteté & la concorde du mariage chrétien, violées.*Paris 1690. *in* 4°.

19. *Cinquiéme avertissement, &c. Le
fondement des Empires renversé par ce
Ministre.* Paris 1690. *in* 4°.

20. *Sixiéme avertissement, &c.
L'Antiquité éclaircie sur l'immutabilité
de l'Etre divin & sur l'égalité des
trois Personnes. L'Etat present de la
Réligion Protestante, contre le Tableau
de M. Jurieu.* Paris 1691. *in* 4°. Les
articles les plus importans de la Religion sont traitez dans ces six avertissemens, avec une force extraordinaire.

21. *Défense des Variations contre la*

Réponse de M. Basnage, Ministre de J.-B. Bos-
Rotterdam. Paris 1701. *in* 12. On y SUET.
combat particulierement la prise
d'armes des Protestans.

22. *Liber Psalmorum. Lugduni* 1691.
in 8°.

23. *Statuts & Ordonnances Syno-*
dales, pour le Diocese de Meaux. 1691.
in 4°.

24. *Lettre sur l'adoration de la Croix,*
Paris 1692. *in* 4°. Elle a été faite
pour un nouveau Catholique, Moine de la Trappe. Elle ne se trouve
plus.

25. *Libri Salomonis, Proverbia,*
Ecclesiastes, Canticum Canticorum,
Sapientia, Ecclesiasticus, cum notis.
Accesserunt ejusdem supplenda in Psal-
mos. Paris. 1693. *in* 8°. Les Notes
qui sont dans cet Ouvrage sont
claires & courtes, de même que
celles qu'il a faites sur les Pseaumes.

26. *Maximes & Réflexions sur*
la Comedie. Paris 1694. M. Bossuet
y fait voir par les principes de la
Religion, le mal qu'il y a d'assister
aux Spectacles.

27. *Ordonnance & Instruction Pasto-*

262 *Mém. pour servir à l'Histoire*

J.-B. Bos- *rale sur les Etats, d'Oraison. Paris*
SUET. 1695. *in* 4°. Elle se trouve aussi
dans l'Instruction sur les Etats d'O-
raison. M. de Meaux fit cette Ordonnance lorsqu'on commença à
parler de Quiétisme.

28. *Méditations sur la rémission
des pechez, pour le temps du Jubilé.
Paris 1696. in 12. It. 1702. Paris,
in 12.*

29. *Epistola quinque Præsulum contra Librum cui titulus, Nodus Præ-
destinationis dissolutus. Auctore Cæ-
lestino Sfondrato. Card. Paris. 1697.
in* 4°. Cette Lettre a été composée
par M. Bossuet.

30. *Instruction sur les Etats d'Oraison, où sont exposez les erreurs des
faux Mystiques de nos jours, avec les
Actes de leur condamnation. Paris 1697.
in* 8°. Seconde édition, la même année, & en la même forme, avec des
additions & des corrections. Les
corrections & additions ont été aussi
imprimées séparement.

31. *Declaratio Ill. & Rev. Eccl.
Principum L.-Ant. de Noailles, Arch.
Parisiensis, J.-Benigni Bossuet Ep-
Meldensis, & Pauli de Godet des Ma-*

rais, *Ep. Carnutenfis*, *circa Librum* J.-B. Boſ-
cui titulus : *Explication des Maximes* SUET.
des Saints, *&c.* Paris 1697, *in* 4°.
On la trouve en Latin & en François dans les divers Ecrits ou Mémoires fur le Livre de M. de Cambray.

32. *Summa Doctrinæ Libri cui Ti-*
tulus, *Explication des Maximes des*
Saints, *&c. Deque confequentibus*,
ac defenfionibus & explicationibus.
Parif. 1697. *in* 4°. Ce Sommaire eſt
joint auſſi en Latin & en François aux divers Ecrits ou Mémoires , &c.

33. *Divers Ecrits ou Mémoires fur*
le Livre intitulé : *Maximes des Saints*,
&c. Paris 1698. *in* 8°.

34. *Réponfe à quatre Lettres de M.*
l'Arch. de Cambray. Paris 1698.
in 8°.

35. *Rélation fur le Quietifme.* Paris
1698. *in* 8°. Cet Ouvrage a été traduit en Italien.

36. *De nova Quæftione Tractatus*
tres , 1. *Myftici in tuto.* 2. *Schola in*
tuto. 3. *Quietifmus redivivus.* Parif.
1698. *in* 8°. *Quæftiuncula* , féparé-
ment , du même temps , & en même
forme.

J.-B. Bos-
SUET.

37. *Remarques sur la Réponse de M.*
l'Arch. de Cambray à la Relation sur
le Quiétisme. Paris 1698. *in* 8°.

38. *Ordonnance Synodale sur la*
celebration des Fêtes. 1698. en Placard.

39. *Réponse aux Préjugez décisifs.*
Paris 1699. *in* 8°.

40. *Les Passages éclaircis, ou Ré-*
ponse au Livre intitulé : Les principales propositions du Livre des Maximes des Saints, justifiées par des
expressions plus fortes des Saints
Auteurs, *avec un avertissement sur*
les signatures des Docteurs, & sur les
dernieres Lettres de M. l'Archevêque
de Cambray. Paris 1699. *in* 8°. Cet
Ouvrage a été réimprimé la même
année, pour être joint aux écrits
précedens, sous le titre commun de
Réponse de M. l'Evêque de Meaux
aux Lettres & Ecrits de M. l'Arche-
vêque de Cambray, &c.

41. *Instruction Pastorale sur les*
promesses de Jesus Christ à son Eglise.
Paris 1700. *in* 12. M. Bossuet sorti de la dispute du Quiétisme par
la soûmission, & la rétractation de
M. l'Archevêque de Cambray, revint par cet Ouvrage à la controverse

verse contre les Calvinistes & les
Protestans.

42. *Seconde Instruction Pastorale*
sur les promesses de Jesus-Christ à son
Eglise , ou Réponse aux Objections
d'un Ministre , contre la premiere Ins-
truction. Paris 1701. *in* 12.

43. *Censura & Declaratio Conven-*
tus generalis Cleri Gallicani Congrega-
ti anno 1700. *in Palatio Regio San-*
Germano in materia Fidei & morum.
Ce sont les Actes de l'Assemblée du
Clergé de 1700. sur plusieurs articles
qui regardent le dogme & la morale.
Cette Censure fut dressée par M. de
Meaux , & il la fit imprimer en particulier en 1701. *in* 4°. avec un
Mandement pour en faire la publication au Synode du premier Septembre de la même année 1701.

44. *Ordonnance contre le Nouveau*
Testament de Trevoux. Paris 1702.
en Placard. Elle se trouve aussi au
commencement du Livre suivant.

45. *Instruction sur la version du*
Nouveau Testament imprimé à Tre-
voux. Paris 1702. *in* 12. Cette Instruction est contre la traduction du
Nouveau Testament du P. Simon.

Tome II. Z

46. *Seconde Instruction sur les passages particuliers de la version de Trevoux, avec une Dissertation sur la doctrine & la critique de Grotius. Paris* 1703. *in* 12.

47. *Explication de la Prophétie d'Isaye*, ch. 7. v. 14. & *du Pseaume* 21. *Paris* 1704. *in* 12. M. Bossuet composa cet Ouvrage parmi les douleurs d'un mal violent qui mit fin à ses jours, & dans les momens de relâche qu'elles lui laissoient. La Prophétie qu'il y explique regarde la virginité de la Mere du Messie.

48. *Politique tirée des propres paroles de l'Ecriture Sainte. Paris* 1709. *in* 4°. It. *in* 12. 2. tomes. M. Bossuet chargé de l'éducation de Monseigneur le Dauphin, crut ne pouvoir mieux s'acquitter d'un pareil employ, qu'en composant ce Livre. Menochius Jésuite a donné un Ouvrage sur le même sujet, intitulé : *Hieropoliticon, sive Institutionis Politicæ è scripturis deprompta Libri* III. *Lugd.* 1625. *in* 8°. Mais la Methode de M. Bossuet est absolument differente de la sienne ; il ne suit pas le même ordre, & il prête moins à l'E-

criture. Un Carme, qui s'eſt caché J. B.Boſ-
ſous le nom de *Selvaggio Canturani*, SUET.
a traduit ſa *Politique* en Italien, &
cette traduction a été imprimée à
Veniſe, en 1 7 1 3. en 2. volumes
in 8°.

49. *Lettre de M. Boſſuet avant
qu'il fut Evêque, à la Reverende Mere
& aux Religieuſes de Port- Royal. Paris
in* 4°. Cette Lettre a été écrite en
1 6 6 4.

5 0. *Juſtification des Reflexions ſur
le Nouveau Teſtament, &c. compoſé
en* 1 6 9 9. *contre le Problême Eccleſiaſtique. Lille* 1 7 1 0. *in* 1 2.

5 1. *Elevations à Dieu ſur tous les
Myſteres de la Religion Chrétienne.
Ouvrage poſthume. Paris* 1 7 2 7. *in* 1 2.
2. *tomes.*

V. ſon Eloge, *Journal des Sçav.*
1 7 0 4. 3 6. *Journ.* Mém. de Trevoux,
1 7 0 4. Novembre.

JEAN-ANTOINE
CAMPANI.

JEAN-ANTOINE *Campani*, nâquit vers l'an 1427. à *Cavello*, village de la campagne de Rome, & fut pour cette raison nommé Campani. Son pere & sa mere étoient de simples paysans. Ces pauvres gens étant venu à mourir peu de temps après sa naissance, le laisserent sans autre secours que celui de ses parens, qui le reçûrent chez eux, & le mirent à garder les Moutons. Quand il fut un peu grand, un Curé de la campagne l'ayant trouvé à son gré, le prit à son service, & ayant apperçû en lui des dispositions à étudier, lui enseigna la Langue Latine.

Campani étant devenu en peu de temps aussi habile que son Maître, trouva l'occasion d'aller à Naples pour y continuer ses études, en entrant dans la maison de *Charles Pandone*, Seigneur Napolitain, en qualité de Precepteur de ses enfans.

Laurent Valla enseignoit alors JEAN-A. les Belles Lettres à *Naples* , & CAMPA-Campani fit de grands progrés NI. sous lui ; mais peut-être y prit-il un peu de cet esprit satirique , qu'on lui a reproché ; car on sçait que Valla se fit par là de fâcheuses affaires.

Campani s'appercevant que la profession de Valla , & de ses semblables , n'étoit pas assez considerée , quoique *Nicolas V.* qui étoit alors Pape , favorisât beaucoup les Belles Lettres , resolut d'apprendre le Droit. Il esperoit de se tirer bien-tôt de la pauvreté par-là , & il voulut aller à *Sienne* dans ce dessein.

Il se mit donc en chemin pour s'y rendre ; mais par malheur il rencontra des voleurs qui lui ôterent son argent , ses habits , & son cheval. Déchû de ses esperances , il fut obligé d'aller à *Perouse* , ville de l'Etat Ecclesiastique ; là il s'appliqua à la Philosophie , aux Mathematiques , à l'Eloquence , à la Poësie , & à l'étude de la Langue

Z iij

JEAN-A.
CAMPA-
NI.

Grecque. Il commença à apprendre
cette Langue fous *Demetrius Chal-*
conyle, qui étoit venu depuis peu
de Grece ; mais le manque de Livres,
& la peine qu'il y trouva, l'en dégoû-
terent.

Il compofa alors plufieurs Ouvrages & quelques pièces de vers, qui lui
attirerent de la réputation , & entre
lefquelles il y en a quelques-unes de
galantes, qui ont fait croire à plufieurs que Campani n'avoit pas les
mœurs affez chaftes ; mais *Michel Fer-*
no, qui a écrit fa vie, tâche de le juftifier fur ce point par quelques endroits de fes Poëfies, où il dit qu'il ne
s'eft jamais laiffé vaincre à la paffion
de l'amour.

Tandis que Campani cultivoit
ainfi les Belles Lettres à *Peroufe*, le
Pape *Pie II.* convoqua une affem-
blée à *Mantouë*, pour y délibérer
fur le deffein qu'il avoit formé
d'entreprendre la guerre contre le
Turc, & paffa, en y allant, à Peroufe, où il demeura un mois entier. Comme ce Pape aimoit les
gens de Lettres, & qu'il étoit fça-

vant lui-même, il avoit avec lui JEAN-A-
pluſieurs ſçavans, entr'autres *Jac-* CAMPA-
ques Picolomini ſon parent, de NI.
Luques, qui fut depuis Cardinal.
C'étoit un homme ſçavant pour ce
temps-là, & qui aimoit les gens de
Lettres. Campani en fut bientôt
connu, & par ſon moyen s'introdui-
ſit dans la Cour du Pape, où il compoſa deux Ouvrages, l'un : *De la
maniere de ſe conduire dans la Ma-
giſtrature* ; & l'autre, *de la Dignité
du Mariage.*

Sa réputation qui augmentoit
tous les jours, fit naître au Pape
l'envie de le connoître, & Pie II.
ſe fit un plaiſir de donner à Campani la liberté de lui écrire des
Lettres en vers. Ce Pape charmé
des Poëſies de Campani, lui faiſoit
réponſe de ſa propre main ; & l'a-
mitié qu'il conçut pour lui devint
ſi forte, qu'il le fit Evêque de *Cro-
tone*, ville de la Calabre, & enſuite
de *Teramo*, dans l'Abruzze Ulterieu-
re. Campani auroit été Cardinal,
ſi Pie II. ne fût mort. Il fit ſon
Oraiſon Funebre, & écrivit enſuite
ſa vie.

Z iiij

A Pie II. succeda Paul II. qui donna à Campani des marques de sa bienveillance, en lui conferant l'*Archiprestré de saint Eustache*, qui étoit un gros Benefice.

En 1471. ce Pape l'envoya avec le Cardinal de *Sienne* à *Ratisbonne*, où devoit se tenir une Diete de l'Empire, pour y traiter de la Guerre contre le Turc. Campani fit ce qu'il put dans cette rencontre pour s'acquitter de la commission honorable dont le Pape l'avoit chargé ; mais ce Prélat ne sçachant point la Langue du pays, & d'ailleurs n'y pouvant vivre avec le même luxe & la même délicatesse qu'à la Cour de Rome, conçut un si grand dégoût pour l'Allemagne, & pour les Allemands, qu'il ne cessoit de les décrier dans la plûpart de ses Lettres. Ainsi il ne demeura en Allemagne que le moins qu'il pût, & retourna bientôt à Rome.

Paul II. mourut avant son retour, & eut pour successeur Sixte IV. dont Campani avoit été disciple en Philosophie, dans le Collège

de Peroufe. Ce Souverain Pontife JEAN-A.
le reçût fort bien , & lui donna le CAMPA-
Gouvernement de *Todi* en Ombrie. NI.
Il y avoit en ce pays-là de grands
defordres , & comme une efpece de
Guerre Civile. Il fit ce qu'il put
pour appaifer les broüilleries , mais
il ne put y réuffir. On l'envoya à
Foligno & à *Citta di Caſtello*, pour
le même fujet , mais il n'y réuffit pas
mieux.

Enfin le Pape envoya des Troupes pour arrêter ces defordres ;
mais comme ces Troupes n'en com-
mettoient pas moins , & qu'elles
avoient fait de grands excès dans
Todi & dans *Spolete*, ceux de *Citta
di Caſtello*, leur fermerent les por-
tes , en témoignant qu'ils étoient
prêts à faire tout ce que le Pape
commanderoit , pourvû qu'on ne
les obligeât pas à recevoir des Sol-
dats. Là-deffus on affiégea la Ville ,
pour y entrer par force , ce qui
caufa beaucoup de frayeur & de
defordre parmi les habitans. Campani qui en étoit alors Gouverneur ,
voyant la Ville dans cette confu-
fion , écrivit une Lettre fort har-

JEAN-A.
CAMPA-
NI.

die au Pape, où après avoir expo-
sé les offres des habitans, il lui dit :
Si V. S. n'y met point d'autre ordre,
qu'est ce que tout ceci, sinon une cruau-
té digne des Turcs, & non pas une
conduite chrétienne, sacerdotale, ou qui
ressemble à celle du Sauveur ?

Sixte n'eut pas plutôt lû cette
Lettre, qu'ému de colere contre
Campani, il le dépoüilla de son
Gouvernement. *Campani* ne cessa
alors de supplier le S. Pere de lui
pardonner ; mais il ne put le fléchir.
Il employa en vain ses amis, on ne
voulut plus le voir à la Cour, il fut
même banni de l'Etat Ecclesiastique.
Il fallut qu'il se retirât à Naples, où
il fut d'abord assez bien reçû, & le
Roy lui donna le titre de son Secretaire, & lui fit de grandes promesses. Mais voyant qu'on ne lui tenoit
pas ce qu'on lui avoit promis, &
ayant d'ailleurs à souffrir de la ja-
lousie des Courtisans, qui ne ces-
soient de le persecuter, il se retira à
Teramo.

Il aimoit trop le faste & la dé-
pense pour demeurer confiné dans
ce lieu ; ainsi après y avoir été

quelque temps, il alla à Sienne, où JEAN A.
il mourut le 15. Juillet 1477. âgé de CAMPA-
plus de 50. ans.   NI.

Ses meilleurs amis étoient les
Cardinaux Bessarion, & de Pavie
(*Jacques Picolomini.*) Il composa
un jour en l'honneur du premier
une Epître de vingt vers, qu'il lui
fit chanter par des Musiciens mas-
quez, dans un temps de Carnaval.
Le Cardinal en fut si touché, qu'il
donna aux Musiciens autant de
Ducats qu'il y avoit de vers ; & comme Campani feignoit de ne sçavoir
pas qui les avoit faits, Bessarion lui
prenant la main, lui dit agréable-
ment : où sont ces doigs, Campani, qui ont écrit tant de mensonges
de moi ? & lui mit en même temps
au doigt une bague de soixante
Ducats ; il lui donna encore une
Robe fourrée de Martre, dont le
Roy de Pologne lui avoit fait present. Ces vers cependant, qui se
trouvent dans sa vie, ne paroîtront
à personne aussi beaux qu'à Bessarion, qui fit voir qu'il étoit de
l'humeur de cet Ancien, qui disoit
qu'il ne trouvoit point d'harmonie

JEAN-A.
CAMPA-
NI.

plus belle que celle de ses propres louanges.

Pour ce qui est du corps, Campani étoit laid & mal fait ; mais la beauté de son esprit réparoit abondamment ces défauts.

Ses Ouvrages sont écrits avec beaucoup de politesse & d'agrément ; il est vray que le stile n'en est pas égal, ni dans les Vers, ni dans la prose, parce qu'il n'a pas également travaillé tout ce qu'il a fait, mais celles de ses Lettres & de ses Poësies qu'il a travaillées avec soin, sont très-bien écrites & pleines d'esprit & de beaux sentimens. Il imite, quand il veut, heureusement l'antiquité dans l'un & l'autre genre d'écrire, sans qu'il y ait rien qui paroisse forcé ni gêné dans son stile.

On a de lui :

1. *Joan. Ant. Campani Opera, cum ejus vita per Michaëlem Fernum. Romæ* 1495. *in fol. It. Venetiis,* 1502. *in fol.* Ce Receüil contient : 1. Divers traitez de Morale, comme, *De ingratitudine fugienda, de dignitate Matrimonii, &c.* 2. Plu-

fieurs Harangues , comme celle qu'il fit à Peroufe l'an 1455. quand il commença à y profeffer les Belles-Lettres ; l'Oraifon Funebre d'un Duc d'Urbin , celle de Pie II. &c. 3. Neuf Livres de Lettres , dont quelques-unes ont été réimprimées en Allemagne , par les foins de Daumius , avec celles de Textor, 4. La vie de Pie II. 5. Huit Livres d'Elegies & d'Epigrammes. 6. Quelques Sermons.

2. *Epiftola & Poëmata una cum vita auctoris. Recenfuit Jo. Burchardus Menckenius. Lipfiæ* 1707. *in* 8°. Comme les Editions des Ouvrages de Campani étoient très-rares , & de plus remplies de fautes groffieres, M. Menckenius s'eft fait un plaifir de donner au Public fes Lettres & fes Poëfies avec un Extrait de fa vie , par Farno. Il feroit cependant à fouhaiter que cette nouvelle édition fût plus correcte qu'elle n'eft.

3. *Titi-Livii Decades ex editione Campani. Romæ* (1471. & 1472.) fol. Le foin qu'il prit de cette édition a fait croire à quelques per-

JEAN-A. CAMPA-NI.

JEAN- A. fonnes, qu'il avoit été Correcteur d'Imprimerie; ce qui n'eft pas vrai, puifqu'il ne faifoit que préparer la copie pour les Imprimeurs, en la conferant avec des manufcrits.

CAMPA-

NI.

4. *Andreæ Bracchii vita. Bafileæ* 1545. *in-8°*. Cette vie a été traduite en Italien par *Pompée Pellini*, & imprimée à Venife en 1572. *in* 4°. *André Bracchio* étoit un trés-grand Capitaine, natif de *Montone*, dans le Peroufin; les habitans de Peroufe le choifirent pour leur Prince, à caufe de fa valeur & des fervices qu'il leur avoit rendus. Il mourut l'an 1424.

V. *Son Eloge à la tête de fes Oeuvres, & Bibl. choifie, tom.* 24.

DOMINIQUE
BOUHOURS.

D. Bou-
HOURS.

DOMINIQUE *Bouhours*, nâquit à Paris l'an 1628. d'une bonne famille. Dès fa premiere jeuneffe il cultiva avec foin les difpofitions heureufes qu'il avoit pour la pieté & pour les Belles

'Lettres, & ſe fit Jeſuite à ſeize D. Bou-
ans.

Après ſon noviciat & ſes études
de Philoſophie, il enſeigna les Humanitez au Collège de Paris, où il
les avoit étudiées ; mais les frequens maux de tête qui lui prirent
dès-lors, & auſquels il fut ſujet toute ſa vie, obligerent ſes Superieurs
d'interrompre le cours de ſa Re-
gence, aprés quatre années d'exercice. Ils le firent étudier en Théologie, où il ſoûtint deux Actes pu-
blics la quatriéme année, aprés
quoi on l'envoya à *Tours* enſeigner la Rhétorique. Il fit là pluſieurs jolies pieces Latines, qui
commencerenr à luî donner du
nom. Il s'appliqua particulierement à la Langue Françoiſe, & la
cultiva avec d'autant plus de ſoin
qu'il ſatisfaiſoit en cela à une des
obligations des Jeſuites, qui par
leur Inſtitut ſont non ſeulement
tenus d'enſeigner la Grammaire
Latine, mais encore de cultiver la
Langue du Pays où ils vivent, pour
bien former à la traduction des
Auteurs les enfans qu'ils inſtrui-

D. Bou-
HOURS.

sent. Le P. Bouhours s'acquitta si bien de ce devoir, qu'il devint un des plus illustres Grammairiens de son temps, ainsi que le montrent ses Livres, qui ont toute la pureté & la délicatesse du style qu'on peut demander dans des Ouvrages bien écrits.

Ce Pere fut ensuite appliqué à l'éducation des deux jeunes Princes *de Longueville*. Il se comporta si bien dans cet emploi, que Madame la Duchesse de Longueville ne put lui refuser son estime, & que M. le Duc de Longueville l'honora toûjours de sa confiance. Le Comte *de S. Paul*, celui des deux freres qui connut mieux le merite du P. Bouhours, ne cessa jamais de lui donner les marques les plus effectives de sa reconnoissance & de sa tendresse.

La Cour ayant demandé deux Jésuites pour *Dunkerque*, afin d'y aider les Officiers du Roy à rendre les habitans un peu plus François qu'ils ne paroissoient l'être alors, le P. Bouhours fut choisi pour ce sujet. Comme il aimoit l'étude il fçut trouver au milieu des fonc-tions de Miffionnaire qu'il faifoit auprès de la Garnifon & des Ca-tholiques refugiez d'Angleterre, du temps pour compofer.

Lorfqu'il étoit dans cette Ville, M. Colbert fouhaita de lui quel-ques éclairciffemens fur le verita-ble état de cette Ville Maritime, & il trouva les réponfes du Pere fi pleines de fens, qu'il le demanda à fes Superieurs, pour lui confier le foin du jeune Marquis *de Seigne-lay* fon fils.

Depuis fon retour à Paris, il compofa plufieurs Ouvrages où l'on voit regner par tout le difcer-nement, l'agrément & la pureté du langage. Peut-être jamais homme n'a fçu ménager les momens mieux que lui. Les frequens accès de mal de tête qui l'attaquoient, ne lui laiffoient que des intervalles de fanté, & fouvent des intervalles bien courts. Dès qu'il ceffoit de fouffrir, il fe remettoit au travail, & il n'y avoit gueres que la dou-leur, qui pût le lui faire interrom-pre ; c'étoit même un grand fur-

Tome II. A a

D. BOU-
HOURS.

croit de mal pour lui, de se voir alors incapable de s'appliquer à l'étude. Il est mort au College de Louis le Grand le 27. May 1702. en sa 75. année.

La nature avoit peint sur son visage les qualitez de son ame. Il avoit l'air doux & agréable, & la Physionomie spirituelle, & personne n'étoit plus affable, plus obligeant, plus égal & plus ouvert que lui.

Catalogue de ses Ouvrages.

✝ 1. *Relation de la mort d'Henri II. Duc de Longueville. Paris* 1663. *in* 4°. M. de Longueville donna, surtout pendant les dernieres années de sa vie, de grandes marques de confiance au P. Bouhours, l'ayant voulu avoir auprès de lui dans sa retraite de *la Heuse*, & mourir entre ses bras. La relation que ce Pere donna de sa mort fut son premier ouvrage, qui confirma la bonne opinion qu'on avoit déja de sa plume.

2. *Les entretiens d'Ariste & d'Eugene. Paris* 1671. *in* 4°. & *in* 12. It. *Amsterd* 1682. *in* 12. It. *Paris.* 1721. *in* 12. Ces entretiens qui sont

au nombre de ſix , ont pour ſujet : D. Bou-
La Mer, la Langue Françoiſe , le Se- HOURS.
cret, le Bel-Eſprit, le Je ne ſçai quoi,
les Deviſes. Voici le jugement qu'en
porte M. *Barbier Daucourt* , dans ſes
ſentimens de *Cleanthe* ſur ce Livre.
Il eſt bien écrit , le ſtyle en eſt pur,
clair , poli , doux , & avec cela il
y a de la vivacité & du brillant ;
mais on n'y trouve point cette ſo-
lidité d'eſprit qui devroit y être , ni
cette agreable utilité , qui plaît &
qui inſtruit tout enſemble. C'eſt un
Livre ; mais ce n'eſt que cela ; le
bon ſens ne s'y trouve pas toûjours ,
& l'on voit quelquefois en ſa place
un fond d'amour propre , qui ſe
flatte , qui ſe vante , qui juge de
tout à ſa fantaiſie , & qui ſeroit ſeul
capable de gâter un bon Livre. Outre cela les récits y ſont trop longs,
les deſcriptions trop pompeuſes ,
les comparaiſons trop frequentes
& trop parées. M. Daucourt ajoûte que le ſecond entretien qui eſt
de la Langue Françoiſe , eſt copié
mot pour mot du ſeptiéme Livre
des Recherches de la France de
Paſquier & des Avantages de la

D. Bou- Langue Françoise sur la Latine par
HOURS. M. le Laboureur , sans qu'on les cite
en aucune maniere. Le Pere Bou-
hours fit ce qu'il put pour faire su-
primer cette critique , mais il ne
pût en venir à bout

3. *Lettre à un Seigneur de la Cour.*
Elle est contre Mrs. de Port-Royal.

4. *Lettre à Messieurs de Port-Royal,*
contre ce qu'ils ont écrit à M. l'Ar-
chevêque d'Ambrun.

5. *La vérité de la Religion Chré-*
tienne traduite de l'Italien du Mar-
quis de Pianesse, Paris 1672. *in* 12.

6. *Doutes sur la Langue Françoi-*
se proposez à Messieurs de l'Acadé-
mie Françoise par un Gentilhomme de
Province. Paris 1675. *in* 12.

7. *Remarques nouvelles sur la Lan-*
gue Françoise. Paris 1675. *in* 40.
Item. 1676. *in* 12.

8. *Suite des Remarques nouvelles*
sur la Langue Françoise. Paris. 1692.
in 12. Le P. Bouhours pousse dans
cet Ouvrage les choses jusqu'à la
derniere exactitude , & il y entre,
comme il l'a dit lui-même, dans la
plus fine Métaphysique de la Grammaire. Il est vrai qu'il faut être

exact dans le Langage, mais une D. Bou-
trop grande exactitude ne dégéne- HOURS.
re t'elle pas en bagatelle ? Et affecter
d'être fi grand purifte, n'eft-ce pas
s'attirer le reproche que l'Abbé de
la Chambre a fait au P. Bouhours
d'être l'empefeur des Mufes ?

9. *Hiftoire de Pierre d'Aubuffon
grand Maître de Rhodes.* Paris 1676.
in 4º. It. 1677. *in* 12.

10. *La Vie de S. Ignace, Fon-*
dateur de la Compagnie de Jefus. Pa-
ris 1679. *in* 4º.

11. *La Vie de S. François Xavier
de la Compagnie de Jefus, Apôtre
des Indes & du Japon.* Paris 1682.
in 4º.

12. *Sentiment des Jéfuites touchant
le Peché Philofophique en* 3. *Lettres.*
Paris 1690. *in* 12.

13. *La maniere de bien penfer
dans les Ouvrages d'efprit. Dialogues*
(entre Eudoxe & Philanthe). *Paris*
1687. *in* 4º. It. *Paris* 1688. *in* 12.
It. *Amfterd.* 1688. *in* 12. It. *Paris*
1715. *in* 12. Cet Ouvrage a été attaqué avec beaucoup d'efprit en 1703.
par le Marquis Orfi, dans un Ouvrage Italien, & les Journaliftes de Tre-

D. Bou- voux ont tâché dans ce Journal de
HOURS. le défendre contre ses coups.

14. *Lettre à une Dame de Provin-*
ce sur les Dialogues d'Eudoxe & de
Philante ; de la maniere de bien pen-
ser dans les Ouvrages d'esprit. Paris
1688. *in* 12. Le P. Bouhours y répond à ce qu'on avoit trouvé à redire dans le Livre précedent : les
loüanges excessives, qu'il donne à
son Ouvrage, ont fait douter à
quelques-uns que cette Lettre fût
de lui, quoiqu'elle en soit incon-
testablement.

15. *Pensées ingenieuses des Anciens*
& des Modernes. Paris 1689. *in* 12.
It. Amsterdam 1692. *in* 12. Le P.
Bouhours qui avoit amassé plusieurs
matériaux pour son Livre de la
Maniere de bien penser, n'ayant
pû les y faire entrer tous, n'a pas
crû devoir les perdre pour cela, &
en a composé cet Ouvrage qui n'est
qu'un recueil de pensées differentes,
accompagnées de courtes reflexions,
qui en font remarquer la béauté ou
le défaut.

16. *Pensées Ingenieuses des Peres*
de l'Eglise. Paris. 1700. *in* 12. Ce

Livre eſt de même genre que le précedent.

17. *Le Nouveau Teſtament de No-
tre-Seigneur J. C. traduit en françois
ſelon la Vulgate. Paris* 2. Tom.
in 12. Le premier en 1697. & le 2.
en 1703. Le P. Bouhours n'eſt pas
le ſeul Auteur de cette Traduction,
le P. le Tellier & le P. Beſnier Jeſuites y ont auſſi travaillé, le premier en qualité de Théologien, le
ſecond comme étant verſé dans les
Langues Orientales.

18. *Vie de Laurence de Bellefons
Superieure & Fondatrice du Monaſ-
tere des Religieuſes Benedictines de
Notre-Dame des Anges de Rouen.
Paris* 1686. *in* 8°. Cette Dame eſt
morte en 1683.

19. *Opuſcules ſur divers ſujets. Paris* 1684. *in* 12. Ce ſont differens Ouvrages dont quelques-uns avoient
déja paru, comme les deux Lettres contre Meſſieurs de Port Royal,
qui ont été un peu changées dans
cette Edition, & la Relation de la
mort de M. de Longueville.

20. *Penſées Chrétiennes pour tous
les jours du mois. Paris in* 12.

288 Mém. pour servir à l'Histoire

HOURS.

21. *Maximes Chrétiennes*, *in* 12. imprimées plusieurs fois.

22. *Paroles tirées de l'Ecriture pour servir de consolation aux personnes qui souffrent. Ouvrage posthume. Paris* 1704. *in* 24.

23. *Eloge d'Olivier Patru Avocat en Parlement de l'Académie Françoise.* Il se trouve à la tête de ses Oeuvres.

24. *Lettres à Madame la Marquise de .., sur le sujet de la Princesse de Cleves. Paris* 1678. *in* 12. Quoique le Livre de la Princesse de Cleves ait eu beaucoup de reputation, dès qu'il commença à paroître, il s'éleva pourtant un critique, qui ne paroît pas avoir eu intention de l'épargner. On attribue ces Lettres au P. Bouhours. La maniere étudiée d'écrire & de critiquer, & les Citations qu'on fait des doutes d'un Bas-Breton, & des nouvelles Remarques sur la Langue Françoise pourroient servir de preuves pour en convaincre, si on ne le sçavoit d'ailleurs. Il y a cependant quelques sentimens qui ne lui conviennent point, & c'est peut-être

ce

ce qui l'a empêché de s'en avouer D. Bou-
l'Auteur. C'eſt ainſi que parle le P. *le* HOURS.
Long dans la *Bibliotheque Hiſtorique de
la France.* Il eſt ſûr cependant que ces
Lettres ne ſont pas de lui ; mais de
M. du *Trouſſet de Valincourt*, La ſeule
part qu'il y ait eſt d'avoir aidé M. *de
Valincourt* de ſes conſeils & de lui a-
voir fourni quelques remarques ſur
le ſtyle.

25. *Explication de divers termes
françois, comme Enigme, Gryphe, Lo-
gogryphe, &c. que beaucoup de gens
confondent faute d'en avoir une notion
nette,* inſérée dans les Mémoires de
Trevoux, Septembre 1701.

*V. ſon Eloge. Mém. de Trevoux
Juillet* 1702. *& Journ. des Sçav. du
24. Juillet* 1702.

CHARLES FEVRET.

CHARLES *Fevret* nâquit à Se- C. FE-
mur, Capitale de l'Auxois, le VRET.
16. Decembre 1583. Il étoit l'aîné
des enfans de *Jacques Fevret*, Conſeiller au Parlement de Bourgogne.
Il commença ſes études dans ſa Patrie,

Tome II. B b

mais son pere ayant été pourvû en 1595. de la Charge de Conseiller, l'amena à Dijon pour y poursuivre ses études. Trois ans aprés, Charles Fevret alla à *Dôle* étudier la Rhétorique sous le P. *Millieu* Jesuite connu par son *Moyses Viator* imprimé à Lyon en 1636. *in* 12. Aprés avoir fait sa Philosophie dans la même Ville, il vint à Paris étudier en Droit, il alla ensuite à *Orleans*, & de là à *Bourges*, où il prit pendant trois ans les Leçons de Droit sous *Charles Ragueau*, & *Antoine Bengi*.

De retour à *Dijon*, il y fut reçû Avocat au Parlement en 1602. n'ayant encore que dix-neuf ans. Mais n'étant pas encore assez instruit à son gré, il alla trouver à Strasbourg *Denys Godefroy*, qui professoit le Droit dans cette ville avec des applaudissemens extraordinaires. Il étudia sous lui pendant deux ans, & retourna à Dijon en 1604. aprés avoir fait un petit voyage à *Heidelberg*.

Il plaida sa premiere cause au Bareau de Dijon en 1605. âgé de 22. ans, & le fit avec succés. En 1608. il se maria & épousa *Anne Brunet* dont il eût 19. enfans, desquels il restoit

encore quatorze , lorfque fa femme C.   FE-
mourut le 13. Juillet 1637.   V R E T.

Henri de Condé Gouverneur de
Bourgogne lui envoya le 10. Novembre 1626. des *Lettres de Pro-
vifion de l'Etat* , & *Office de Confeiller & Intendant ordinaire de fes
affaires.* Le grand *Louis de Condé*
fon fils lui continua les mêmes
honneurs. Plufieurs Princes lui
confierent auffi leurs interefts & le
comblerent de bienfaits.

L'an 1630. le Roy Louis XIII.
s'étant rendu à Dijon pour y faire
punir les auteurs d'une fédition populaire , *Charles Fevret* fut nommé
pour fupplier Sa Majefté de pardonner aux coupables. Il porta la
parole pour tous les Corps , & fit
un difcours fi éloquent , que le Roi
lui ordonna de le faire imprimer ,
& de le lui envoyer à Lyon. Ce
Prince pardonna aux auteurs de la
fédition & accorda à Fevret une
Charge de Confeiller au Parlement
de Dijon de nouvelle création ;
mais comme on lui témoigna que
Sa Majefté fouhaitoit qu'il exerçat
lui-même la Charge de Confeiller ,

C. FE-
VRET.

dont elle l'avoit gratifié, il refusa de le faire, ne voulant point quitter sa profession d'Avocat, qu'il remplissoit avec tant de réputation. Il fut obligé de se contenter d'une Charge de Secretaire de la Cour aux gages de 900. liv. qui lui fut donnée gratuitement.

Ce fameux Jurisconsulte mourut à Dijon le 12. Aoust 1661. âgé de près de 78. ans. Il avoit pris pour sa devise: *Conscientia virtuti satis amplum theatrum est.*

Catalogue de ses Ouvrages.

1. *Discours prononcé en présentant au Parlement les Lettres de Grace d'Helene Gillet, condamnée à être décapitée,* inserée dans le dixiéme tome du Mercure François de 1625. p. 535. Cette affaire est si singuliere qu'elle mérite d'être rapportée ici. *Helene Gillet* fille de *Pierre Gillet,* Châtelain Royal de Bourg en Bresse, convaincue d'avoir fait mourir son fruit, fut condamnée à perdre la tête par Arrêt du Parlement de Dijon. Le Bourreau qui n'entendoit pas son métier, la lui voulant couper la frappa à l'épaule gauche, & un autre coup qu'il lui porta ne la blessa que legere-

ment. Les murmures du peuple l'o C. Fe-
bligerent alors à s'enfuir, mais fa V R E T.
femme, qui étoit auffi fur l'échafaut
voulut fupléer à fon défaut, & fit
fes efforts pour l'étrangler, mais
elle n'en put venir à bout ; on lui
jetta même une fi grande quantité
de pierres, auffi bien qu'à fon mari,
qu'ils en furent accablez tous les
deux. Helene fut menée chez un
Chirurgien, à qui le Magiftrat permit de la penfer, & le Roi lui accorda fa grace en faveur du mariage de
fa fœur Henriette.

2. *Hiftoire de la fedition arrivée
en la Ville de Dijon le 28. Fevrier
1630. & le jugement rendu par le
Roy fur icelle. Lyon 1630. in 8°.*
Cette Brochure a été auffi inferée
dans le feiziéme tome du Mercure
François de 1630. p. 152. L'Auteur
eft mal appellé *Jacques* dans le titre
de cette Hiftoire.

3. *Préface latine & trois Diftiques
latins fur fes Armoiries.* Dans l'Indice Armoirial de Geliot.

4. *Harangue faite au Parlement de
Dijon le 20. Novembre 1631. fur la
préfentation & lecture des Lettres du*

B b iij

C. Fe-
VRET.

*Gouvernement de Bourgogne en fa-
veur de Henri de Condé. Dijon in 4°.*

5. *Discours prononcé au Parlement,
lorsque les Lettres d'exemption de Tail-
les pour S. Jean de Losne furent en-
registrées en Decembre* 1636. Le P.
Martenne p. 196. de son Voyage
Littetaire en donne un extrait assez
long.

6. *Dix-sept Distiques à la louange de Naudé* p. 86. du *Tumulus
Naudæi*, imprimé en 1659.

7. *Harangue faite au Parlement de
Dijon l'onze Mars* 1647. *à la présentation des Lettres du Gouvernement de Bourgogne, en faveur de
Louis de Condé. Dijon* 1647. *in* 4°.
La seconde présentation pour le
même sujet fut prononcée le 15.
Avril 1660. lorsque ce Prince ren-
tra en grace après la paix des Pyrenées & fut imprimée la même année *in* 4°. à Dijon.

8. *De Claris Flori Burgundici
Oratoribus Dialogus. Divione* 1654.
in 8°. Ce Dialogue est bien écrit &
estimé.

9. *Traité de l'Abus & du vrai
sujet des Appellations qualifiées du*

nom d'*Abus. Dijon* 1654. *fol. &C.* F E-
Paris 1655. Ce n'est qu'une seule V R E T.
& même édition avec differens titres. Deuxiéme édition revûe &
fort augmentée, donnée par le fils
de l'Auteur, *Jacques Fevret, Sei-*
gneur de Magni, Conseiller au Parle-
ment de Dijon, & *Antoine Fevret*,
sieur de J. *Mesmin. Lyon* 1667, *in*
fol. Elle est divisée en deux volumes, qui souvent sont reliez en un.
Troisiéme Edition plus correcte &
plus ample 1677. *fol. Lyon.* La
même a été donnée comme de l'année 1681. Quatriéme Edition 1689.
fol. Lyon. Dans ces deux dernieres
éditions, on a retranché l'Epitre
Dédicatoire & les Vers qui étoient
au-devant des deux premieres éditions, & on a mis en marge des
notes que les gens du métier n'ap-
prouvent pas. Ce Traité est un
chef-d'œuvre & un Livre Original, la matiere y est épuisée, il sert
de regle & d'oracle à tous les Tri-
bunaux, & selon M. Lenglet,
c'est l'Ouvrage le plus sçavant & le
plus necessaire que nous ayons sur
les matieres Ecclesiastiques. Ce Li-

C. FE-
VRET.

vre fut d'abord critiqué, & l'Auteur ne manqua pas de répondre aux critiques que l'on en fit par l'Ouvrage suivant :

10. *Remarques faites sur le Traité de l'abus par une personne de mérite, commise par Monseigneur le Garde des Sceaux à la lecture de ce Traité, pour lui en faire le rapport; les raisons sur lesquelles elles ont été établies, & les réponses de l'Auteur aux remarques & raisons. Dijon & Paris* 1654. *in* 8o. Cette Brochure de 53. pages a été inserée dans toutes les éditions du Traité de l'abus, qui ont suivi la premiere.

11. *De Officiis Vitæ Humanæ sive in Pibraci Tetrasticha Commentarius. Lugduni* 1667 *in* 12. Cet Ouvrage est un badinage Poëtique de Fevret.

12. *Carmen de Vita sua.* C'est un Poëme de 300. Vers qui a été inseré dans la continuation des Mémoires de Litterature, tome deux, p. 155.

V. son Eloge par M. l'Abbé Papillon. Cont. des Mém. de Litterat. Ib. & Bayle, Diction.

CHARLES SPON.

CHARLES *Spon* nâquit le 25. Decembre 1609. à Lyon, où ſon pere étoit un Marchand conſiderable, & où ſon ayeul natif *d'Ulme* en Allemagne étoit allé s'établir pour le negoce. Il fut envoyé à l'âge d'onze ans à *Ulme*, pour y apprendre le Latin, & il y fit de trés-grandes progrés. Il avoit un ſi beau talenr pour la Poëſie Latine, que dés l'année 1624. il réuſſiſſoit admirablement à faire routes ſortes de Vers Latins. A ſon retour d'Allemagne il fut envoyé à Paris, où il continua ſes études. Il étudia deux ans en Philoſophie ſous M. *de Rodon*; enſuite il s'appliqua à la Medecine pendant trois ou quatre ans. Il apprit auſſi les Mathématiques & l'Aſtronomie ſous *Jean-Baptiſte Morin.*

Il quitta Paris en 1632. & s'en alla à *Montpellier*, où il ſe fit recevoir Docteur la même année; il fut aggregé au College de Medecine

C. Spon. de Lyon le 7. Aouft 1635. aprés avoir pratiqué deux ans de fuite, au *Pont de Vefle* dans la Brefle, pour fatisfaire a la coutume du College de Lyon, qui veut que les Afpirans faffent quelques années de pratique hors la ville.

Depuis ce tems là il a pratiqué la Medecine à Lyon avec beaucoup d'applaudiffement jufqu'à fa mort. M. Coufinot Medecin du Roy lui procura en 1645. des Lettres de Medecin du Roy par quartier, mais ce n'a été pour lui qu'un titre honoraire, auquel il a été moins fenfible, qu'au commerce qu'il entretenoit reglément avec plufieurs Sçavans de l'Europe.

Il fçavoit le Grec en perfection, & il entendoit l'Allemand auffi bien que fa langue maternelle. Il a toûjours cultivé la Poëfie latine. Il mit en Vers les Aphorifmes d'Hippocrate l'an 1636. mais parce que d'autres Auteurs en firent autant, il ne voulut pas publier les fiens. Il a fait auffi une Mytologie en Vers Latins, qu'il n'a pas publiée.

Il a contribué à l'impreffion de

pluſieurs ouvrages ; on peut même C. Spon.
dire qu'il en paroiſſoit peu à Lyon,
qu'il ne prit ſoin de revoir. C'eſt
lui qui a donné au Public les Lettres de *Sennert*. Il fit auſſi imprimer en 1661. les Prognoſtiques
d'Hippocrate en Vers Heroïques,
qu'il intitula *Sibylla Medica*, &
qu'il dédia à ſon ancien ami Guy
Patin.

Il mourut le 21. Février 1684.
dans ſa 75. année. Il étoit d'une
humeur fort douce, ſans ambition,
parlant peu & n'aimant que ſon
cabinet.

Outre les Ouvrages dont on *a*
parlé, il a publié un *Appendice*
Chimique à la pratique de Pereda, &
la Pharmacopée de Lyon à laquelle
le College l'avoit chargé de travailler.

La République des Lettres lui
eſt moins redevable de tous ſes ouvrages, que de ce qu'il a mis au
monde un fils auſſi illuſtre que l'a
été Jacob Spon.

V . *ſon Eloge, Repub. des Lettres.*
1684. *Juillet.*

JULES MASCARON.

JULES *Mascaron*, nâquit à Marseille au mois de Mars 1634. *Pierre-Antoine Mascaron* son pere étoit Avocat au Parlement d'Aix en Provence, & se distinguoit dans sa profession. Jules Mascaron instruit par un pere si habile, s'appliqua à cultiver les talens qui étoient hereditaires dans sa famille. Il entra fort jeune dans la Congregation des Prêtres de l'Oratoire, & y fit de si grands progrés dans ses études, qu'à l'âge de vingt-deux ans il professa la Rhetorique au Mans.

Après avoir fait sa Théologie, il se donna tout entier à la Prédication, & se fit admirer à *Saumur*, à *Marseille* à *Aix*, à *Nantes*, & dans plusieurs autres Villes du Royaume. Dès qu'il fut à *Paris*, la Cour voulut l'avoir, & il prêcha plusieurs fois avec applaudissement devant le Roy. Après qu'il eut été applaudi pendant cinq

ou fix ans, ce Prince le nomma J U L E S
en 1671. Evêque de *Tulles*, d'où il MASCA-
fut enfuite transferé à *Agen*. RON.

Quoique fort attaché à remplir
les devoirs de l'Epifcopat, il prêcha encore plufieurs fois à la Cour,
où l'on fe faifoit toûjours un nouveau plaifir de l'entendre. Il eft
mort le 16. Novembre 1703. d'une
hydropifie de poitrine, âgé de
69. ans

On a de lui :

Recueil d'Oraifons Funebres. Paris
1704. *in* 12. Quoique le fuccès de
toutes les pieces qui compofent ce
Recueil, & des Sermons du même
Auteur ait été fort grand de fon
tems, on n'en juge pas à prefent fi
favorablement.

V. *fon Eloge à la tête de fes Orai-*
fons funebres par Charles Border,
Prêtre de l'Oratoire.

SCIPION DUPLEIX.

SCIPION *Dupleix* nâquit en 1569. à *Condom* d'où étoit fa mere. *Guy Dupleix* fon frere fut employé par le Maréchal de *Montluc*, pour fecourir *Casteljaloux*. Dupleix perdit fort jeune fes parens, qui étant attaqués d'une maladie populaire, appellée *Coqueluche*, furent empoifonnez, à ce qu'on prétend dans la famille, par un Garcon Apoticaire de la nouvelle Religion, en haine des cruautez que le Maréchal de Montluc & fes Troupes avoient exercées contre les Religionnaires.

Il fut élevé dès fa plus tendre jeuneffe dans les Sciences & les Lettres qu'il cultiva toujours depuis, & il affure lui-même qu'il a donné des ouvrages au Public pendant plus de 50. ans.

Il vint à Paris en 1605. avec la Reine *Marguerite*, qui le fit depuis Maître des Requêtes de fon Hôtel. On lui reproche avec rai-

ſon, qu'après en avoir fait ſon hé- SCIPION
roïne pendant ſon vivant, il en DUPLEIX
parla, dès qu'elle fut morte, avec
auſſi peu de reſpect que de recon-
noiſſance. C'étoit avoir mal profi-
té de l'étude de la Philoſophie, par
laquelle il avoit commencé à com-
poſer, & démentir l'air auſtere qui
paroiſſoit ſur ſon viſage, & qu'une
longue barbe qu'il portoit toûjours,
rendoit encore plus grave.

Les Memoires des Gaules qu'il
publia en 1619. lui procurerent le
titre *d'Hiſtoriographe de France* ; ce
fut le principal avantage qu'il tira
de tous ſes ouvrages. Enfin las de
courir aprés la fortune, ſans pouvoir la trouver, il ſe retira dans ſa
Patrie avec ce titre & celui de *Con-*
ſeiller d'Etat, dont il prétendoit
avoir exercé la Charge. Mais cette
qualité, qui s'obtenoit alors plus ai-
ſément qu'aujourd'hui, ne pût lui
donner aucun rang dans Condom,
& les Juges ne voulurent point lui
ceder le pas. Ce refus vint de ce
qu'ils l'accuſoient d'avoir conſeillé
le démembrement de leur Préſidial
en faveur de celui de Nerac, érigé

SCIPION depuis l'autre. La préſomption
DUPLEIX. étoit pour eux, car il eſt certain
que la Cour avoit donné à vendre
au profit de Dupleix les trois premieres Charges du nouveau Préſidial.

David Ancillon prétend que
Dupleix mourut de chagrin de ce
que M. le Chancelier Seguier avoit
fait brûler les Ouvrages qu'il avoit
faits pendant 15. ans touchant les
Libertez de l'Egliſe Gallicane, pour
l'impreſſion deſquels il demandoit
un Privilege ; quoiqu'il en ſoit il
mourut à Condom au mois de Mars
1661. âgé de 92. ans.

Ses Ouvrages ſont :

1. *Cours de Philoſophie* 1607.
in 8°. 2. tom. C'eſt le premier ouvrage de Philoſophie que l'on ait
publié en François. & il s'en eſt
fait pluſieurs éditions, entr'autres,
une à Rouen 1626 *in* 80. 2. tom.
où il prend la qualité de *Conſeiller
du Roy, Lieutenant Particulier, Aſ-
ſeſſeur Criminel au Siege Préſidial de
Condom , & Maître des Requêtes
ordinaire de la Reine Marie* ; & une
autre à Paris. *in* 8°. 1632. en 3.

tomes,

Tomes, augmentée. Il y en a une dé
diée à *Antoine de Bourbon*, *Comte de*
Moret, *fils légitimé du Roy Henry IV.*
dont il étoit Précepteur.

2. *Mémoires des Gaules depuis le*
déluge jufqu'à l'établiffement de la Mo-
narchie Françoife, *avec l'Etat de l'E-*
glife, & *de l'Empire*, *depuis la Naif-*
fance de Jefus-Chrift. Paris 1619. *in*
4º. C'eft ce que cet Auteur, d'ailleurs peu exact, a donné de meilleur.
Ces Mémoires font auffi imprimez
au commencement de fon Hiftoire
Generale de France.

3. *Inventaire des erreurs*, *fables*,
& *déguifemens remarquables en l'In-*
ventaire generale de l'Hiftoire de Fran-
ce, *de Jean de Serres. Paris* 1625. *in*
8º. 2. édition. *Paris* 1630. *in* 8º.
3. édition, corrigée & augmentée,
Paris 1633. *in* 8º. Ce Livre fut affez
bien reçû.

4. *Hiftoire generale de France de-*
puis Pharamond jufqu'à prefent, *avec*
l'état de l'Eglife & *de l'Empire*, &
les Mémoires des Gaules depuis le délu-
ge jufqu'à l'établiffement de la Mo-
narchie Françoife. Paris, *in fol.* 5.
volumes. Le premier tome qui finit

Tome II. C c

SCIPION
DUPLEIX.

avec la ſeconde Race, a été imprimé en 1621. 1631. 1634. 1639. Le
deuxiéme qui va juſqu'à la mort de
Louis XI. l'a été en 1624. 1638.
Le troiſiéme qui ſe termine à la
mort d'Henry III. a été imprimé
en 1630. 1637. 1641. Le quatriéme
qui comprend les regnes d'Henry
IV. & de Louis XIII. juſqu'en
1635. l'a été cette année-là. Le cinquiéme qui contient la continuation
du regne de Louis XIII. juſqu'en
1643. l'a été auſſi cette année. La
même Hiſtoire continuée juſqu'en
1648. a été réimprimée à Paris en
1648. 5. *vol. in fol.* 1650. 1654.
1663. Dupleix eſt net & méthodique dans ſa narration ; mais le ſtile
en eſt deſagréable. Il diviſe ſon Hiſtoire en Chapitres , & ſes Chapitres
en articles , diviſion peu convenable
à l'Hiſtoire dont la ſuite ne doit point
être interrompue. Il lui a donné un
mérite qu'on connoiſſoit peu avant
lui , qui eſt de citer en marge les
Auteurs qui lui ont fourni les faits
qu'il rapporte. Ce n'eſt pas qu'il
ſoit toûjours juſte , ni qu'il ait lû
tous les Auteurs qu'il cite ; il a même

trop négligé les *Antiquités de Fauchet*, où il auroit pû s'inftruire de plufieurs circonftances que Fauchet avoit puifées dans de bonnes fources.

A l'égard des deux premieres races, il en dònne mieux l'Hiftoire que tous ceux qui l'ont précedé, excepté Fauchet ; pour la troifiéme on lui doit cette juftice, qu'aucun Auteur n'en avoit fi bien & fi amplement traité dans une Hiftoire generale, quoiqu'il foit tombé dans plufieurs fautes. Tout ce qu'il a publié jufqu'au regne d'Henry IV. lui avoit attiré des applaudiffemens ; mais quoique dans l'Hiftoire de Louis XIII. il donnât de grands éloges à ceux qui étoient en faveur, comme il rabaiffa auffi ceux qui étoient dans la difgrace, il fe fit des ennemis : & comme il n'avoit pas menagé les Hiftoriens qui avoient écrit avant lui , on lui rendit peut-être plus juftement ce qu'il leur avoit reproché.

Les reproches qu'on lui fit de la venalité de fa plume font bien fondez , & il s'en eft toûjours défendu fort mal. Il eft certain qu'il a écrit

SCIPION DUPLEIX.

SCIPION
DUPLEIX.

comme l'a voulu le Cardinal de Richelieu, & souvent sur ses Mémoires. Ce Cardinal eut la patience de lire avant l'impression les deux derniers regnes de l'Histoire de Dupleix, & même d'en revoir les épreuves à *Ruelle*; c'est ce qui a porté l'Auteur de l'Apologie du Maréchal d'*Ornano*, d'appeller l'Histoire de Louis XIII. *l'Histoire des Fourberies du Cardinal de Richelieu.* Au reste, la basse flatterie qui lui faisoit combler de louanges ce Cardinal ne subsista que pendant sa vie : car lorsqu'il fût mort, comme la crainte & l'esperance ne l'obligeoient plus à rien celer, il en a parlé avec plus de liberté qu'il n'avoit fait auparavant.

5. *Philotime, ou Examen des notes d'Aristarque sur l'Histoire de Louis* XIII. *par Scipion Dupleix. Paris* 1637. *in* 8°. Entr'autres adversaires que Dupleix s'attira par sa trop grande liberté à blâmer ceux qui étoient dans la disgrace, le Maréchal de Bassompiere se signala, en le convainquant d'ignorance & de mauvaise foi dans les remarques qu'il eut le loisir de faire pendant qu'il fut dé-

tenu à la Baftille, fur les vies des Scipion Rois Henry IV. & Louis XIII. Ces Dupleix, remarques coururent fort long-temps manufcrites, & on y fit des additions que l'Auteur a defavouées. Elles furent compofées en 1636. mais on ne les imprima qu'en 1665. *in* 12. à Paris. Dupleix pour y répondre, fuppofa que fes remarques n'étoient point de M. de Baffompiere, mais d'une main moins habile, afin d'être moins gêné par les égards dûs à un tel adverfaire, & compofa pour cela cet Ouvrage, où l'on peut dire qu'il fe défend affez mal.

6. *Réponfe à S. Germain, ou les lumieres de M. de Morgues pour l'Hiftoire de France éteintes. Condom* 1645. *in* 4°. Saint Germain de Morgues avoit publié contre lui : *Lumieres de l'Hiftoire de France, & pour faire voir les calomnies & autres défauts de Scipion Dupleix.* 1643. *in* 4°. M. Dupleix tâcha de lui répondre le moins mal qu'il pût dans cet Ouvrage, où il ne menage nullement cet adverfaire.

7. *Généalogie de la Maifon d'Eftrade en Agenois. Bourdeaux* 1655. *in* 4°.

SCIPION DUPLEIX. 8. *Histoire Romaine depuis la fondation de Rome jusqu'à l'an de J. C. 1630. Paris in fol. 3. vol. 1638.* Elle est écrite avec aussi peu d'élegance que tout ce qui est sorti de la plume de cet Auteur.

9. *Liberté de la Langue Françoise dans sa pureté, ou discussion des remarques de Vaugelas sur la même Langue. Paris 1651. in 4°.* Un homme dont le stile étoit si mauvais n'étoit gueres propre à donner des regles sur la pureté de la Langue.

10. *Obscuriores & rudiores Despauteri versus in Grammatica lingua in dilucidiores & elegantiores commutati 1644.*

11. *Les Loix Militaires touchant le Duel, en 4. Livres, de toutes sortes de Duels, de l'honneur & du démentir, de l'appareil & circonstances du Duel, des appointemens des querelles. Paris 1602. in 4°. It. Paris 1611. in 8°.*

V. le *P. le Long, à la fin de sa Bibl. des Historiens de France.*

PIERRE LE NAIN.

PIERRE *le Nain*, fils de M. *le* **PIERRE** *Nain* Conſeiller au Parlement, **LE NAIN.** & depuis Maître des Requêtes, & de *Marie le Ragois*, nâquit à Paris le 25. Mars 1640. Il fut élevé ſous les yeux de M. *le Nain* ſon grand pere, qui étoit Sous-Doyen du Parlement, & de M. *de Bragelonne* ſa grande-mere, qui avoit pour Directeur S. *François de Sales.*

Dès ſa plus tendre jeuneſſe on remarqua en lui un fond d'eſprit admirable, beaucoup de vivacité, une facilité ſurprenante à apprendre, beaucoup d'exactitude à remplir ſes devoirs, & ce qui eſt encore moins commun dans les jeunes gens, les ſentimens de la pieté la plus tendre. Après avoir fini ſes études, il paſſa quelques années dans la maiſon paternelle avec la même regularité qu'il auroit fait dans un Cloître.

Il entra enſuite à S. Victor, où il parut comme un modele d'exacti-

PIERRE
LE NAIN.

tude & de penitence. Son humilité lui faisoit desirer de n'être pas
élevé aux Ordres Sacrez, mais ses
Superieurs connoissoient trop son
mérite pour se conformer en cela
à ses sentimens, il fut ordonné
Prêtre & celebra sa premiere Messe
en 1667. âgé de 27. ans. Ce nouveau degré d'honneur ne fit qu'augmenter en lui l'esprit de retraite
& de penitence. L'Abbaye de la
Trappe, où la reforme étoit établie depuis peu, lui parut un endroit propre à satisfaire son zéle. Il
y prit l'habit le 21. Novembre
1668.

Sa retaite fit grand bruit, M.
de Perefix, pour lors Archevêque
de Paris, le reclama, & écrivit à
l'Abbé de la Trappe, pour l'engager à renvoyer ce Novice à Saint
Victor. L'Abbé *de Rancé* represen-
ta que ce Religieux avoit fait son
devoir, puisqu'il avoit demandé
la permission à ses Superieurs, quoiqu'il ne l'eût pas obtenuë. L'affaire
n'alla pas plus loin. L'Archevêque
persuadé des bonnes intentions du
Chanoine Regulier, consentit qu'il
fît

fit profeffion à la Trappe, ce qui PIERRE s'executa un an après fa prife d'ha-LE NAIN. bit.

D. Pierre le Nain avoit un attachement fincere pour l'Abbé de Rancé, & ne négligeoit rien pour marcher fur fes traces, & pour foûtenir la reforme ; il fut longtems Sous-Prieur fous lui, & préfidoit aux Conferences du Chapitre. Après la mort de cet Abbé arrivée en 1700. il eut le chagrin de voir dans fon Succeffeur moins d'application fur le fpirituel & le temporel même de la Maifon diminué par de fauffes mefures qu'il avoit prifes pour l'augmenter. Quelques plaintes, qui lui échapperent, lui procurerent des chagrins de la part du nouvel Abbé, qui lui ôta la parole au Chapitre.

Il avoit été plufieurs fois dangereufement malade, mais fur la fin de fa vie fes maladies furent plus frequentes. Il mourut le 14. Decembre 1713. âgé de 73. ans.

On a de lui les Ouvrages fuivans.

1. *Effai de l'Hiftoire de l'Ordre*

Tome II. D d

Mem. pour servir à l'Histoire de Citeaux, tirée des Annales de l'Ordre, & de divers autres Historiens. Paris, 9. tom. in 12. 1696. 1697.

2. *Vie d'Armand-Jean le Bouthilier de Rancé, Abbé de la Trappe. Rouen 1715. in 12. 3. volumes. It. Paris.*

3. *Homelies sur plusieurs Chapitres du Prophete Jeremie. Paris in 8°. 2. tomes, 1. tome en 1697. & le 2. en 1705.*

4. *Traitez sur l'état du monde après le Jugement dernier, & sur le scandale qui peut arriver même dans les Monasteres les mieux reglez. Paris 1715. in 8°. imprimez avec sa Vie.*

THIERRY RUINART.

THIERRY *Ruinart*, nâquit à *Rheims* d'une honnête famille le 10. Juin 1657. Après avoir fait ses études, il entra dans la Congrégation de S. Maur à l'âge de 17. ans, c'est-à-dire, en 1674. & fit profession l'année suivante le 19. Octobre dans l'Abbaye de *S. Faron de Meaux*. Il étudia en Philo-

fophie & en Theologie à *S. Pierre* T. RUI-
de Corbie, & fit de fi grands pro- NART,
grès dans les fciences qu'en 1682.
le P. *Mabillon* le choifit pour com-
pagnon de fes travaux Litteraires.
On peut juger combien il fe perfectionna fous un fi grand Maître,
puifqu'il fe trouva en état de publier en 1690. *les Actes des Martyrs,*
qui donnerent une grande opinion
de ce qu'on devoit attendre de lui.

Il ne la démentit point dans la
fuite, & ce fût lui qui après la mort
du P. Mabillon fut le dépofitaire
de fes papiers & de fes Memoires,
pour continuer les Actes des Saints
& les Annales de l'Ordre, aufquels
il avoit travaillé avec lui. Il fit,
pour ramafler des nouveaux Mémoires, un Voyage en Champagne qui lui fut funefte, car en re-
venant à Paris, il tomba malade
au Monaftere de *Hautvilliers* de la
Congregation de S. Vannes, & y
mourut le 24. Septembre 1707. âgé
de 50. ans.

Catalogue de fes Ouvrages.

1. *Acta primorum Martyrum fince-*
ra & felecta ex Libris tum editis, tum

D d ij

T. Rui-
N A R T.

manuscriptis collecta, eruta, & emendata, notisque & observationibus
illustratur. Præmittitur Præfatio Generalis in qua refellitur dissertatio unde-
cima Cyprianica Dodvvelli de Pau-
citate Martyrum. Paris. 1689. in 4°.
2. Editio ab ipso Auctore recognita,
emendata & aucta. Amstelod. 1713.
fol. On n'a rien oublié pour la
beauté de cette seconde édition
que le P. Ruinart a vû commencer, mais qu'une mort prématurée
l'a empêché de voir finir. La Préface est contre M. Dodwel, qui se
fondant sur les Martyrologes, qui
font d'autant plus simples & plus
vuides, qu'ils font plus anciens, &
fur un passage d'Origene, prétendoit enlever à l Eglife ce grand
nombre de Martyrs dont elle fe
fait gloire; le P. Ruinart le refute
avec beaucoup de force. M. Drouët
de Maupertuis a traduit en François ces Actes des Martyrs, & les
a fait imprimer en 1708. en 2. volumes *in* 12.

2. *Historia persecutionis Vandalicæ in duas partes distincta. Prior
complectitur Victoris Vitensis Libros*

V. & alia antiqua Monumenta cum T. Ru-
notis & obſervationibus. Poſterior, N A R T.
*Commentarium Hiſtoricum de perſe-
cutionis Vandalicæ ortu progreſſu &
fine. Pariſ.* 1694. *in* 8°. La ſeconde
partie qui contient un détail curieux de la perſecution des Vanda-
les, eſt pour ſupléer à ce qui manque à l'Hiſtoire de *Victor de Vite.*

3. S. *Georgii Florentini , Gregorii
Epiſcopi Turonenſis Opera omnia ,
necnon Fredegarii Scholaſtici Epitome
& Chronicum. Pariſ.* 1699. *in fol.*
La Préface, qui précede cette édition de S Gregoire de Tours , contient pluſieurs obſervations curieuſes touchant cet Evêque & les affaires de France de ce tems-là ; les
Notes que le P. Ruinart a ajoûtées à
l'Ouvrage même ſont courtes, mais
préciſes , & ne laiſſent rien à deſi-
rer pour l'intelligence du Texte.

4. En 1701. le P. Ruinart publia conjointement avec le P. Mabillon les deux tomes du vi. ſiécle
Benedictin, c'eſt à-dire , l'Hiſtoire
de ce qui s'eſt paſſé dans cet Ordre pendant l'onziéme ſiécle de
l'Egliſe, 2. vol. *in fol.*

D d iij

T. Rui- 5. *Apologie de la Mission de saint*
N A R T. *Maur Apôtre des Benedictins en*
France, avec une addition touchant
S. Placide premier Martyr de l'Or-
dre de S. Benoît. Paris 1701. *in* 8°.
Le P. Ruinart a traduit cet Ouvrage en latin, & il a été inferé en cette langue à la fin du premier tome
des Annales de l'Ordre de faint Benoît.

6. *Ecclesia Parisiensis vindicata*
adversus Bartolomæi Hermonii duas
disceptationes de antiquis Francorum
diplomatibus. Paris. 1706. *in* 12.
Cet Ouvrage eft contre le P. Ger-
mon Jefuite.

7. Le P. Mabillon étant mort
en 1707. lorfqu'on travailloit à la
feconde édition de fa Diplomati-
que, D. Ruinart fon cher Difciple
prit foin d'achever l'édition, & d'y
ajoûter une Préface remplie de nouvelles obfervations.

8. *Abregé de la Vie de D. Jean*
Mabillon, Religieux de S. Germain
des Prez, de la Congregation de S.
Maur. Paris 1709. *in* 12. *Eadem*
latine reddita & aucta. Patavii
1714. *in* 12. Cette traduction a été

faite par *D. Claude de Vic*, Bene- T. Ru-
dictin de la Congregation de Saint NART.
Maur.

9. Il a auſſi mis en ordre les Materiaux que le P. Mabillon avoit
amaſſés pour le cinquiéme tome des
Annales Benedictines, & après y
avoir fait les additions neceſſaires,
il l'a mis en état de voir le jour. Il
n'a pû cependant le faire imprimer, il n'a paru qu'en 1713. par
les ſoins du P. Maſſuet.

10. *Diſquiſitio Hiſtorica de Pallio
Archiepiſcopali.* Cet Ouvrage ſe
trouve avec les deux ſuivans dans
le Recueil des Ouvrages poſthumes de *D. Jean Mabillon* & de
D. Thierry Ruinart publiez par *D.
Vincent Thuiller* à Paris 1724. 3.
vol. *in* 4°.

11. *Vita Urbani II. P.* L'érudition & la critique regne dans cette
Vie d'un bout à l'autre. On ne s'y
contente pas d'y alleguer des faits,
on les juſtifie encore par des actes,
& l'on y diſcute exactement ceux
qui ſont conteſtez.

12. *Th. Ruinarti Iter Litterarium
in Alſatiam & Lotharingiam.* L'Au-

teur employa à ce Voyage depuis
le 20. Aouft 1696. jufqu'au dixiéme Novembre fuivant. La defcrip-
tion qu'il en fait eft du même
goût que celle que le P. Mabillon
a fait de fes Voyages, c'eft-à-dire,
qu'il eft compofé en faveur de ceux
qui font curieux de Chartres, de
Manufcrits, & d'autres Pieces de
cette nature.

*V. fon Eloge dans la Préface de
la feconde édition de fes Actes des
Martyrs, & du cinquiéme Tome des
Annales de l'Ordre de S. Benoift par
le P. Maffuet. Pez Bibliot. San-
Mauriana. Bibl. des Auteurs de la
Congregation de S. Maur.*

JEAN PASSERAT.

JEAN *Pafferat* nâquit à Troyes
en Champagne le 18. Octobre
1534. de *Pantaleon Pafferat* & de
Nicole Thienot. Pantaleon avoit
beaucoup voyagé & ne manquoit
pas de fçavoir; il avoit un beau-
frere qui étoit Chanoine de la Cathedrale de cette Ville, & qui prit

foin de faire étudier fon neveu ; ce J. PASSE-
qui fait croire que Pantaleon n'é- RAT.
toit pas en état de faire cette dépenfe, ou qu'il étoit mort fans avoir
laiffé à fon fils de quoi fournir aux
frais de fon éducation. Son oncle
l'envoya au College de cette Ville,
où le Regent, fous lequel il étudioit, le traita fi mal que le jeune
Pafferat fe fauva de Troyes, & alla
à Bourges. Il n'y put fubfifter autrement, qu'en fe mettant en fervice chez un homme qui faifoit
travailler à des Mines de fer dans
ce Pays-là. Il paffa peu de temps
après à *Sancerre* Ville fameufe fur
la Loire à fept lieues de là, & s'y
mit au fervice d'un Religieux de S.
Satur. Mais après avoir demeuré
avec lui trois ou quatre mois, il fe
laffa du fervice, & s'en retourna à
Troyes, où fon oncle lui pardonna
fa fuite, & le remit au College, où
il l'entretint trois ans.

Il l'envoya enfuite à Paris, où il
entra dans le College de Rheims.
De retour à Troyes, il fit connoiffance avec un nommé *Lefcot*, que
l'on eftimoit pour fon fçavoir dans

la Langue Latine, & qui fut cause
de son avancement. Car Lescot
ayant été appellé au College du
Plessis pour regenter la Rhetorique,
il procura à Passerat une poste dans
le même College & le fit choisir
pour Régent de Seconde.

Passerat ne se borna pas alors à
l'instruction de la Jeunesse, il étudia encore en son particulier les anciens Auteurs Grecs & Latins, &
fit des derniers des Recueils en forme de Dictionnaire, où il marqua
avec beaucoup de soin les significations de chaque mot, & commença à s'acquerir par là une connoissance exacte de la Langue Latine
dans laquelle il écrivoit avec beaucoup de politesse. Ce que l'Auteur
de sa vie dit de ce Dictionnaire est
apparemment la raison qui a engagé les Libraires de Lyon, qui im-
primerent autrefois celui d'Am-
broise Calepin, de mettre au titre,
que Passerat l'avoit revû & augmenté, quoiqu'il n'y eût rien fait.
On peut s'en assurer par les fautes
grossieres qu'il y a, & que Passerat n'étoit pas capable de commet-
tre.

Après avoir été quelque temps J. P A s-
dans le College *du Plessis*, il passa ERAT.
à celui du *Cardinal le Moine*, dont
le fameux *Edmond Richer* avoit
alors la conduite. Mais la peste l'o-
bligea peu de temps après à sortir de
la ville pour se retirer à *Milly en
Gatinois.* Quand la maladie fut
passée, il revint à Paris, & y enseigna la Langue latine avec beaucoup de reputation.

S'étant dans la suite apperçû
qu'il ne pouvoit pas se promettre
de posseder la Langue Latine à
fond, sans sçavoir la Latinité des
anciens Jurisconsultes, puisque si
on l'ignore, on ne peut pas même
bien entendre Ciceron, il s'en alla
à Bourges avec *Alfonse d'Elbene*,
Evêque d'Albe, pour y étudier en
Droit sous *Cujas*, qui y étoit Professeur.

Après avoir demeuré trois ans à
Bourges, il voulut retourner en sa
Patrie, d'où il alla à *Epernay* Ville de la même Province. Les Habitans de cette Ville, craignant d'ê-
tre assiegez par le Prince de Condé, qui marchoit dans ce dessein

J. P A S- avec fon Armée , députerent vers
S E R A T. lui Paſſerat avec quelques autres
pour l'en détourner , & ce Prin-
ce ſe laiſſa fléchir par leurs raiſ-
ſons.

Paſſerat retourna enſuite à Paris
en 1569. & s'y fit connoître à *Hen-*
ry de Meſme , Maître des Requêtes , ſcavant homme & le *Mecenas*
des Gens de Lettres , qui étoient à
Paris en ce tems là , qui le logea
dans ſon Hôtel , où il demeura 29.
ans. Il ſe mit alors à expliquer en
particulier le titre des Pandectes, *de*
Verborum ſignificatione , ſur lequel
il montra en même-temps les progrès qu'il avoit faits dans le Droit,
& la connoiſſance exacte , qu'il avoit
de la Langue Latine.

Pierre Ramus Profeſſeur Royal en
Eloquence ayant été cruellement
aſſaſſiné en 1592. le jour de la ſaint
Barthelemi , par la jalouſie & la ra-
ge d'un de ſes Collegues , Paſſerat
fut mis à ſa place. *Turnebe, Dorat*,
& *Lambin* , quoique très - habiles
dans la Langue Latine , s'étoient
néanmoins plus ſignalez dans cette
Ecole , en y expliquant des Au-

teurs Grecs , & Latins ; mais J. P<small>AS</small>-
Palferat, quoiqu'il fe fût auffi ap- <small>SERAT.</small>
pliqué à l'étude de la Langue Grec-
que , avoit néanmoins plus cultivé
la Latine , & s'attacha principalement à expliquer les Auteurs Latins. Ce qu'il fit avec tant d'applaudiffement & de concours, que
fon Auditoire étoit fouvent honoré
par la prefence de plufieurs Préfi-
dens & Confeillers du Parlement de
Paris.

La Ligue s'étant rendue maîtref-
fe de l'Univerfité, Palferat difcon-
tinua fes lecons & ne les recommença que lorfque Henry IV. fe
fut rendu maître de Paris en
1594.

Il avoit perdu un œil en jouant
à la Paulme , fans doute dans fa jeuneffe ; mais cela ne l'empêchoit pas
de travailler fans difcontinuation ,
fouvent dès le matin , jufques bien
avant dans la nuit. Il étoit d'un
temperamment affez robufte. Mais
fes études continuelles lui attirerent
enfin en 1597. une paralyfie , qui
lui fit perdre l'ufage de la moitié du
corps , & ne lui laiffa que la tête

J. Pas-
serat.
de libre, encore perdit-il l'œil
qui lui restoit. Il conserva toûjours
dans sa maladie sa belle humeur.
M. de Thou assure que son esprit
s'étoit fort baissé, & une paralysie
ne pouvoit gueres manquer de produire à la longue un tel effet. Il demeura cinq ans dans ce triste état,
& mourut le 14. Septembre 1602.
âgé de 68. ans.

Si l'on peut juger du caractere de
Passerat par ses Ouvrages, il avoit
l'esprit délicat, l'imagination heu-
reuse, l'humeur gaye & facile,
& qui se plaisoit quelquefois à badi-
ner. Son stile françois est plein
d'enjouement; pour le latin, il est
si bien formé sur celui des Anciens,
quoique sans affectation & sans
contrainte, que très-peu de gens
les ont si heureusement imitez.
Quoiqu'il fasse souvent allusion à
l'antiquité & à des passages des Anciens, son discours n'est point composé de lambeaux tirez de leurs Ouvrages, ni de pensées qu'il leur ait
dérobées, comme le font le stile &
le discours de bien des gens habiles
d'ailleurs. Pour ce qui est du cara-

ctere de ſon cœur & de ſes mœurs, J. PASSE-
on n'en peut pas juger ſi bien par RAT.
ſes Ouvrages, mais on n'a pas ſujet d'en penſer de mal.

Ses Ouvrages ſont :

1. *Chant d'allegreſſe pour l'entrée du Roy Charles IX. en ſa Ville de Troyes.* Troyes 1564. *in* 80.

2. *Complainte ſur le trepas d'A-drien Turnebe. Paris, Fred. Morel.* 1565. *in* 8°.

3. *Sonnets ſur le Tombeau du ſieur de la Chaſtre, dit de Sillac.* 1569. *in* 8°.

4. *Hymne de la Paix commentée par M. A.* Paris 1563. *in* 80.

5. *Vers de la Chaſſe & d'Amour. Paris, Patiſſon* 1597. *in* 4°. Henry III. qui eſtimoit fort Paſſerat, l'engagea à lui faire un Poëme François ſur la Chaſſe, & il en fit un qu'il intitula *le Chien courant* ; il y traite de la meilleure eſpece des Chiens de Chaſſe, de la maniere de les élever, & des maladies qui leur arrivent. Ce Poëme fut extrêmement approuvé de *Ronſard*, de *du Bellay*, de *Bayf* & des autres Poëtes d'alors, quoique le ſtile n'en ſoit pas ſi enflé

que celui des leurs , ni si plein de latinisme. C'est ce Poëme qui fait la meilleure partie de ce volume.

6. *Recueil d'Oeuvres Poëtiques. Paris, Patisson* 1602. *in* 12. Item *Paris* 1606. *in* 8°. *L'Angelier.* Cette édition qui est plus ample que la précedente , a été faite par les soins de son neveu nommé *J. de Rougevalet.* Les Poësies Françoises, qui composent ce Recueil , sont quatorze Elegies, un Sonnet, deux Odes & neuf Poëmes , dont les principaux sont la Chasse & la Divinité des Procès. Quoique la Poësie Françoise fût fort imparfaite du tems de Passerat , il étoit cependant plus châtié que la plûpart des Poëtes de son tems ; on trouve dans quelques-unes de ses pieces un tour simple & naïf , qui ressemble assez à celui de Marot , & beaucoup de traits serieux & plaisans , qui peuvent encore faire plaisir à ceux qui aiment le vieux langage.

7. *Kalenda Jan. & Varia quædam Poëmatia. Paris.* 1597. *in* 80. It. *Accesserunt ejusdem Miscellanea numquam*

quam antehac typis mandata. Parif. J. PASSE-
Patiffon 1603. *in* 8°. par les foins de RAT.
Rougevalet fon neveu. Il faut avouer
dit M. Baillet, que Pafferat faifoit
fort bien des Vers latins, nous n'a-
vons rien de plus pur, ni peut être
rien de plus naif. Outre ces deux
belles qualitez, on peut dire que
ces Vers ont encore beaucoup d'é-
rudition, & quelque politeffe même
qui les diftingue de ceux des Poëtes
du Commun. Mais après tout, ils
n'ont rien de cette vigueur celefte,
que nous appellons *fureur Poëtique*,
ou *Enthoufiafme*, ni ce tour admirable qui plaît fi fort à un Lecteur in-
telligent. Ce volume contient les
Etrenes en Vers heroïques qu'il offrit pendant vingt-fix ans de fuite
à *Henry de Mefme* fon bienfaiteur,
des Epigrammes, des Epitaphes, des
Poëfies badines fur le Rien, fur le
Coq, fur l'Elephant, & autres chofes
femblables.

8. *De Litterarum inter fe cognatio-
ne & permutatione Liber.* Parif. 1606.
in 8°. Cet Ouvrage qui ne fut publié qu'après fa mort par fon neveu, eft un Index alphabetique, où

Tome II. E e

J. Passe-
RAT.

l'on voit le changement des Lettres les unes avec les autres, soit à
cause de l'affinité du Son, soit à cause
de l'Analogie de la Langue Latine,
qui dans les dérivez, dans les com-
posez, & dans les divers temps des
Verbes, change les voyelles du mot
primitif en d'autres. On y voit encore l'ancienne ortographe des mots,
soit qu'elle soit conforme à leur éty-
mologie, ou qu'elle ait été changée
pour la douceur de la prononciation,
ou que cette prononciation ait été
dépravée par l'usage. Cela sert beaucoup à trouver l'origine des mots,
par leur ortographe primitive, à entendre leurs significations propres,
& à les distinguer des Métaphori-
ques, à reconnoître les mots dans
les anciens Manuscrits, à ne pas
confondre ceux qui n'ont rien de
commun ensemble que le Son, & à
ne pas changer legerement la maniere d'ortographier des Anciens. C'est
un Ouvrage en un mot dont les
Critiques peuvent faire beaucoup
d'usage.

9. *Jo. Passeratii Præfationes &*
Orationes Collecta à Joanne de Rou-

gevalet. Parif. 1606. *in* 8°. Item. J. Passe-
Francof. 1621. *in* 12. *Parif.* 1637. rat.
in 8°. Ce Recueil contient fept difcours fur Tacite , neuf fur Ciceron ,
deux fur Sallufte , & onze fur differens fujets ; ils font courts , élegans,
pleins d'efprit & d'érudition. L'Auteur en badinant ne laiffe pas d'y dire
des veritez importantes.

10. *Commentarius in Catulum ,
Tibullum & Propertium. Parif.* 1608.
in fol. Ce gros Ouvrage peut fervir
beaucoup à ceux qui travaillent fur
les Poëtes Latins , qui peuvent
y trouver des exemples d'une infinité
de manieres de parler, qu'ils auroient
peine à trouver ailleurs ; car la Méthode de Pafferat , furtout dans fon
Commentaire fur Properce , eft de
rapporter un grand nombre de
paffages paralleles , ou dont l'ex-
preffion a du rapport à celles de
Properce.

11. *Conjecturarum Liber. Parif.*
1612. *in* 8°. Cet Ouvrage eft imprimé avec un autre intitulé : *A-
driani Behotii Apophoretorum Libri*
III. Tous les deux roulent fur la
correction de plufieurs paffages

Mém. pour servir à l'Histoire

d'Auteurs Latins ; il paroît que celui de Passerat n'est que le commencement d'un plus grand qu'il avoit dessein de faire.

12. *Præfatiuncula in disputationem de Ridiculis , quæ est apud Ciceronem, Lib. 2. de Orat. Francofurti 1595. in 8°.* Cet Ouvrage a été réimprimé avec les autres discours de Passerat.

13. Passerat a aidé aussi à composer en 1593. l'ingénieuse Satyre qu'on appelle *le Catholicon d'Espagne.* Il y eut quatre personnes qui y eurent part : *Jacques Gillot,* Conseiller-Clerc au Parlement de Paris , ami particulier de Passerat ; *le Roy,* Chanoine de Rouen & Chapelain du Cardinal de Bourbon ; *Nicolas Rapin,* Prevôt de la Connétablie, & *Passerat.* Les deux premiers firent la Prose , & les deux autres les Vers.

V. son Eloge, *par M. le Clerc. Bibl. anc. & mod. tom. 7. p. 313.*

JEAN DEZ.

JEAN Dez naquit en Cham- J. DEZ.
pagne près de *Sainte-Menehoult*,
le 3. Avril 1643. & entra chez les
Jesuites dès l'âge de dix-sept ans.
Dès qu'il eut passé un certain nombre d'années dans les exercices, soit
de ses propres études, soit de la Re-
gence, en qualité de Professeur des
Humanitez, de la Rhétorique, des
Mathématiques, de la Philosophie,
& de l'Ecriture Sainte, il fut appliqué au Ministere de la Prédication,
qu'il remplit avec beaucoup de force
& de fruit. Les circonstances des
temps l'engagerent à s'abandonner
au goût & aux dispositions qu'il se
trouvoit pour la controverse, & il y
réussit.

Ayant été fait Recteur du College
de *Sedan*, il travailla efficacement à
la conversion d'un grand nombre de
Calvinistes. Il passa de là à *Strasbourg*,
où le Roy & le Cardinal de *Fursiem-
berg*, l'employerent à l'établissement
d'un College Royal, d'un Seminai-

J. D e z. re Episcopal, & d'une Université Catholique, qu'ils confierent à la direction des Jesuites François. Premier Superieur du Seminaire, il signala en une infinité d'occasions son zele, sa prudence & sa capacité.

Ayant suivi par ordre du Roy Monseigneur le Dauphin dans ses Campagnes d'Allemagne & de Flandres, en qualité de Confesseur, il gagna la confiance de ce Prince, qui depuis ne cessa jamais de lui donner des marques particulieres de son estime.

Il a passé par les premieres Charges de sa Compagnie, ayant été cinq fois Provincial, trois fois en Champagne, une en la Flandre Vallone, & une en la Province de France. Il a été deux fois à Rome pour assister à des Congregations Generales, & en ces deux voyages les Papes Innocent XII. & Clement XI. l'honorerent de quelques Audiences particulieres.

La derniere action de sa vie fut une Harangue qu'il prononça en qualité de Recteur de l'Université de Strasbourg, devant M. le Cardinal de Rohan, qui y faifoit fa premiere entrée ; le lendemain il fut attaqué d'une colique néphrétique, dont il mourut trois jours après, le 12. Septembre 1712. âgé de près de 70. ans.

Les Ouvrages que l'on a de lui, font :

1. *La Réünion des Proteftans de Strafbourg à l'Eglife Romaine, également necessaire pour leur falut, & facile felon leurs principes. Strafbourg* 1687. *in* 8°. Cet Ouvrage à qui la brieveté & la précifion n'ôtent rien de la clarté de l'élocution, ni de la folidité des preuves, a été traduit en Allemand, par M. Obrecht. Il a été réimprimé avec une Réponfe aux Ecrits de deux Miniftres. *Paris* 1701. *in* 12.

2. *La Foy des Chrétiens & des Catholiques juftifiée contre les Déiftes, les Juifs, les Mahometans, les Sociniens & les autres Heretiques. Ouvrage où l'on réduit la Foy à fes veritables principes, & où l'on montre qu'elle eft toûjours conforme à la raifon. Paris* 1714. *in* 12. 4. tomes. Les Journa-

J. Dez. liftes de Trevoux avouent qu'il y a quelques points de critique à relever dans cet Ouvrage, mais qui ne préjudicient en rien à la force des raifons.

V. fon Eloge *à la tête de ce dernier Ouvrage, par le P. de Laubruffel.*

PHILIPPE - JACQUES
Sachs, de Lewenheimb.

Phil. J. Sachs. **P**HILIPPE - JACQUES *Sachs* nâquit à *Breflau* le 26. Aouft 1627. d'une très-bonne famille. Après avoir commencé fes études dans fa patrie, il alla en 1646. faire fa Philofophie à Lipfic, & étudier enfuite en Medecine dans la même Ville, où il foûtint en 1649. une Thefe *de Phtifi.*

Se conformant enfuite à la coûtume qu'ont les Allemands de voyager après leurs études, il vifita la Hollande, la Flandre, la France, & l'Italie, & tâcha de profiter de la connoiffance des Sçavans qui fe trouvoient dans les Villes où il paffa. Il demeura même un hyver à Padoue,

pour

pour étudier fous les grands Profef- PHIL. J.
feurs en Medecine & en Anatomie SACHS,
de cette Univerfité ; & il y fut reçû
Docteur en Medecine le **27.** Mars
16 51.

De retour en fa patrie le **6.** May
1651. il réfolut de s'y fixer & de s'appliquer entierement à pratiquer la
Medecine. Il fe maria à la fin de 1653.
& a laiffé deux enfans de fon mariage, un garçon & une fille. En 1658.
il fut reçû dans l'*Académie des Cu-*
rieux de la Nature, dont il a enrichi
les Mémoires d'un grand nombre
d'obfervations.

Il eft mort le **7.** Janvier 1672.
n'étant âgé que de quarante - quatre ans. Outre les obfervations qu'il
a inferées dans les Mémoires des
Curieux de la Nature, dont il a eu
foin de ranger les Materiaux & de
faire les Préfaces & les Dédicaces,
pendant le peu de temps qu'il y a eu
entre leur commencement & fa mort,
c'eft à-dire, les trois premiers volumes, on a de lui :

1. *Ampelographia, five vitis vivi-*
nifera ejufque partium confideratio,
cum appendice. Lipfiæ 1661. *in* 8°.

Tome II. F f

PHIL. J. SACHS.

Toute la matiere de la Vigne & du Vin eft traité fort au long dans cet Ouvrage, à la maniere des Allemands.

2. *Gammarologia, id eft, Gammarorum five cancrorum confideratio Phyfico-Chimica. Francofurti* 1663. *in* 8°.

3. *De Mira Lapidum Natura, Differtatio.* 1664. *in* 8°.

4. *Oceanus Macro-Microcofmicus. Vratiflavia* 1664. *in* 8°. Il feroit difficile de deviner par ce titre bizarre, qu'il s'agit dans cet Ouvrage du rapport qu'il y a entre le mouvement des eaux & celui du fang. L'Auteur y prouve la circulation du fang, par celle des eaux, qui des Rivieres vont dans la Mer, d'où elles fortent de nouveau par des Canaux foûterrains pour former les Rivieres.

V. fon Eloge, *à la fin du quatrième tome des Mémoires des Curieux de la Nature.*

HYACINTHE SERRONI.

HYACINTHE *Serroni* nâquit à Rome le 30. Aoust 1617. Dès l'âge de huit ans il fut gratifié par le Pape Urbain VIII. de l'Abbaye de S. Nicolas de Rome : cela ne l'empêcha point cependant d'entrer dans l'Ordre de S. Dominique, où il fit profession aussi-tôt qu'il eut l'âge necessaire.

H. Serroni.

Au sortir des Ecoles de Théologie, il fut jugé digne du Bonnet de Docteur. Le P. *Michel Mazarin*, frere du Cardinal de ce nom, ayant été fait Maître du Sacré Palais, jetta les yeux sur lui pour s'en faire aider dans les fonctions de cette Charge. Il l'amena même en France en 1645. lorsqu'il fut Archevêque d'Aix. Le P. Serroni se ressentit de la faveur de son patron, & fut nommé en 1647. à l'Evêché d'Orange. Comme quelques affaires l'avoient alors rappellé à Rome, il y fut sacré dans l'Eglise de la Minerve, où il avoit fait profession.

Ff ij

H. Ser-
roni.

A son retour en France en 1648.
il fut nommé Vicaire Apostolique
dans la Province Ecclesiastique de
Tarragone, dont tous les Evêchez
étoient vacans, & où il fit durant
cinq ans les fonctions Episcopales,
avec un zele ardent & un travail infatigable.

Le Roy sçachant qu'il n'avoit pas
moins de talent pour les affaires politiques, que pour les Ecclesiastiques,
le fit Intendant de la Marine & de
la Province de Provence. Peu de
temps après il fut envoyé en Catalogne en qualité de Visiteur General
& d'Intendant de l'Armée, & il y
procura le repos des Peuples, en leur
faisant aimer la domination Françoise.

Après la suspension d'Armes entre la France & l'Espagne, il fut
nommé Commissaire avec M. *de
Marca*, depuis Archevêque de Toulouse, pour le reglement des Limi-
tes, & eut la gloire de terminer cette
affaire épineuse & difficile.

Le Roy le nomma en 1661. à l'E-
vêché *de Mende*, en 1672. à l'Abbaye de *Saint Robert de la Chaise-*

Dieu, & enfin en 1676. à l'Evêché d'Albi, érigé depuis en Archevêché.

ᶠ Il eſt mort à Paris le 7. Janvier
1687. dans la 70. année de ſon
âge.

Ses Ouvrages imprimez ſont :

H. SER-
RONt.

1. *Oraiſon funebre, prononcée dans
l'Egliſe des Auguſtins du grand Couvent de Paris, au Service ſolemnel
fait par l'Aſſemblée generale du Clergé
de France, le* 13. *Mars* 1666. *pour
la Reine, mere du Roy. Paris* 1666.
in 4°.

2. *Sermon prononcé dans l'Egliſe de
Notre - Dame d'Eſtables, de la Ville
de Montpellier, à l'ouverture des Etats
Generaux de la Province de Languedoc, le* 7. *Decembre* 1670. *Montpellier*
1670. *in* 4°.

3. *Entretiens affectifs de l'Ame avec
Dieu, pendant les huit jours des
exercices ſpirituels, pour l'uſage des
Eccleſiaſtiques de ſon Diocéſe. Paris*
1686. *in* 12.

4. *Entretiens affectifs de l'Ame avec
Dieu, ſur les Pſeaumes de la Penitence. Paris* 1686. *in* 12. Cet Ouvrage
a été fait pour l'uſage des Nouveaux
Convertis.   F f iij

H. Ser-
roni.

5. *Entretiens affectifs de l'Ame avec Dieu, sur les cent cinquante Pseaumes.* Paris 1689. *in* 12. 3. *vol.*

V. son Eloge, *à la tête des Entretiens sur les Pseaumes, par l'Abbé de Camps, & la Biblioth. de l'Ordre de S. Dominique.*

ANDRE' FELIBIEN.

A. Feli-
bien.

ANDRE' *Felibien*, sieur des *Avaux, & de Javercy*, nâquit à *Chartres*, au mois de May 1619. Son pere *Pierre Felibien*, qui remplissoit les premieres Charges de cette Ville, prit un soin particulier de le bien élever, de même que ses autres enfans. Il en eut trois dans l'Etat Ecclesiastique ; sçavoir, *Pierre Felibien*, Docteur en Théologie, Chanoine de la Cathedrade de *Chartres*, & Prevôt de *Mezangers*, mort en 1691. Le second nommé *François*, a été aussi Docteur en Théologie, & Curé de *Sainte-Menehoult*. Le troisiéme a été Chanoine de *Chartres*, & Archidiacre de *Vendôme*, & a donné au public quelques Ouvrages de pieté.

André Felibien, qui étoit l'aîné A. FELI-
de tous, n'eut pas plutôt achevé fes BIEN.
études à Chartres, qu'il vint à Paris
à l'âge de quatorze ans, pour s'y rendre habile dans les fciences & dans
les affaires. Il fit connoiffance avec
tout ce qu'il y avoit alors de plus
diftingué parmi les Sçavans, & s'attacha à ceux dont il pouvoit le plus
apprendre. Il ne fut pas long-temps
fans donner des preuves du progrès
qu'il avoit fait dans l'étude. Il commença dès l'année 1644. à donner
quelques Ouvrages au public, & ces
premiers effais firent connoître la
beauté de fon génie, & les graces de
fon ftyle.

M. le Marquis de *Fontenay-Ma-
reuil*, ayant été envoyé pour la feconde fois à *Rome*, en qualité d'Ambaffadeur extraordinaire, M. Felibien fut choifi pour être Secretaire
de l'Ambaffade. Pendant fon féjour
à Rome, fa paffion naturelle pour
les beaux Arts, lui fit employer fes
momens de loifir à vifiter les perfonnes qui y excelloient, & principalement le fameux Pouffin, dans la
converfation duquel il apprit à con-

noître ce qu'il y a de plus beau dans
les Statues & les Tableaux ; & ce fut
fur leshautes idées qu'il fe forma alors
de l'excellence de la perfection de la
Peinture qu'il compofa depuis ces
fçavans Ouvrages , qui ont tant contribué à fa reputation.

De retour en France, il fongea à
s'établir , & alla à *Chartres* , où il
époufa *Marguerite le Maire* fille de
l'Avocat du Roy au Préfidial. Peu de
temps après , fes amis le prefenterent
à M. *Fouquet*, qui témoigna beaucoup d'eftime pour fon merite , &
lui en auroit fait fentir les effets ,
fans fa difgrace , qui furvint trop
tôt. Mais M. *Colbert* , qui fucceda à
ce Miniftre dans la direction des Finances , & qui aimoit les Sciences &
les Arts , lui fit écrire à Chartres où
il s'étoit retiré , pour fcavoir s'il
vouloit employer fa plume au fervice
du Roy. M. Felibien ne manqua pas
de fe rendre auffi-tôt à Paris & travailla à plufieurs Ouvrages , qui lui
meriterent un Brevet d'*Hiftoriogra-*
phe du Roy & de fes Bâtimens, des Arts
& Manufactures de Franc, qui luifut
expedié le 10. Mars 1666. aux ga-

ges de douze cens livres. L'Acadé-A. FELI=
mie Royale d'Architecture ayant étéB I R N.
érigée en 1671. il en fut nommé Secretaire. Le Roy lui donna enſuite
en 1673. la garde de ſes Antiques,
& un logement au Palais Brion. Ces
nouvelles graces, bien loin de le
faire relâcher de ſon travail, l'y ren-
dirent plus aſſidu, en ſorte qu'il ne
ſe paſſoit gueres d'années qu'il ne
mit au jour quelque Ouvrage.

M. de *Louvois* ayant ſuccedé en
1683. à M. *Colbert* dans la Charge
de Sur-Intendant des Bâtimens, &
M. *le Peletier* dans celle de Con-
trolleur General des Finances, M.
Félibien eut part à l'eſtime & aux
bienfaits de l'un & de l'autre. M. de
Louvois lui procura une place dans
l'Académie des Inſcriptions, & M.
le Pelletier lui continua les emplois
qu'il avoit eû ſous ſes Prédeceſſeurs,
& lui en donna de nouveaux en lui
faiſant exercer par commiſſion la
Charge de *Contrôleur General des
Ponts & Chauſſées du Royaume*, avec
une penſion de trois mille livres.
Tant d'occupations ne l'empêcherent pas de donner encore ſes ſoins

aux pauvres , pendant plusieurs années qu'il fut Administrateur de l'Hôpital des Quinze-Vingts de Paris.

Les infirmitez qui lui survinrent vers la fin de sa vie , l'empêcherent de finir plusieurs Ouvrages qu'il avoit commencé , & il mourut le 11. Juin 1695. dans des grands sentimens de pieté étant âgé de 76. ans.

Il a laissé cinq enfans , trois fils & deux filles. L'aîné est Chanoine & Doyen à la Cathedrale de Bourges. Le second nommé *Jean-François Felibien des Avaux* lui a succedé dans la Charge d'Historiographe du Roi , & de garde des Antiques de Sa Majesté. Le troisiéme *Michel Felibien* s'est fait Bénedictin , & est mort en 1719.

M. Felibien avoit l'esprit juste , le cœur droit , obligeant, & plûtôt ami de la vertu qu'esclave de la fortune: Quoiqu'il fût naturellement grave & serieux , & d'un temperammenr prompt & même severe , sa conversation ne laissoit pas d'être fort agréable , & même enjouée selon les rencontres. Il sçavoit la Langue Latine , l'Italienne & l'Es-

pignole, & avoit quelque teinture de la A. Feli-
Grecque ; quoiqu'il fe foit borné à la bien.
Profe, on peut juger du talent qu'il
avoit pour la Poëſie, par les Vers qui
font partie du *Songe de Philomathe.*
Son ſtile eſt pur, élegant & ſi naturel, qu'il eſt aiſé de voir que c'eſt la
nature même qui parle en lui.

Catalogue de ſes Ouvrages.

1. Il mit au jour en 1644. *une Pa-*
raphraſe des Lamentations de Jeremie ,
une autre ſur *le Cantique des trois en-*
fans , une autre ſur *le Miſerere ,* &
une *Lettre de conſolation à Madame*
la Marquiſe d'Aumont ſur la mort de
M. le Marquis d'Aumont ſon époux.

2. *Relation de la diſgrace du Comte*
Duc d'Olivarés , traduit de l'Italien.
Paris 1650. *in* 8°. It. *Amſterdam* 1660.
in 12.

3. M. Fouquet ayant donné une
fête & des divertiſſemens à Vaux,
M. Felibien en donna la Rélation,
qui plût extrêmement à toutes les perſonnes d'eſprit, & qui fut ſuivie de
deux Lettres contenant la deſcription de la maiſon de Vaux.

4. Il donna en 1660. un Ouvrage
de *l'Origine de la Peinture.*

A. FELI-
BIEN.

5. *Description de l'Arc de Triom-*
phe dressé dans la Place Dauphine
pour l'entrée de la Reine.

6. *Les Reines de Perse aux pieds*
d'Alexandre, Peinture du Cabinet du
Roy. Paris 1665. *in* 4°. Le Tableau dont M. Felibien donne ici
l'explication est de M. le Brun.

7. *Entretiens sur les Vies & les Ou-*
vrages des plus excellens Peintres an-
ciens & modernes. Paris in 4°. 1666.
& suiv. *Les mêmes augmentez. Paris*
1685. *in* 40 2. tomes. Item *nou-*
velle édition corrigée & augmentée des
conferences de l'Académie Royale de
Peinture & de Sculpture, de l'idée du
Peintre parfait, & des Traités des def-
feins, des estampes, de la connoiffance
des tableaux & du goût des Nations.
Amsterdam 1706. *in* 12. 5. tom. avec
la vie des Architectes de *Jean-Fran-*
çois Felibien dès Avaux, & la description des maisons de Pline par le
même. *Item.* Autre édition à laquelle a été jointe la description de l'Hôtel des Invalides par *Jean-François*
Felibien. Trevoux 1725. *in* 12. 6. tom.
Cette derniere édition est la plus am-

ple & la mieux imprimée. Cet Ou- A. FELI-
vrage de la vie des Peintres fait voir BIEN.
en quel degré M. Felibien poffedoit
la théorie de la Peinture, & combien fa plume étoit capable d'expri-
mer les beautez de cet Art. Il y pá-
roît partout un jugement folide, un
goût exquis, une methode claire,
un tour ingenieux, & un ftile noble.
On peut affurer qu'il a auffi bien at-
trapé qu'aucun autre ce genre d'écrire qui doit être en même tems familier & foûtenu, exempt d'enflure &
de baffeffe. La varieté des chofes qu'il
y a mêlées, & la beauté des traits
qu'il y a jettez, avec la bienfeance
convenable, en rendent la lecture extrêmement agreable. Quelques perfonnes ont cependant trouvé fon ftile
un peu trop diffus & peu naturel en
quelques endroits.

8. *Les quatre élemens peints par M.*
le Brun, & mis en Tapifferies pour le
Roy. Paris 1667. in 4°.

9. *Relation d'une fête faite par le*
Roy dans les Jardins de Verfailles
1668.

10. *La Vie du P. Louis de Grenade* +

350 *Mém. pour servir à l'Histoire*
A. FELI- *de l'Ordre des Freres Prêcheurs.* Paris
BIEN. 1668. *in* 12.

11. *Conferences de l'Académie Ro-*
yale de Peinture & de Sculpture pendant
l'année 1667. aris 1669. in 40. Il y
a beaucoup à apprendre dans ces
Conferences.

12. *Description de la Trappe.* Paris
in 12. 1671. 1682. 1689. C'est une
Lettre à Madame la Duchesse de
Liancourt, où M. Felibien lui décrit
la réforme de l'Abbaye de la Trappe,
& la vie sainte que l'on y mene, dont
il avoit été lui-même témoin plusieurs fois.

13. *Le Château de l'Ame de sainte*
Therese traduit en François 1672.

14. *La vie du Pape Pie V. traduite*
de l'Italien d'Agatio di Somma. Paris
1672. *in* 12. M. Felibien a ajoûté à
la traduction un Supplement, où il
traite des vertus & de la vie cachée
de ce Pape, & qu'il a tiré principalement de ses Lettres, & des Auteurs contemporains.

15. *Description de la Grotte de Ver-*
sailles. Paris 1672. *in* 40.

16. *Les divertissemens de Versailles*
donnez par le Roy à toute sa Cour au

retour de la conquête de la Franche- A. FELI-
Comté en 1674. *décrits par André Fe-* BIEN.
libien. Paris 1674. *in* 12.

17. *Deſcription Sommaire du Châ-*
teau de Verſailles. Paris 1674. *in* 12.

18. *Des principes de l'Architecture,*
de la Sculpture, de la Peinture, & des
autres Arts qui en dépendent, avec un
Dictionnaire des termes propres à chacun
de ces Arts. Paris 1676. *in* 4°. Ce
Livre eſt rempli de remarques très-
curieuſes & de figures fort bien gravées qui repreſentent tous les outils
qui ſervent aux Arts dont il y eſt parlé.

19. En 1677. on imprima par ordre du Roi un Recueil des Eſtampes
gravées d'après les Tableaux, les
Statues & les Buſtes des Maiſons Ro-
yales, & on mit à la tête du premier
volume les Deſcriptions que Mon-
ſieur Felibien en avoit faites.

20. *Le Songe de Philomathe. Paris*
1684. & réimprimé avec les Entretiens ſur les vies des Peintres. C'eſt un
dialogue entre la Peinture & la Poëſie qui ſe diſputent la gloire de céle-
brer les grandes actions du Roy.

21. Toutes les inſcriptions gravées
dans la Cour de l'Hôtel de Ville de

Paris depuis 1660. jusqu'en 1686. font de la composition de M. Felibien.

V. fon Eloge Journ. des Sçavans du 28. Nov. 1695. Liron, *Bibliotheque Chartraine.* Bayle, *Dict.*

JACQUES GOUSSET.

J. GOUS-SET.

JACQUES *Gousset* nâquit à *Blois* le 7. Octobre 1635. d'une bonne famille. Il étudia à Saumur fous Messieurs le *Févre* & *Capelle*, & acquit fous ce dernier une grande connoissance de la Langue Hebraïque. En 1662. il fut fait Ministre de *Poitiers*, & demeura dans ce poste jusqu'en 1685. fans l'avoir jamais voulu quitter, quoiqu'on l'eut appellé à *Saumur* jusqu'à trois fois pour être Professeur en Théologie ; mais enfin la révocation de l'Edit de Nantes l'en retira : car il fut alors obligé de fortir de France. Il alla d'abord à *Calais*, d'où il passa en Angleterre & ensuite en Hollande où à la recommandation de *Salomon Van-Til* il fut fait en 1687. Ministre des Wallons à *Dordrecht*. Cinq ans après on le nomma ma Profeffeur en Langue Grecque & en Théologie à Groningue ; il eft mort dans cet emploi le 4. Novembre 1704. âgé de foixante neuf ans.

Catalogue de fes Ouvrages.

1. *Controverfiarum adverfus Judæos Ternio in fpecimen operis jam affecti, quo R. Ifaaci Chizzuk Emouna confutatur. Præmiffa Præfatione de difputationibus adverfus Judæos & fubjuncto Monito de Ph. à Limborch cum Judeo collatione. Dordrechti 1688. in 8°.* Cet Ouvrage qui n'eft que l'effai du fuivant contient trois difputes fur trois paffages célebres du Vieux Teftament, qui regardent le Mefie.

2. *Jefu Chrifti Evangeliique veritas falutifera demonftrata in confutatione libri Chiffouk Emouna à R. Ifaaco fcripti. Amftelod. 1712. in fol.* Ce Livre que M. Gouffet entreprend de refuter, parce que les Juifs en font beaucoup de cas, fe trouve avec une verfion latine dans l'Ouvrage de Wagenfeil, intitulé, *Tela ignea Satanæ.* C'eft M. *Arnold Borftius* qui a donné au public cet Ouvrage pofthume ; il y a joint l'Eloge de l'Auteur par *Rodolphe Eyffonius.*

Tome II.   Gg

J. GOUS-SET.

3. *De viva deque mortua fide Doctrina Jacobi Apostoli evoluta. Adjuncta
est dissertatio ostendens Cartesianum
mundi Systema non esse, ut quidam exis-
timant, periculosum. Oratio item, quâ
Deum esse ex mundi hujus inferioris
harmonia demonstratur. Amstelodami
1696. in* 8°.

4. *Considerations Théologiques &
critiques sur le projet d'une nouvelle version Françoise de la Bible, publiée l'an
1696. sous le nom de M. Charles le
Cene, dans lesquelles la verité est dé-
fendue par un grand nombre de passages de l'Ecriture Sainte. Amsterdam
1698. in* 12. M. Gousset n'attaque
pas M. le Cene en simple critique ;
il lui déclare la guerre en ennemi ; il
l'accuse d'avoir tâché de sapper les
fondemens de la Religion, & de corrompre la verité. Mais il seroit à souhaiter que M.. Gousset se fût moins
abandonné à ses sentimens particuliers, & eût moins songé à les trouver
dans plusieurs textes de l'Ecriture.

5. *Commentarii Linguæ Hebraïcæ.
Amstelod. 1702. fol.* Cet Ouvrage est
une espece de Dictionnaire Hebreu,
auquel M. Gousset a travaillé pen-

dant quarante ans, il n'a cherché la J. **Govs-**
fignification des mots Hebreux, ni s<small>ET</small>.
dans les autres Langues Orientales,
ni chez les Rabins, ni dans les Ver-
fions; mais il a confideré la Langue
Hebraique en elle-même. Quoiqu'il
y ait beaucoup de recherches & de
bonnes chofes dans cet Ouvrage, il
n'a pas cependant eu l'approbation
genérale des Sçavans.

6. *Difputationes in Epiftolam Pauli*
ad Hebraos & ad Levitici XVIII.
14. *Amftelod.* 1712. *fol* L'Auteur
traite fa matiere en bon *Proteftant.*

7. *Caufarum Prima & fecundarum*
realis Operatio. Leovardia. 1716 *in* 4°.
L'Auteur dans cet Ouvrage attaque
le fentiment du P. Malebranche &
foutient l'activité des caufes fecondes.

8. *Vefpera Groningana, five amica de*
rebus facris colloquia, ubi varia fcrip-
tura loca felecta, difficilia, & magni
momenti accurate tractantur atque egre-
gie explicantur. Amftelod. 1711. *in* 12.

V. *fon Eloge à la tête de la réfuta-*
tion du Liron du Rabin Ifaac, &
Liron, Bibl. Chartraine.

JEROME VIGNIER.

J. Vig-
nier.

JEROME *Vignier* nâquit à *Blois* l'an 1606. de *Nicolas Vi-gnier, Sieur de la Motte*, & d'*Olym-pe le Blond*, tous les deux Calvinis-tes. Il finit ses études de fort bon-ne heure, & prit ses Licences en Droit dès l'âge de seize ans. Quoi-qu'élevé avec soin dans l'erreur par ses pere & mere, il connut la ve-rité par la lecture de l'Ecriture Sain-te & des Peres ; mais pour ne pas s'exposer en même tems au ressenti-ment d'un pere irrité, aux tendresses d'une mere affligée, & aux artifices des Ministres, qui le soupçonnant de n'être pas trop bon Calvinis-te, empêchoient que son pere ne traitât pour lui de la Charge de *Bailly de Beaugency*, il fut obligé de fein-dre pendant quelque temps une ma-ladie, jusques-là qu'il prenoit des remedes pour s'exempter d'aller aux Prêches aux jours d'obligation. Cet artifice lui réussit, & son pere lui acheta la Charge qu'il demandoit.

Jerôme Vignier ayant fait con- J. VIG-
noître peu de temps après sa con- NIER.
version, son pere lui temoigna la
douleur que ce changement lui cau-
soit, par une lettre à laquelle Jerôme
répondit d'une maniere pleine de sagesse & de force, il écrivit sur ce
sujet plusieurs autres lettres, dont
quelques-unes furent imprimées. Il
retira ensuite la parole qu'il avoit
donnée à une Demoiselle de l'épouser, & touché du desir de la perfection il entra chez les Chartreux de
Paris. Mais la delicatesse de son temperament ne lui permit pas de s'a-
commoder des austeritez de cet Ordre; ainsi il en sortit & se retira
chez les Peres de l'Oratoire, où le
Cardinal de Berulle témoigna pour
lui une estime particuliere, & où
son merite l'éleva successivement à
la dignité de Superieur des Maisons
de Tours, de la Rochelle, & de
Lyon, & enfin à celle de Superieur
de Saint Magloire à Paris.

Il desiroit fort de voir sa famille
se réunir à l'Eglise, & il fit tout ce
qu'il put pour cela, mais il ne put
gagner que son pere.

J. Vig-
nier.

Il étoit trés-sçavant dans les Langues Grecque, Caldaïque, Hébraïque & Syriaque, & plus encore dans la connoissance de l'origine de toutes les Maisons souveraines de l'Europe, qui le consultoient sur leurs doutes. Son amour pour les Médailles, & son habileté dans leur connoissance lui en firent amasser un grand nombre qui ont servi à enrichir le Cabinet de M. le Duc d'Orleans, dont les raretez ont passé dans celui du Roy.

Les douleurs de la pierre qui le tourmenterent vivement l'ayant obligé à se faire tailler, il implora le secours de M. Collot, & quelque dangereuse qu'eût été l'operation, il en revint parfaitement, & composa depuis plusieurs Ouvrages. Il mourut à Paris le 14. Novembre 1661. âgé de 55. ans.

Catalogue de ses Ouvrages.

1. *Supplementum operum S. Augustini. Paris. 1654. in fol. 2. tom.* Ce Supplement contient les six Livres de l'Ouvrage imparfait de S. Augustin contre Julien, & quelques autres Ouvrages de ce saint Docteur.

2. *La veritable origine de la Maiſon* J. VIG-
d'Alſace, de Lorraine, d'Autriche, NIER.
Bade & de pluſieurs autres, avec les
Tables genealogiques des deſcentes &
branches deſdites Maiſons, depuis l'an
de J. C. 600. juſqu'à preſent ; le tout
juſtifié par Titres, Chartes, &c. Paris
1649. Il y a bien des fautes de chronologie dans cet Ouvrage.

3. *Stemma Auſtriacum millenis ab-*
hinc annis : Hieronimus Vignier Cong.
Oratorii Preſbyter, Priores novem gra-
dus elucubravit : Joannes-Jacobus Chif-
fletius aſſeruit atque illuſtravit. Antu-
erpia. 1650. *fol.*

4. *Oraiſon Funebre de Jean-Bap-*
tiſte le Gou de la Berchere, premier
Préſident du Parlement de Bourgogne.
Dijon in 4°. 1632.

V. ſon Eloge. Perrault, *Hommes*
Illuſt. tom. 2. Liron, *Bibliot. Char-*
traine.

GREGORIO LETI.

GREGORIO Leti étoit d'une G. LETI.
famille, qui faiſoit autrefois à
Boulogne une aſſez belle figure.

G. LETI. *Marc* son grand pere, qui étoit demeuré seul de cette famille, alla à
Rome, suivant la coûtume d'Italie,
pour chercher fortune. Après qu'il
eût été deux ans Gentilhomme du
Cardinal *Aldobrandin*, il fut fait
Juge d'*Ancone*; il eut ensuite differens emplois, & mourut en 1608.
Gouverneur de *Rimini*, laissant deux
fils, dont l'aîné nommé *Augustin-
François*, prit le parti de l'Eglise,
& le cadet *Jerôme*, pere de *Gregoire*
fut mis Page chez le Prince *Charles
de Medicis*, & embrassa ensuite le
parti des armes; il servit quelque
temps dans les Troupes du grand
Duc en qualité de Capitaine d'Infanterie, & s'étant venu établir à
Milan, il s'y maria en 1628. ce fut
là que nâquit *Gregoire Leti* le 29. Mai
1630.

Jerôme Leti fut ensuite Gouverneur d'*Amantée* dans la Calabre, &
mourut en 1639. à *Salerne* où il remplissoit un autre emploi. Dès que
Gregoire fut en état d'aller au College, on l'envoya à *Cosence* étudier
chez les Jesuites de cette Ville, &
il y demeura jusqu'en 1644. que son
oncle

oncle le fit venir à Rome. Cet oncle qui étoit déja dans la Prélature
étoit en état de l'avancer , & il re-
folut d'abord de le faire étudier en
Droit pour lui faire avoir enfuite
quelque Office de Judicature ; il
changea depuis de penfée , il voulut
qu'il fe fit d'Eglife ; mais l'oppofition
que M. Leti avoit pour cet Etat l'empêcha d'entrer dans fes vûes, il quitta
même la maifon de fon oncle , &
fe retira chez les parens de fa mere
à Milan , où il demeura deux ans.

Il fut après ce tems revoir fon
oncle, qui étoit alors Vicaire d'*Or-
viette* , & qui lui reprefenta de nouveau, que n'ayant point d'inclination pour les Armes , ni affez de bien
pour vivre en Gentilhomme , il ne
voyoit point pour lui d'autre moyen
de faire fortune que d'embraffer
l'état Ecclefiaftique. Mais M. Leti
s'obftina d'autant plus à le refufer ,
qu'il avoit commencé à jouir de la
liberté de la jeuneffe. Lorfqu'il eut
24. ans fon oncle lui remit le gouvernement de fon bien & devenu depuis Evêque d'*Aquapendente* , il le
rappella auprès de lui avec beaucoup

G. Leti. d'inſtance. Mais M. Leti , qui conſumoit ſon Capital en Voyages , ne penſoit point à le ſatisfaire, & toutes les fois qu'il lui en parloit , il lui répondoit ; *qu'il ne vouloit ni Epée , ni Breviaire.* Il voulut néanmoins voir ſon oncle revêtu de la Dignité Epiſcopale ; mais lorſqu'il fut chez lui , ſon oncle le trouva ſi negligent dans les devoirs de la Religion, qu'il lui dit en preſence de ſon Vicaire : *Dieu veuille que vous ne deveniez pas un jour un grand Heretique ; mais pour moi je ne vous veux plus dans ma maiſon.* Il avoue lui-même dans ſes Lettres que ſa vie n'étoit pas fort reglée, & qu'il étoit même débauché ; mais il ajoûte qu'à force de vouloir lui inſpirer de la devotion , & l'engager dans l'état Eccleſiaſtique, on l'avoit dégoûté de l'un & de l'autre , & que s'étant accuſé en Confeſſion de quelques galanteries , ſon Confeſſeur avoit eu l'indiſcretion de lui donner pour penitence de manger , ou du moins de mâcher ſept brins de paille d'un pied de long. Ainſi il quitta bruſquement ſon oncle , & réſolut de paſſer en France. Mais étant

arrivé à Alexandrie, cette Ville fut G. LETI
inveſtie la nuit même qu'il y arriva,
c'eſt-à-dire, le 19. Mai 1657. de ſorte qu'il fut obligé d'y faire trois mois
de ſejour.

Etant ſorti de là, il fit connoiſſance, en allant à Genes, avec M.
de Saint-Lion, Huguenot, qui é-
toit au ſervice du Marquis de *Vala-*
voir, General de l'Infanterie Françoiſe : ils parlerent enſemble de Religion, & M. Leti à qui la lecture
de certains Livres avoit inſpiré du
goût pour la Religion Proteſtante,
acheva de ſe corrompre dans ces entretiens. Il ne témoigna cependant
dès-lors aucun deſſein de changement, & partit de Genes avec M.
Santini Gentilhomme Lucois pour
paſſer en France ; mais lorſqu'ils
furent à Geneve, M. Leti quitta
M. Santini, qui commença à ſoup-
çonner le deſſein qu'il avoit. Il demeura quatre mois à Geneve ſans
changer de Religion, logé chez M.
Miroglio, qui avoit été Chanoine
de *Caſal*, & qui étoit ſon parent,
quoique dans un degré aſſez éloigné. Il vouloit auparavan s'inſtruire

G. Leti. du Gouvernement de cette Ville, & des exercices de Religion qu'on y fait.

Etant ensuite allé à *Lausanne* à dessein d'y passer quelques jours, il fit connoissance avec *Jean-Antoine Guerin*, Medecin celebre, & alla loger chez lui. Peu de jours après il fit profession de la Religion Calviniste, & se rendit par là si agréable à son Hôte, qui avoit achevé de le gagner, qu'il épousa sa fille. Il ne demeura pas long-tems à Lausanne, & alla s'établir à *Geneve* au mois de Mars 1660.

Il passa près de vingt ans à Geneve, entretenant toûjours commerce avec les Sçavans, surtout avec ceux d'Italie. En 1674. on lui donna le droit de Bourgeoisie *gratis*, ce qui ne s'étoit jamais pratiqué avant lui. Quelques démêlez qu'il eut dans cette Ville l'obligerent à en sortir en 1679. il passa en France d'où il alla en 1680. en Angleterre.

Il fut reçû du Roy Charles II. avec beaucoup de bonté, & ce Prince après la premiere Audiance

qu'il lui donna lui fit prefent de G. LETIE
mille écus, avec promeffe de la
Charge d'Hiftoriographe. Il y é-
crivit l'hiftoire d'Angleterre ; mais
cet Ouvrage n'ayant pas plû à la
Cour, à caufe de fa trop grande liberté d'écrire, il eut ordre de fortir du Royaume. Il alla à Amfterdam en 1682. & on lui donna dans
la fuite le Pofte honorable d'Hiftorien de cette Ville. Il eft mort affez fubitement le 9. Juin 1701. âgé
de 71. ans.

C'étoit un Auteur infatigable,
il dit lui-même qu'il mettoit plus
de douze heures de temps à écrire
trois jours de la Semaine, & les autres jours fix heures pour le moins,
ainfi il ne faut pas s'étonner de la
multitude des Volumes qu'il a
donnés au public; il parle ainfi dans
la Préface de fon *Téatro Belgico*, de
la Methode qu'il obfervoit dans la
compofition de fes Ouvrages : j'ai
toûjours trois Ouvrages en même-
tems fur le métier ; je travaille à un
Ouvrage deux jours de fuite, &
j'employe le troifiéme jour à deux
autres Ouvrages. Lorfque je man-

G. LETI. que de mémoires pour un Ouvrage, je
trouve dans les autres de quoi m'oc-
cuper en attendant. Ainsi je n'ai
point de peine à choisir l'Ouvrage
que je veux faire paroître le premier,
& quand je m'y suis déterminé, je
mets deux mois de suite à l'achever,
avant que de le donner à imprimer.
Catalogue de ses Ouvrages.

1. *Teatro Gallico , overo la Mo-*
narchia della réale Casa di Borbone in
Francia sotto i Regni di Henrico IV.
Luigi XIII. e Luigi XIV. dall'anno
1572. fino all'anno 1697. In Amster-
dam 1691. 1697. 7. vol. *in* 4°. Cette
Histoire , quoique fort bien imprimée & ornée de plusieurs Tailles-
douces , n'a rien de l'exactitude qui
doit accompagner ces sortes d'Ouvrages & ressemble assez à celles que
Varillas nous a donné en François.

2. *Téatro Belgico o verò Ritratti*
Historici , Politici, & Geografici delle
sette Provincie unite. In Amsterdam
1690. in 4°. con figure. 2. tomes.

3. *Téatro Britannico, o verò Istoria*
della grande Britannia. Amsterd. 1684.
in 12. 5. vol. M. Leti ayant eu permission de travailler à l'Histoire

d'Angleterre, & communication des G. Leti. Memoires qui lui étoient neceſſaires, compoſa cet Ouvrage qui fut d'abord imprimé à Londres en deux volumes *in* 4°. Mais l'édition d'Amſterdam eſt meilleure, ayant été augmentée d'un tiers & miſe en meilleur ordre. Quand l'édition de ces deux volumes fut achevée, il les preſenta au Roi d'Angleterre qui les reçût fort bien, voulut lui-même lire l'Ouvrage, & veilla fort tard quelques nuits pour en achever la lecture ; mais pluſieurs traits hardis qui lui avoient échappé ayant déplû, le Conſeil ordonna qu'on ſaiſît tous les exemplaires qui étoient chez l'Auteur, & qu'on lui ſignifiât de ſortir dans ſix jours de l'Angleterre ; la choſe fut executée, mais doucement ; ſur quoi un Seigneur Anglois lui dit : M. Leti, vous avez fait une hiſtoire pour les autres & non pas pour vous, il falloit la faire pour vous, ſans vous embaraſſer des autres.

4. *L'Italia Regnante, o vero deſcrittione dello ſtato preſente di tutti Principati e Republiche d'Italia.* Geneva 1675. *in* 12. 4. volumes. L'Au-

Hh iiij.

G. Leti.teur n'y fait gueres que repeter ce qu'il avoit deja dit dans un autre Ouvrage intitulé : *Dialoghi Istorici*; si ce n'est qu'il y ajoûte une Liste des Hommes Illustres & Sçavans.

5. *Il Nepotismo di Roma , o verò Relatione delle Ragioni che Muovono i Pontifici all'aggrandimento de' Nepoti , del bene e male che hanno portato alla chiesa doppo Sisto V. sino al presente* 1667. (Amsterdam) *in* 12. 2. tomes. Cet Ouvrage est extrêmement diffus , comme la plûpart des Ouvrages de Greg. Leti , ce sont des redites continuelles. On l'a traduit en François sous ce titre : *Le Népotisme de Rome , ou Resolution des raisons qui portent les Papes à aggrandir leurs Neveux* [Hollande] 1669. *in* 12. 2. tom. il a été aussi traduit en Latin & imprimé à Stutgard en 1669. *in* 40.

6. *Itinerario della Corte di Roma , o vero Teatro della Sede Apostolica , Dataria e Chancellaria Romana. Valenza* (Geneve) 1675. 3. volumes *in* 12. Cet Ouvrage , où l'on voit un détail de ce qui regarde la Daterie , la Chancelerie , & les principales Charges de la Cour de Rome

eft divifé en trois parties, dont la **G. Leti.**
premiere avoit déja paru en 1672.
fous ce titre : *Li precipitii della Sede
Apoftolica, o vero la Corte di Roma
perfequitata e perfequitane.*

7. *Europa Gelofa o Gelofia dé Prencipi d' Europa. In Colonia 1672. in 12.*
2. vol. Ce Livre a été imprimé à
Geneve, il traite de la Jaloufie des
Princes de l'Europe contre le Roi
de France.

8. *La Fama Gelofa della Fortuna;
Panegirico Sopra la Nafcita, Vita,
Attioni, Governo, Progreffi, Vittorie,
Glorie e fortune di Luigi il Grande.
1680. in Gex in 4º.* C'eft un Panegyrique que Leti prefenta au Roi,
lorfqu'il vint en France dans le
deffein d'y demeurer ; deffein que
les circonftances des tems ne lui per-
mirent pas d'executer.

9. *La Monarchia Univerfale del Re
Luigi XIV. Amfterdam 1689. in 12.*
2. tomes. Ce Livre a été traduit en
François fous ce titre : *La Monarchie Univerfelle de Louis XIV. où l'on
voit en quoi elle confifte. Amfterdam
1689. in 12.* 2. tomes. Cet Auteur
a écrit tantôt à la louange de Louis
XIV. tantôt contre lui, comme il

G. LETI. le fait dans cet Ouvrage, selon les vûes d'intereft qui le portoient à écrire. Mais comme il y reprefente ce Prince beaucoup plus puiffant & propre à faire des conquêtes que tous les autres Princes de l'Europe, qu'il fuppofe menacés d'une ruine entiere, on lui a oppofé un Ouvrage intitulé : *L'Europe reffufcitée du tombeau de M. Leti, ou Reponfe à la Monarchie Univerfelle de Louis XIV par J. D. M. D. R. Utrecht* 1690. *in* 12.

10. *Hiftoria Genevrina o fia Hiftoria della Citta, e Républica di Geneva. Comminciando dalla fua prima fondatione fino al prefente. Amfterdam* 1686. 5. vol. *in* 12. M. Leti ayant été obligé de quitter Geneve, ne perdit pas pour cela l'envie de publier l'Hiftoire de cette Republique qu'il y avoit commencé, & il l'acheva lorfqu'il eut paffé d'Angleterre en Hollande. On ne manqua pas de s'imaginer qu'une Hiftoire de Geneve venant d'un Auteur mal fatisfait de quelques particuliers de cette Ville, déplairoit extrêmement aux Genevois. Il y eut une efpece

de négociation , pour faire que de G. LETI.
gré à gré le Livre fût remis en Manufcrit aux Magiftrats de Geneve
avec les pieces recueillies par l'Auteur, qui confentiroit que l'Ouvrage ne fût jamais imprimé. Mais les
Genevois ayant enfin témoigné
qu'ils fe foucioient peu que le Livre parût, il a été donné au public.
Il eft très-fatirique , & il y a contre les Genevois des traits très-mor-
dans , il s'agit feulement de fçavoir
s'ils font veritables. M. Spon qui a
fait auffi une Hiftoire de Geneve n'y
eft pas non plus épargné. La partie
de cet Ouvrage qui concerne le
Gouvernement Ecclefiaftique & Politique de Geneve avoit été imprimé
auparavant en Anglois à Londres en
1681. lorfqu'il demeuroit en Angleterre , ce fut la feule partie qu'il
voulut laiffer paroître alors , quoiqu'on le prefsât avec des offres a-
vantageufes de laiffer traduire &
imprimer tout ce qu'il avoit fait de
cette Hiftoire. *Rep. des Lett.* 1686.

11. *Ceremoniale Hiftorico , e Politico. Amfterdam* 1685. 6. vol. *in* 12.
C'eft proprement une Hiftoire Uni-

G. LETI. verselle accompagnée de Reflexions
Politiques, & un état des differentes Principautez de l'Europe.

12. *Raguagi Historici e Politici delle
Virtu, e Massime necessarie alla
conservatione degli stati con infiniti
esempi. Amsterdam* 1699. *in* 8°. 2.
tomes. Le but de l'Auteur est de
montrer que le Gouvernement des
Provinces Unies est beaucoup meilleur que celui des autres Etats, &
plus propre à contribuer au bonheur des peuples, & de rapporter à
cette occasion une infinité de choses qui viennent à son sujet, ou qui
n'y viennent pas, selon sa coûtume
ordinaire. Ce Livre a été réimprimé en 1700. avec une addition de
dix-huit ou vingt feuilles, qui contient l'ordre de la préféance entre
les Couronnes & les Princes souverains, tant de l'Europe que des autres parties du monde. On l'a traduit en Flamand.

13. *Visioni Politiche sopra gli Inte-
ressi piu reconditi di tutti Principi e
Republiche della Christian ta. In Ger-
mania,* (c'est-à-dire, à Geneve) 1671.
in 12.

14. *Li Segreti dè stato dè Prencipi* C. LETI. *dell' Europa, rivelati da varii confessori Politici, con agaiunta considerabile.* In Colonia, (c'est-à-dire, à Geneve) 1676. *in* 12. 3. vol.

15. *Il Livello Politico, ò sia la giusta Bilancia, nella quale si pesano tutte le Massime di Roma, & attioni de Cardinali viventi.* In Cartellana, (c'est-à-dire, à Geneve) 1678. *in* 12. 4. volumes.

16. *Dialoghi Historici, ò vero Compendio Historico dell'Italia, e dello stato presente de Principi, e Republiche Italiane.* In Geneva 1665. *in* 12.

17. *Dialoghi Politici, vero la Politica che usano in questi tempi i Principi e Republiche Italiane per conservare i loro stati e Signorie.* In Geneva 1666. *in* 12. 2. tom. Tous ces Livres de Politique sont copiez les uns des autres, & ne sont que des redites.

18. *Vita di Sixto* V. Losanna 1669. *in* 12. 2. tom. It. *Novamente ristampata.* Amsterdam 1685. 2. vol. *in* 12. cette édition est fort augmentée & mise dans un meilleur ordre. Cette vie a été traduite en Fran-

C. LETI. çois fur la premiere édition , & cette traduction a paru à Paris en 16**5**3. en 2. volumes *in* 12. & plufieurs au-tres fois depuis ; mais on y a retran-ché beaucoup de chofes de l'Italien ; Leti dit dans une de fes Lettres , que Madame la Dauphine lui ayant de-mandé , lorfqu'il étoit en France , fi tout ce qu'il avoit écrit dans cette vie étoit veritable , il lui avoit ré-pondu , qu'une chofe bien imaginée faifoit beaucoup plus de plaifir que la verité , quand elle n'étoit pas mi-fe dans un beau jour.

19. *Vita del Catolico Re Filippo II. Monarcha delle Spagne. Coligni*, [c'eft-à-dire , *Geneve*] 1679. *in* 4°. 2. tomes.

20. *Vita dell' invitiffimo imperadore Carlo V. Auftriaco. Amfterd.* 1700. *in* 12. 4. tom. Cette vie a été tradui-te en François par les filles de M. Leti , & imprimée en 4. volumes *in* 12. Ce n'eft qu'un pur fatras.

21. *Hiftoria , ò vero Vita di Eliza-beta Regina de Inghilterra detta per fo-pranome la Comediante Politica. Amf-terdam* 1693. *in* 12. 2. tomes. Elle a été traduite en François & impri-

mée en cette Langue à Amſterdam G. LETI. 1694. *in* 12. 2. tomes.

22. *Hiſtoria, ò Memorie recondite ſopra alla vita di Oliviero Cromvele detto il Tiranno ſenza Vizi, il Prencipe ſenza Virtu. Amſterd.* 1692. *in* 8°. 2. tomes. It. trad. en François. *Amſterd.* 1694. 2. tom. *in* 12. Les Anglois accuſent Leti d'avoir rempli cette vie de menſonges.

23. *Vita di D. Pietro Giron Duca d'Oſſuna, Amſterd.* 1699. *in* 12. 3. vol. *It.* trad. en François. *Paris* 1700. *in* 12. 3. vol. Ces trois tomes auroient pû ſe réduire à un ſeul, ſi Leti n'y avoit pas fourré tant de digreſſions.

24. *Ritratti Hiſtorici, ò vero Hiſtoria dell' Imperio Romano in Germania. Amſterdam* 1689. *in* 4°. 2. tom. C'eſt une Hiſtoire d'Allemagne.

25. *Ritratti Hiſtorici, Politici, Chronologici, e Genealogici della caſa Sereniſſima & Elettorale di Brandeburgo. Amſterdam* 1687. *in* 4°. 2. tom.

26. *Abregé de l'Hiſtoire de la Maiſon Sereniſſime & Electorale de Brandebourg, écrite par Gregoire Leti, en Italien, & traduite en François, ſui-*

G. LETI. *vant l'Extrait, & par les soins de l'Auteur.* *Amsterdam* 1687. *in* 12.

27. *Ritratti Historici, Politici, Chronologici & Genealogici della Casa Serenissima & Elettorale di Saffonia.* *Amsterdam* 1688. *in* 4°. 2. tom. Ces deux Histoires de Brandebourg & de Saxe n'ont pas plû aux Cours, qui en font le sujet.

28. *Vita di Donna Olympia Maldachini, dall' Abbate Gualdi. Ragusa* 1666. *in* 12. Leti s'est caché sous le nom de l'Abbé Gualdi, pour faire paroître cette Satire, qui a été imprimée à Geneve. Ce n'est qu'un pur Roman & une déclaration emportée. On l'a traduit en François, & cette traduction a été imprimée à Leyde en 1666. *in* 12.

29 *Roma Piangente, ò vero Dialogi trà il Trevere e Roma. In Leyda* 1666. *in* 12. Le même Ouvrage traduit en François est imprimé à Avignon. [Geneve] en 1666. *in* 12.

30. *Il Sindicato di Aleffandro VII. con il suo Viaggio nell' altro mondo.* 1668. *in* 12. C'est une Satyre violente & emportée contre Alexandre VII. Elle a été traduite en François, &
imprimée

Imprimée en cette Langue en 1669. G. LETI. *in* 12.

31. *Il Cardinaliſmo di S. Chieſa.* 1668. *in* 12. 3. tomes. C'eſt encore une Satyre.

32. *Ambaſciata di Romolo a Romaʒi, nella quale vi ſono anneſſi tutti Trattati, Negotiati, Satire &c. durante la ſede vacante. Bruſſelles.* [*Geneve*] 1671. *in* 12. It. *Cologne* [*Geneve*] 1676. *in* 12. C'eſt un Receuil des Satires & autres pieces, qui furent faites après la mort du Pape Clement IX.

33. *Li Amori di Carlo Gonzaga. Geneva*, *in* 12. C'eſt un pur Roman.

34. *Vaticano Languente doppo la morte di Clemente X. con i remedii.* 1677. *in* 12. 3. vol.

35. *Il prodigio della Natura & della Gratia. Poema Heroïco ſopra l'Intrapreſa d'Inghilterra del Principe d'Oranges. In Amſterdam* 1695. *in* 4°. Ce Poëme eſt accompagné de cinquante Planches.

36. *Stragge de Riformati Innocenti. in* 4°.

37. *R. Bandira. In Bologna* 1653. *in* 12. C'eſt un diſcours Académique.

G. Leti. presenté à l'Académie des Humoristes de Rome, dans lequel il n'a point fait entrer la Lettre R. Un de ses amis ayant dans la suite entendu parler de cette singularité, en fut si surpris qu'il lui demanda par curiosité un Exemplaire de ce discours. M. Leti pour lui faire voir que cela n'étoit pas si difficile qu'il s'imaginoit, lui écrivit, en le lui envoyant, une Lettre fort longue, dans laquelle on ne trouve aucune R, & qui a été inserée dans le Recueil de ses Lettres.

38. *Critique Historique, Politique, Morale, Economique, & Comique sur les Lotteries anciennes & modernes, spirituelles & temporelles des Etats & des Eglises.* Cet Ouvrage imprimé d'abord en Italien, a été ensuite traduit en François sous ce titre, & imprimé à *Amsterdam* 1697. *in* 12. 2. tom. *avec des considerations sur l'Ouvrage & sur l'Auteur.* Leti s'est fait beaucoup d'ennemis & d'affaires par ce Livre, où il maltraite un grand nombre de personnes. On peut dire que c'est un fatras où il parle de tout à l'occasion des Lotteries.

39. *Lettere ſopra differenti Materie.* G. LETI.
Amſterd. 1700. *in* 8°. 2. tom.

Outre les Ouvrages que Leti a
reconnu, il en a fait encore quelques autres qu'il a eu raiſon de ne
pas avoüer, parce qu'ils lui font encore moins d'honneur que pluſieurs
des precedens, & qu'il eſt inutile de
citer ici.

V. ſon Eloge par M. *le Clerc* ſon
gendre, dans le *Dictionnaire de Mo-*
rery, édition d'*Amſterdam,* & ſes *Let-*
tres.

PAUL - PELLISSON
FONTANIER.

PAUL - PELLISSON *Fonta-*
nier nâquit à *Beziers* en 1624.
Sa famille originaire de *Caſtres,* étoit
tres-diſtinguée dans la Robbe. *Rai-*
mond Pelliſſon ſon Biſayeul, après
avoir été Maître des Requêtes, Ambaſſadeur en Portugal, & Comman-
dant en Savoye pour le Roy *Fran-*
çois I. lorſque ce Prince s'en rendit
Maître, fut premier Preſident du
Senat de *Chamberri;* ſon Ayeul fut

P. PELLIS-
SON.

Ii ij

Conseiller au Parlement de Toulouse, & son pere Conseiller en la Chambre de l'Edit de Languedoc.

Ce dernier, qui abregea avec beaucoup de succès le gros volume d'Arrêts recueillis par *Geraud Meynard*,
où presque toute la Jurisprudence de
la Province de Languedoc est conte-
nue, eut deux fils & deux filles.

Paul Pellisson étoit le cadet des
garçons. Sa mere qui étoit demeurée
veuve fort jeune, l'éleva dans la Religion Protestante où il étoit né, aussi-
bien que ses sœurs & son frere, qui
avoit comme lui beaucoup d'esprit,
mais étoit d'un caractere tout different.

Il étudia à *Castres* les Humanitez & la Rhétorique sous un sçavant
vant Ecossois nommé *Morus*, dont
le fils a été Ministre de *Charenton*.
Il fut ensuite envoyé à *Montauban*
à l'âge de douze ans pour y faire sa
Philosophie. De *Montauban* il passa
à *Toulouse*, où il apprit à monter à
Cheval, & étudia en Droit.

L'application qu'il donna à l'étude des Langues Latine & Grecque,
ne l'empêcha pas de se perfectionner

dans la Françoife. Il apprit même P. PEL-
l'Italienne & l'Efpagnole, & lut tous LISSON
les bons Auteurs, qui ont écrit en
toutes ces Langues.

Les Lectures agréables ne le dé-
tournerent point des études folides.
A dix-neuf ans il fit la Paraphrafe
du premier Livre des Inftitutes de
Juftinien, qui fut imprimé en 1645.
& qui n'a rien de la jeuneffe de fon
Auteur, que l'agrément.

S'étant mis à fuivre le Barreau à
Caftres, il s'y fit bientôt admirer;
mais lorfqu'il y brilloit le plus, la
petite verole & une fluxion maligne
qui lui tomba fur le vifage, le défi-
gura tellement, que fes amis ne pouvoient le reconnoître. Cet accident
l'obligea à fe retirer à la Campagne
avec un de fes amis, nommé M.
Breffieu, pour qui il eut la complaifance de traduire la plus grande partie de l'Odyffée d'*Homere*, où ce bon
homme croyoit trouver le fecret de
la Pierre Philofophale.

M. *Pelliffon* fit plufieurs voyages à *Paris*, avant que de s'y établir, & il y fut
connu de ce qu'il y avoit de gens de

plus grand merite, qui l'y attirerent enfin tout à-fait. En changeant
de climat, il ne changea pas d'inclination, se trouvant au contraire
dans le centre du bon goût, il cultiva
les Muses avec plus de soin, & conserva parmi le tumulte de la Capitale
du Royaume ces mœurs douces &
innocentes, qui l'avoient rendu si
aimable dans la vie tranquille de la
Province.

Le merite de Mademoiselle de *Scu-
dery* déja connu par ses Ouvrages,
lui fit souhaiter avec ardeur d'avoir
son amitié ; ce souhait fut récipro-
que, & ils ont conservé jusqu'à la
mort l'un pour l'autre une amitié qui
n'a guéres d'exemple pour sa durée &
pour sa solidité.

Il prit en 1652. une Charge de
Secretaire du Roy, & s'attacha tellement au Sceau, qu'il y acquit une
parfaite connoissance des affaires du
Conseil, qui lui servit beaucoup dans
la suite.

Cette même année l'Académie Françoise ayant desiré d'entendre en pleine assemblée la lecture de son His-

toire de l'Académie , qu'il avoit fai- **P. PEL-** te à la follicitation des plus illuftres **LISSON.** Académiciens, qui étoient fes amis , & pour fatisfaire la louable curiofi- té d'un de fes proches parens , elle fut fi contente de cet Ouvrage qui n'étoit encore que manufcrit & qui fut imprimé l'année fuivante , qu'el- le ordonna de fon propre mouve- ment en faveur de l'Auteur que la premiere place qui vaqueroit dans le Corps , lui feroit deftinée , & que cependant il auroit droit d'affifter aux affemblées & d'y opiner com- me Académicien ; avec cette claufe , que la même grace ne pourroit plus être faite à perfonne pour quelque confideration que ce fût. Il en re- mercia cette celebre Compagnie le 30. Decembre , & par ce remerci- ment juftifia encore mieux ce qu'elle avoit fait pour lui.

Six jours après il complimenta pour elle M. le Chancelier Séguier, à qui les Sceaux venoient d'être ren- dus.

M. *Fouquet* , Sur-Intendant des Finances , touché de fon merite , voulut l'avoir auprès de lui , & le

P. P E L- choisir pour son premier Commis en
L I S S O N. 1657. En 1659. il fut reçû Maître
des Comptes à *Montpellier*, après a-
voir negocié le rétablissement de la
Compagnie qui avoit été interdite ;
& sa reception se fit avec des circonstances glorieuses pour lui.

La disgrace de M. *Fouquet*, qui
avoit eu beaucoup de confiance en
lui, attira aussi la sienne. Il fut arrêté & conduit à la Bastille au mois
de Septembre 1661. & n'en sortit que
plus de quatre ans après. Il employa
ce loisir forcé à l'étude de l'Ecriture
Sainte qu'il lût avec tous les Commentaires, & à celle des Peres de
l'Eglise. Il lût aussi presque tous les
Livres de Controverse, & en tira
des lumieres qui commencerent à
lui découvrir les erreurs où il a-
voit été jusques-là. Pour se délasser
d'une occupation si serieuse, il s'a-
musoit quelquefois à faire des Vers
ou Chrétiens, ou Moraux, ou He-
roiques, ou même enjouez, il composa entre autres un Poëme de plus
de treize cens Vers. Comme il n'a-
voit ni papier, ni plumes, ni encre. Il
coupoit de petits morceaux de
plomb

plomb de ſes vitres qu'il tailloit, P. PELE
& dont il écrivoit ſur les marges LISSON,
des Livres qu'on lui laiſſoit.

On étoit ſi perſuadé de ſon in-
nocence, & il étoit ſi conſideré au
milieu de ſes malheurs, que le fameux M. *le Févre de Saumur* lui dédia
ſon *Lucrece* avec des notes latines,
& ſon *Traité de la Superſtition* traduit de *Plutarque*, pendant ſa dé-
tention à la Baſtille, & que le jour
qu'il fut permis de l'y voir, M. le
Duc de *Montauſier*, M. le Duc de
S. *Aignan*, & une foule de perſonnes diſtinguées allerent lui rendre
viſite.

Etant ſorti de priſon & ſe ſentant
convaincu de ſes erreurs, il les ab-
jura le 8. Octobre 1670. dans l'E-
gliſe ſouteraine de *Chartres*, entre
les mains de M. *Gilbert de Choiſeul
du Pleſſis Praſlin*, alors Evêque de
Comminge. Six jours après il ſe retira à l'Abbaye de la *Trappe*, & y
mena pendant dix jours la vie dure
& mortifiée des ſaints Moines qui
l'habitent.

Purifié par la penitence, il reçût
à ſon retour dans l'Egliſe des Peres

P P E L.
L I S S O N. de la Doctrine Chrétienne la Con-firmation & l'Eucharistie des mains du même Prelat, qui avoit reçû son abjuration. Il faisoit tous les ans du jour de sa réunion à l'Eglise un jour de Fête, & celebroit aussi chaque année sa sortie de la Bastille, en délivrant quelques Prisonniers.

Le 13. Fevrier 1671. Messire *François de Harlay de Chanvalon*, nommé à l'Archevêché de *Paris*, ayant été reçû à l'Academie Françoise, M. *Pellisson* qui étoit alors Directeur répondit au discours de ce Prélat, & fit en cette occasion ce Panegyrique du Roy, qui a été traduit en tant de Langues.

Le 22. Mars suivant, M. *Pellisson* porta encore la parole avec succés pour l'Académie Françoise, lorsqu'elle alla complimenter le même Prélat sur son installation dans l'Archevêché de *Paris*.

Il fit peu de temps aprés une belle inscription latine pour une demi-lune de *Tournay*. La même année il fut pourvû d'une Charge de Maître des Requêtes.

Il se joignit en ce temps-là à deux

autres Académiciens, pour donner P. PEL-
de deux ans en deux ans, fans fe LISSON;
faire connoître, un prix de la valeur
de trois cens livres au Poëte, qui
au jugement de l'Académie Françoife fe trouveroit avoir le mieux
réuffi à celebrer en une piece de
cent Vers au plus, quelqu'une des
grandes actions du Roy. Depuis la
mort de ces deux Académiciens, il
a continué feul la même dépenfe
jufqu'à la fin de fa vie.

La guerre ayant commencé à s'al-
lumer en 1672. il fuivit le Roy dans
fes campagnes, ce qu'il fit toûjours
depuis, excepté dans quelques-unes
des dernieres. Ce Prince fe l'étoit
attaché même avant fon abjuration
par une penfion de deux mille écus,
& continua toûjours à lui donner
des marques de fa bonté; ayant fçû
qu'on lui avoit volé une nuit cent
piftoles dans fa tente pendant la
campagne de *Maftrick* en 1673. il lui
envoya le lendemain une pareille
fomme.

Les grandes actions dont il étoit
témoin lui infpirerent le deffein d'é-
crire la vie du Prince qui les faifoit;

P. PEL-mais voyant que la carriere étoit trop
LISSON. vaste, pour qu'un seul Ecrivain la
pût fournir toute entiere, il se ren-
ferma entre la paix des *Pirenées* & la
paix de *Nimegue*; il n'a cependant
pas eu la satisfaction d'achever cet
Ouvrage dont il s'est trouvé une
partie considerable dans ses papiers.

En 1674. il recueillit le fruit de
ses soins officieux pour l'Académie
de Soissons, & il eut le plaisir de voir
le Roy signer les Lettres d'établissement de cette Compagnie au Camp
devant *Dole*.

En 1676. il harangua à la tête de
l'Académie Françoise ce Monarque
victorieux sur ses rapides Conquêtes.

Il avoit été fait Oeconome de
Cluny en 1674. de *S. Germain des
Prez* en 1675. & de *Saint Denys* en
1679. & de plus préposé en 1676. à
l'administration du tiers des Oeconomats. Voyant le progrès des con-
versions par l'employ des deniers
des Oeconomats, qui se distri-
buoient aux nouveaux Convertis, il
porta en 1681. le Roy à augmenter
le fond de ces deniers de ceux de

fón épargne.   P. PEL-

En 1685. la révocation de l'Edit LISSON.
de *Nantes* ayant fait revenir en foule les troupeaux errans au bercail de
l'Eglife, il s'offrit à foulager le zéle
des Pafteurs, ce qu'il fit par plufieurs
Ouvrages, où la folidité fe trouve
jointe à la netteté. Il travailloit à un
Traité de l'Euchariftie contre *Au-*
bertin, lorfqu'il fut attaqué de la
maladie qui termina fa vie ; de forte qu'on peut dire qu'il eft mort en
combattant pour la Religion. Il fut
pendant quelque temps dans un état
d'incertitude entre la vie & la mort;
mais il n'eut pas la confolation de
recevoir les derniers Sacremens de
l'Eglife, parce que voulant y appor-
ter une plus grande préparation &
ayant un peu differé, il lui prit dans
l'intervalle une défaillance qui l'em-
porta. Il eft mort le 7. Fevrier 1693.
âgé de 69. ans.

Le faux zéle, le libertinage &
l'hérefie ont employé avec empref-
fement leurs noirs artifices, pour
accommoder cette furprife felon leur
goût ; mais les bonnes actions &
l'attachement pour la Religion Ca-

P. PEL- tholique , qui ont toûjours édifié
LISSON. dans la conduite de M. Pelliſſon ,
leur ont ſans peine fermé la bouche.

On ſera cependant ſurpris de trouver dans l'Ouvrage d'un Catholique,
imprimé , à ce qu'il ſemble, à Paris,
ces paroles : *A l'heure de la mort il ne*
profeſſa aucune Religion ouvertement ;car
il ne voulut point participer aux Sacre-
mens de l'Egliſe Romaine , ni n'oſa ſe
dire Huguenot , mais perſiſta juſqu'à la
fin dans un ſilence profond, dont il n'y a
que Dieu qui ſçache les cauſes : C'eſt
dans l'Hiſtoire de *Louis XIV.* par
M. *de Riencourt* , Correcteur des
Comptes , que ces paroles ſe trouvent ; mais l'étonnement qu'elles
cauſeront ceſſera , quand on ſçaura
qu'elles ne ſe trouvent pas dans le
veritable Ouvrage de M. *de Rien-*
court , & dans la veritable édition de
Paris ; mais qu'elles ont été fourrées,
comme pluſieurs autres , par une
main Huguenote dans l'édition
d'*Hollande* , à laquelle , pour faire
mieux valoir la calomnie , on a fait
porter le titre d'édition de *Paris*.

Catalogue de ſes Ouvrages.

1. *Paraphraſe des Inſtitutions de*

Juftinien. Paris 1645. *in* 12.

P. PEL-

2. *Relation contenant l'Hiftoire de* LISSON. *l'Académie Françoife depuis fon éta-bliffement en* 1635. *jufqu'en* 1652. *Paris* 1653. *in* 8°. réimprimée plufieurs fois depuis avec le Panegyrique du Roy, & quelques autres pieces.

3. *Les Œuvres de Jean-Francois Sarafin, avec un difcours préliminaire de Paul Pelliffon. Paris* 1656. *in* 4°. Quoique M. Pelliffon fe fût declaté hautement contre les Préfaces, il ne laiffa pas d'entreprendre celle-ci que l'on a beaucoup admirée. Il difoit pour fe juftifier, qu'on pouvoit appliquer à ces fortes de chofes, ce qu'un grand homme a dit autrefois des pompes funebres, & des devoirs de la fepulture, qu'il eft honnête d'en prendre beaucoup de foin pour autrui, & de ne s'en mettre nullement en peine pour foi-même.

4. On lui attribue une bonne partie des défenfes de M. *Fouquet*, furtout la piece intitulée : *Difcours au Roi par un de fes fidelles fujets, ou premiere défenfe de M. Fouquet. Paris in* 4°.

5. Le P. le Long dans fa Biblio-

P. PEL theque des Historiens de France lui
LISSON. attribue auffi cet Ouvrage: *Abregé
de la vie d'Anne d'Autriche, en forme
d'Epitaphe dreffée par Françoise de la
Croix & Therefe de Jefus, Carmelites
reformées. Paris 1666. in fol.*

6. *Panegyrique du Roy Louis XIV.
prononcé dans l'Académie Françoife le
troifiéme Février* 1671. Ce difcours
qui a été imprimé à la fuite de l'Hiftoire de l'Academie Françoife a été
traduit en Italien par M. l'Abbé *Reg-
nier des Marais*, en Latin par *Jean
Doujat*, en Efpagnol & en Anglois,
& même en Arabe par un Patriarche
du Mont-Liban. Les Traductions
Latine, Italienne, Efpagnole & An-
gloife ont été imprimées avec le texte François ; l'Original de l'Arabe
eft dans le Cabinet du Roy.

7. *Courtes Prieres pendant la fainte Meffe. Paris* 1677. *in* 12. Il n'avoit
compofé ces Prieres que pour fon
ufage particulier , & il ne les rendit
publiques qu'à la follicitation d'un
homme de qualité & de pieté de fes
amis. Elles ont eu un grand débit
& on en a vendu plus de cent mille
exemplaires. On peut juger par-là

de la bonté de ce Livre, qui eſt plein
d'Onction.

8. Il fit en 1682. l'Epitaphe de Madame *Marie - Eleonore de Rohan*, Abbeſſe de *Malnouë*, qui nous a laiſſé une ſi belle Paraphraſe des Livres de Salomon, & qui l'honoroit de ſon amitié. Cette Epitaphe qui eſt gravée ſur ſon Tombeau, a été traduite en Latin par M. *de Choiſeul*, Evêque de *Tournay*, en Italien par le celebre Auteur de *la Congiura di Raffaello della Torre*, & imprimée trois ou quatre fois.

9. *Réfléxions ſur les differens de la Religion avec les preuves de la Tradition Eccleſiaſtique par diverſes Traductions des Saints Peres ſur chaque point conteſté. Paris* 1686. *in* 12. 2. tom. It. *Nouvelle édition augmentée d'une deuxiéme partie intitulée : Réponſe aux Objections d'Angleterre & de Hollande, ou de l'autorité du grand nombre dans la Religion Chrétienne ; Traité qui peut tenir lieu de celui de l'Egliſe. Paris* 1687. *in* 12. 2. tom. *Troiſiéme volume, ou les Chimeres de M. Jurieu. Réponſe generale à ſes Lettres Paſtorales de la ſecon-*

394 *Mém. pour servir à l'Histoire*

P. PEL-
LISSON.

*de année contre le Livre des Réfle-
xions,* & *Examen abregé de ses
Prophéties* 1689. *in* 12. 4. *tom. De
la tolerance des Religions. Lettres de
M. de Leibnitz,* & *Réponses de
M. Pellisson.* 1692. *in* 12. On trouve dans tous ces Ouvrages beaucoup de solidité, de netteté & de
justesse, un zélé sans amertume, &
une controverse qui n'a rien de sec.
Le troisiéme volume qui est contre
M. Jurieu est assommant pour lui;
on conçoit sans peine, dit M. *Bayle,* les avantages qu'un esprit aussi
délié que M. *Pellisson* a pû rempor-
ter sur un Interprête chimerique
de l'Apocalypse. Dans le quatriéme,
M. *Leibnitz* soutient la tolerance
que M. *Pellisson* combat.

10. *Traité de l'Eucharistie. Paris*
1694. *in* 12. Quoique la mort aie
empêché M. *Pellisson* de finir cet Ouvrage, on peut dire cependant qu'il
n'y manque rien d'essentiel.

11 *Recueil de Pieces galantes, en
Prose* & *en Vers, de la Comtesse de
la Suze, d'une autre Dame* & *de
Paul Pellisson Fontanier. Paris* 1695.
in 12. 4. parties. Réimprimé plu-

ſieurs fois depuis, & nouvellement P. PEL-
à Trevoux en 4. tomes *in* 12. par LISSON.
les ſoins de M. l'Abbé *Souché.*

Il ne ſera pas hors de propos de
rapporter ici à l'occaſion de *Paul
Pelliſſon* ce que *Pierre Borel* dans ſon
*Treſor des Antiquitez Gauloiſes &
Françoiſes*, dit de pluſieurs perſonnes illuſtres, qui ſont ſorties de
la même famille ; nous y trouve-
rons des Auteurs dont nous n'au-
rions peut-être pas occaſion de
parler ailleurs.

De la Famille des *Pelliſſons*, dit-
il, ſont ſortis *Raimond Pelliſſon*,
Premier Préſident à *Chambery* ;
Pierre Pelliſſon, ſecond Préſident au
même lieu ; *Thomas Pelliſſon*, Maréchal des Logis de la Compagnie
des Gendarmes de *Guy de Maugi-
ron*, Gouverneur de *Chambery*, &
Grand Prevôt du Dauphiné ; *Benoiſt
Pelliſſon* ſeul Greffier Civil & Cri-
minel du Parlement de Dauphiné ;
Jean Pelliſſon de *Condrieu*, Principal du College de *Tournon*, qui a
fait un Epitome de la Grammaire
Latine, que *Deſpautere* a augmenté, & compoſa le premier la Gram-

P. PEL-LISSON. maire Latine & ses Regles, avec l'institution des enfans en un College, imprimé à Lyon en 1530. *in* 12. par *Thibault Payen*, selon *du Verdier* en sa Bibliotheque Françoise. *L'Auteur se trompe ici, car c'est au contraire Pellisson qui a abregé l'Ouvrage de Despautere.* Il a aussi fait l'Eloge du Cardinal de *Tournon*, imprimé à *Lyon* chez Gryphius, l'an 1534. *in* 4°. Je pourrois encore parler d'un *Louis Pellisson*, dont le Président *Faber* a témoigné le grand sçavoir ; comme aussi de *Pierre* & *Jean-Jacques Pellisson* Conseillers au Parlement de Touloufe & Chambre de l'Edit de Caftres, homme d'un sçavoir exemplaire, dont le premier a esté si grand joueur d'Echecs, qu'un Italien très-sçavant en ce jeu, & qui cherchoit son semblable, ayant joué avec lui *incognito*, & ayant esté gagné, profera ces paroles : *O e il diavolo, o il Signor Pellissono* La famille des *Pellissons* est descendue par les femmes de celle de *du Bourg*, celebre par le grand *Anne du Bourg*, Conseiller au Parlement de Paris, & par *Antoine du*

Bourg, Chancellier de France, fous
François I. J'en dirois davantage fi
Jean Poffelius n'avoit fait un Livre
exprès des louanges de *Raimond Pel-*
liffon & de la Ville de *Chambery*, imprimé à *Lyon* chez *Gryphius*.

V. *Journ. des Scavans* 1693. *Les*
Hommes Ill. de Perrault. Bayle, *Dict.*

P. PEL-
LISSON.

LUC ROTGANS.

L*UC Rotgans*, fameux Poëte
Hollandois nâquit à *Amfterdam*
au mois d'Octobre 1645. d'une famille diftinguée & alliée aux plus
confiderables Magiftrats de cette
Ville. Il perdit dans fa premiere jeuneffe fon pere & fa mere ; & fa grande mere, qui eut foin de fon éducation, n'oublia rien pour lui en
donner une qui répondît à fa naif-
fance. Il s'appliqua d'abord aux Belles Lettres, & y fit en peu de tems
de grands progrès. L'application
qu'il donna à la lecture des anciens
Poëtes lui fut d'un grand ufage dans
la fuite, & il fçut en tranfporter
les beautez dans fes Ouvrages.

LucRot-
GANS.

L. ROT-
GANS.

Le trifte état où la Hollande fe trouva en 1672. l'engagea à prendre le parti des Armées, mais à peine fut-il parvenu au bout de deux ans à la qualité d'Enfeigne qu'il fe dégoûta de ce métier, & fe retira en 1674. à une Maifon de Campagne de fa grande mere, que les François avoient brûlée quelque tems auparavant, mais qui avoit été rétablie plus magnifique qu'elle n'étoit auparavant. Ce lieu appellé *Kromwyk*, & fitué fur le *Vegt*, petite Riviere entre *Amfterdam* & *Utrecht*, eft un féjour très-agréable. *Rotgans* réfolut d'y fixer fa demeure.

Lorfque la paix eut été conclue entre la France & la Hollande, il lui prit envie de voir *Paris*. Sa curiofité s'étant fatisfaite, il retourna dans fa patrie & époufa quelque temps après *Anne-Adrienne de Salengre*, qu'il ne poffeda pas longtemps; car elle mourut à *Utrecht* en 1689. le laiffant pere de deux filles.

Rotgans fe confola d'une perte fi fenfible avec les Mufes, & s'adonna entierement à faire un Parnaffe de fon agréable Maifon de Campagne,

Il eft mort en ce lieu de la petite ve- L. Rot-
role le 3. Novembre 1710. âgé de gans.
66. ans.

Les Ouvrages qu'il a compofez
font :

La Vie de Guillaume III. *Roi
d'Angleterre.* C'eft un Poëme Epi-
que en 8. Livres dont on peut voir
un long extrait dans le Journal Litteraire [tom. 6. p. 3.]

*Leçons de Morales tirées de quel-
ques Fables anciennes.*

*Oeuvres mêlées , ou Recueil de Poë-
mes Heroïques , d'Epithalames & d'E-
loges Funebres.*

Deux Tragedies , l'une intitulée :
Enée & Turnus , & l'autre *Scilla.*

Toutes ces Poëfies Hollandoifes
ont paru en divers tems , & ont été
réimprimées enfemble , à l'exception
de la vie de *Guillaume* III. fous le
titre de *Melange de Poëfies de Luc
Rotgans , avec figures. Leuvarde* 1715.
in 4°. (en Hollandois)

Rotgans tient le premier rang parmi les Poëtes de fa nation avec
Vondel & *Antonides.*

V. la *Préface de fes Oeuvres & le
Dictionnaire Hollandois de Halma.*

THOMAS FIENUS.

T. FIENUS *THOMAS Fienus* nâquit à *Anvers* le 28. Mars 1567. son pere *Jean Fienus* étoit Medecin de cette Ville, & mourut à Dordrecht en 1585. On a de lui un Livre *De Flatibus humanum corpus molestantibus. Antuerpiæ* 1582. *in* 8°. qui a été réimprimé plusieurs fois depuis.

Thomas Fienus son fils, aprés avoir commencé ses études dans sa Patrie, alla en Italie pour se perfectionner, principalement dans la Medecine, qu'il étudia sous *Jerôme Mercurialis* & *Ulysse Uldrovandus.* De retour en son Pays, il fut appellé en 1593. à *Louvain,* pour remplir la premiere Chaire de Medecine. Quelque tems après l'Electeur de Baviere le choisit pour son Medecin ; mais l'amour qu'il avoit pour sa Patrie ne lui permit pas de conserver long-temps cet emploi ; il le quitta au bout d'un an, & revint prendre son premier Poste. L'Archiduc *Albert* voulut dans la suite l'avoir auprès de lui dans la

même

même qualité ; mais fa fanté étoit T. FIENUS
trop foible pour fuffire en même-
temps à deux emplois , il quitta ce
dernier pour conferver celui de
Profeffeur. En 1616. l'Univerfité
de *Boulogne* lui offrit une Chaire de
Medecine avec mille écus d'appointemens ; mais l'Archiduc *Albert*
pour lui ôter l'envie de quitter
Louvain fit augmenter les fiens
jufqu'à la concurrence de cette fomme. Il mourut à *Louvain* au mois de
Mars 1631. âgé de 64. ans.

Catalogue de fes Ouvrages.

1. *De Formatione Fœtus Liber , in
quo oftenditur animam rationalem in-
fundi tertia die. Antuerpiæ* 1620. *in*
8o.

2. *De Formatione Fœtus Liber fe-
cundus , in quo prioris doctrina pleni-
tus examinatur & defenditur. Lovanii* 1624. *in* 8°.

3. *Pro fua de Animatione Fœtus
tertio die opinione Apologia adverfus
Ant. Ponce Sanctacruz , olim Pri-
marium Profefforem Vallifoletanum ,
nunc vero Regis Hifpaniarum medi-
eum. Lovanii* 1629. *in* 8°. Les anciens Medecins regardoient comme

Tome II. L l

T. FIENUS une chofe fort intereffante cette queftion du tems auquel le fœtus eft animé ; on voit par ces trois Ouvrages qu'ils fe croyoient affez habiles dans les myfteres de la nature , pour pouvoir déterminer au jufte & avec la derniere precifion le jour de cette animation. Mais il n'y a rien de folide dans cette détermination , non plus que dans les raifons fur lefquelles on l'appuye.

4. *De Viribus imaginationis Tractatus. Lovanii* 1608. *in* 8°. It. *Lug. Bat. apud Elzevirios* 1635. *in* 24. It. *Lipfia* 1657. *in* 12. Cet Ouvrage eft bon & fort curieux , & feroit encore meilleur , fi l'Auteur n'y étoit fi fort attaché aux Principes des Peripateticiens.

5. *De Cauteriis Libri V. in quibus vires , materia , modus , locus , numerus , tempus ponendorum Cauteriorum ex veterum Græcorum , Arabum , Latinorum, necnon Neotericorum fententiâ quàm dilucide explicantur. Lovani.* 1598. *in* 8°. It. *Coloniæ* 1607. *in* 8°.

6. *Libri Chirurgici* XII. *de Præcipuis Artis Chirurgicæ Controverfis ,*

Opera poſthuma. Francofurti 1649. T. FIENUS *in* 4°.

7. *De Cometis anni* 1618. *Lipſiæ* 1656.

8. *Diſputatio, an Cœlum moveatur, & terra quieſcat. Lipſia* 1656.

9. *Semiotice, ſive de ſignis Medicis, Tractatus. Lugduni.* 1664. *in* 4°.

V. *Caſtellani Vit. Medicor. & Mercklini. Lindenius renovatus.*

Fin du ſecond Volume.

TABLE

Des Auteurs contenus dans ce Volume, selon l'ordre des matieres qu'ils ont traitées dans leurs Ouvrages.

TABLE

Dictionnaires.

E

Ecriture Sainte.

DES AUTEURS, &c.

G

Genealogies.

Geographie.

TABLE

H

Hiftoire

DES AUTEURS, &c.

Tome II.   N n

TABLE

DES AUTEURS, &c.

N n ij.

TABLE

O

Optique.

P.

Peinture.

Philosophie generale.

Physique.

Poësie.

Poësie Grecque.

TABLE

S

Satires.

D. G. Morhof,   21

T

Théologie dogmatique.

La Religion en general.

N. Malebranche,   127. 131. 133
J. Gronovius,   193
H. Basnage,   207
D. Bouhours,   284

Dogmes.

J. la Placette,   8. 9
L. E. du Pin,   39. 40. 45. 46
N. Malebranche,   128. 130 133
J. B. Bossuet,   262

Théologie Polemique.

J. la Placette,   7
G. G. de Leibnitz,   79. 80. 82. 84
J. Milton,   160
J. B. Bossuet,   250. & suiv.
J. Dez,   335
J. Gousset,   353. 355

N n iiij

TABLE DES AUT. &c.

V

Voyages.

Fin de la Table.

TABLE

NECROLOGIQUE,

Des Auteurs contenus dans ce Volume.

TABLE

NECROLOGIQUE.

WAGENSEIL [Jean-Chriſtophe]
mortle 9 Octobre   1705

GRYPHIUS [Chriſtian] mort le
6 Mars   1706

RUINART [Thierry] mort le
24 Septembre   1707

VIEUVILLE DE FRENEUSE
[Jean L. le Cerf de la] mort le
10 Novembre   1707

AVERANI [Benoiſt] mort le 28
Decembre   1707

BASNAGE DE BAUVAL] Hen-
ri] mort le 29 Mars   1710

ROTGANS [Luc] mort le 3 Novembre   1710

SPANHEIM [Ezechiel] mort le 7
Novembre   1710

COURTILZ [Gatien-Sandras de]
mort le 6 May   1712

DEZ [Jean] mort le 12 Septembre   1712

NAIN (Pierre le) mort le 14 Decembre   1713

PAPEBROCK (Daniel) mort le
28 Juin   1714

MALEBRANCHE (Nicolas) mort
le 13 Octobre   1715

GRONOVIUS (Jacques) mort le
21 Octobre   1716

TABLE NECROLOGIQUE.

Fin de la Table Nécrologique.